COLLECTION FOLIO

Nathalie Azoulai

# La fille parfaite

P.O.L

Nathalie Azoulai vit et travaille à Paris. Romancière, elle écrit pour la jeunesse, le théâtre et la radio. Elle est également traductrice. Son sixième roman, *Titus n'aimait pas Bérénice*, a reçu le prix Médicis 2015. Ses romans sont traduits dans de nombreuses langues.

« Nous sommes tous des morceaux plutôt durs aux arêtes coupantes, qui ne peuvent donc que difficilement se nicher les uns contre les autres. Ce n'est confortable entre nous que lorsque nous sommes dilués par des amis. »

Ludwig Wittgenstein, *Lettres à sa famille*

C'est moi qu'on a appelée. Sans doute que mon nom apparaît souvent dans ses contacts, son agenda, ses notes. Ou que mon prénom rime avec le sien. Ou je ne sais pas. Toujours est-il que le flic m'a demandé si j'étais bien qui j'étais et m'a balancé la nouvelle. Il n'y a pas d'autre mot, il a dit « pendue », et j'ai failli tomber sous son poids, un sac de jute rempli de plomb en pleine face n'aurait pas mieux fait.

Adèle, pendue.

Adèle pendue comme un homme.

Les hommes se pendent, moins les femmes. Enfin de nos jours, car autrefois, au Moyen Âge, elles se pendaient aussi, les paysannes, dans les forêts, les fermes. Il faut des arbres, des branches, des granges pour se pendre, il faut l'odeur du fumier, du purin, une corde humide et noire de crasse. Quand on se pend, on se rate rarement, or il paraît que le suicide est moins fatal chez les femmes, qu'elles appellent plus souvent à l'aide qu'à la mort. Bon, je n'ai pas fait une étude non plus, j'ai seulement regardé deux ou trois sites vite fait sur mon téléphone une fois dans le taxi. J'ai vu que chez les Mayas, il y avait une déesse du suicide et qu'elle s'appelait Ixtab, que le suicide était plus noble s'il était pratiqué par pendaison.

Je ne pleurais pas. Je constatais seulement que je n'avais pas envie de vomir en regardant l'écran de mon téléphone, que d'habitude je tiens une minute avant que la nausée ne me prenne, mais là, bizarrement, mon estomac était aussi raide que ma nuque, inflexible comme jamais.

C'est Vera qui l'a trouvée, sa gardienne. Pas seulement celle de son immeuble mais la sienne. Adèle ne pouvait pas vivre sans sa gardienne, elle l'adorait, elle s'en remettait à elle pour tout. Même pour ça. Elle disait toujours, mon malheur, ce serait que Vera s'en aille, qu'elle quitte l'immeuble, j'en mourrais, mais non, chut, chut, je ne t'ai rien dit, rien commencé à dire, pas un mot, pas une syllabe de ce malheur qui pourrait arriver, que Vera divorce, déménage, change de vie. Voilà, je t'en ai trop dit, je n'aurais pas dû, voilà, ça va arriver et je serai perdue.

Vera faisait le ménage chez elle plusieurs fois par semaine. Des heures et des heures, de manière somptuaire car ils n'étaient que trois, ils ne salissaient pas autant que ça, mais Adèle s'en fichait, elle la payait à être là. Dans son dos. Car, disait-elle, elle pouvait passer des heures à travailler quand Vera rangeait, s'agitait, des heures à se blottir dans le nid de ses bruits, le chiffon, le balai, même l'aspirateur qui roulait sur le parquet. Les petits bruits, les gros bruits, tout lui allait. Ces jours-là, elle s'arrangeait pour ne pas aller au labo. Ce qu'elle préférait, c'était quand Vera époussetait les meubles, les glissements sourds de la céramique, les petits cling du verre, les gestes de Vera si appliqués, si précis, qui, dans un nuage de pschitt, soulèvent et reposent les choses exactement au même endroit. Il n'y a que sa présence qui me fait ça, tu te rends compte ? disait-elle. Alors si c'était ça ? Et si Vera était venue lui annoncer qu'elle partait justement ? J'ai aussitôt demandé à Vera, mais non, elle ne part pas, a-t-elle répété en pleurant, enfin maintenant, elle partira peut-être, avec un malheur pareil, on ne reste pas. Vera a ajouté que Luc et Nicolas étaient dans l'avion, en train de rentrer de Norvège, en urgence. Luc était en déplacement, il en avait profité pour emmener le petit et lui montrer les fjords. Adèle ne m'avait pas parlé de ce voyage, ça m'étonnait. C'était Vera qui avait dit à la police de m'appeler.

Quarante-six ans, c'est l'âge d'Adèle. C'est aussi le mien.

46.

Le plein été de sa quarante-sixième année, enfin quarante-septième, le mois de juin, le zénith de l'année. Si elle avait su. Elle savait. C'était une de ses théories, que les gens naissent tous chiffrés, avec leur nombre d'années à vivre au-dessus de la tête, une auréole qui déclenche toutes les vies comme des comptes à rebours qui tournent en silence. Ne va pas t'imaginer que ça fasse du bruit, ça s'oublie, mais si chacun au fond sait combien d'années il a à vivre, ça fait quoi ? se demandait-elle. Ça donne plus d'intensité ? plus d'angoisse ? En tout cas, niveau inégalités, ça se pose là, on comprendrait au moins d'emblée que le monde est inégal, que certes, on peut lutter, mais qu'il vaut mieux le savoir, ne pas caresser de folles espérances, rêver à des choses qui n'existent pas. Mais bon, il y aurait des bébés pauvres auréolés de dizaines d'années et des bébés riches moins bien lotis, ça changerait, ça brouillerait les cartes, ça malmènerait les discours tout faits. Est-ce que ça créerait un sentiment d'injustice ou de compensation ? Est-ce qu'au contraire… Et voilà, c'était parti ! Elle envisageait chaque détail, passait au crible chaque action corollaire, chaque ramification, chaque effet domino, son jeu favori.

Il n'empêche qu'avec son compte qui s'achève aujourd'hui, à quarante-six ans, je regarde évidemment le mien qui reste ouvert un peu médusée. De combien d'heures, de mois, d'années vais-je la dépasser ? Serais-je, par hasard, selon sa théorie, une nantie, une fille née avec une grosse couronne sur la tête, plus belle, plus lourde, plus dotée que la sienne ? Moi qui, pendant toutes ces années, ai toujours considéré que sur ma tête justement il n'y avait rien qu'un peu de vent dans mes cheveux.

Devant Vera qui n'arrêtait pas de pleurer en disant « pendue, pendue » puis « pourquoi, pourquoi ? » et avant de monter voir, j'avoue que la première image qui m'a traversée, c'est celle d'un corps de sirène cloué à une poutre.

À quinze ans, Adèle a décrété que dans sa vie, il y aurait les maths et les sirènes. Elle n'avait pas huit ans, ni même douze, non, elle en avait quinze et elle était au lycée. C'était sérieux, elle disait, mon rêve, ce serait de faire des maths la journée et le soir, de fendre les eaux turquoise comme une sirène. Et ce n'était pas un vœu pieux, elle s'entraînait. Elle allait plusieurs fois par semaine à la piscine et dirigeait son corps comme un cylindre emmené par l'énergie de ses bras qui crawlaient, crawlaient, jusqu'à sentir ses jambes se joindre et onduler ensemble, depuis la taille jusqu'au bout des orteils, et sans faire de mousse. Elle me racontait ses séances, détaillait ses sensations. La mousse, c'est l'échec, disait-elle gravement. Elle mettait des briques en caoutchouc entre ses cuisses pour les tenir collées-collées, suturer ses jambes de haut en bas, les zipper, c'était son mot. Et sentir les deux plantes de ses pieds battre comme une nageoire. Elle progressait, mais elle continuait à pester :

dans l'eau, ça se voyait, elle avait toujours deux jambes distinctes, elle, elle pouvait l'oublier, mais c'était évident, les autres ne voyaient que ça. Et puis ses bras qui crawlaient, comme si une sirène, ça crawlait ! Non, l'idéal, disait-elle, ce serait que j'enfile une combinaison spéciale, une chose faite sur mesure qui fasse de mes jambes une longue queue avec un aileron au bout. Et que, bien sûr, je puisse garder les bras serrés le long du corps.

Une longue queue, pour moi, c'était tout autre chose, un rêve plus rude, moins sucré, plus bizarre, qui revenait à fendre des eaux plus troubles que des eaux perlées à la Disney. En plus, à cette époque, Adèle s'était mise à écouter en boucle les disques de Freddie Mercury, enfin de Queen, chez elle dans sa chambre, dans la rue avec ses écouteurs, partout, elle l'aurait fait à la piscine si elle avait pu. Du velours, disait-elle, écoute-moi ça, non pas du velours, une matière plus irréelle, plus floue, indéterminée, ni homme ni femme, tu entends, du vivant à l'état pur qui n'a pas encore choisi son camp, sa forme, tu vois ? Rachel, c'est toi la plus littéraire, tu devrais trouver le bon mot ! En fait je ne voyais pas trop, alors je suggérais quoi, les limbes ? Mais elle n'entendait même pas, elle poursuivait, tu entends cette zone de la voix, il n'y a rien de plus envoûtant que ça, c'est un truc pur, un truc sans nom, je ne trouve pas de nom, allez, aide-moi. Un je-ne-sais-quoi ? disais-je désespérément pataude, en ne trouvant rien que cette pauvre périphrase éculée, alors Adèle reprenait, non, ce serait comme des eaux mêlées, à un endroit de la terre totalement secret, imagine un peu. Je n'imaginais pas. Je n'avais jamais fait de rêves pareils, mais pour Adèle, le rêve, c'était ça, homme et femme à la fois, en haut, sa nuque, ses épaules graciles et, en bas, sa grosse queue de sirène qui fendait des eaux mêlées. Devant Vera qui pleurait ses « pendue » et ses « pourquoi », cette queue ruisselante, je la voyais accrochée à une esse comme une vulgaire queue de poisson qui ne fendrait plus jamais rien. Un trophée tout dépité.

J'ai laissé Vera dans sa loge, j'ai cherché dans mon téléphone une version de *The Show Must Go On* de Freddie et, au son de cette symphonie magnifique et lugubre, j'ai gravi les quatre étages.

Adèle avait exigé que cette chanson ouvre le bal de son mariage. Luc avait trouvé ça sinistre mais elle avait eu gain de cause. Au vu de ce qui venait d'arriver, ça devenait bien sûr un mariage de cinéma, leur mariage, comme souvent les mariages. Dans les films, les scènes sont souvent longues et belles, mais depuis *Le Parrain*, tout le monde est prévenu, on sait qu'on ne doit pas s'en laisser conter, que sous la blanche neige crépitent des braises prêtes à faire fondre tout ce qui précède et tout ce qui suit. Mais on a beau savoir, chaque fois on brûle de se laisser prendre à ce rêve d'amour, à cette débauche de bonheur. Moi la première, et pour cause, ce mariage, c'était d'abord celui de deux cerveaux, de deux tronches, comme on dit, mais moi, je ne le dis pas, je déteste ce mot, j'y perçois une hostilité jalouse, le désir de les trancher, les tronches, justement, et surtout l'aveu de ne pas en être une, et ça, moi, je n'ai jamais pu. C'est tout le problème d'ailleurs. Alors oui, on pensait à ça en premier, à leur tête, pas à leur corps, ni à leur amour, ni satin ni soie ni rien, on pensait, enfin moi, je pensais, que, sous les flonflons, il y avait leurs deux esprits qui, peut-être un peu étourdis par la musique et le champagne, pour une fois ne moulinaient pas, ne calculaient pas, n'optimisaient rien. Je les regardais et je me disais que leurs deux cerveaux goûtaient ensemble quelques heures l'écume des affects humains, leur mousse, une détente inespérée. Au détour d'une danse, Adèle m'a glissé en riant qu'elle regrettait de ne pas voir à son mariage ce que chez Luc elle préférait par-dessus tout. Ah bon, quoi ? ai-je dit. Ses jambes, Rachel, ses jambes ! C'est pour ça que je l'épouse, pour ses jambes galbées et pfff ! On ne les voit même pas !

Il me restait encore deux étages à gravir dans le requiem de Freddie. Je montais lentement et j'en profitais pour traquer les mauvais esprits, débusquer les fantômes qui m'avaient échappé et qui avaient peut-être à mon insu gâché la fête du mariage de Luc et d'Adèle, car c'était quand même étonnant de les voir comme ça si jeunes, tout nappés de chantilly et de béatitude. Et je me suis souvenue du discours du père d'Adèle.

M. Prinker avait toujours pensé qu'elle ne se marierait pas, il avait commencé comme ça. Selon ses calculs, ce mariage était improbable, mais évidemment, il ne disait pas ça contre Luc pour lequel il avait la plus grande estime. Il s'était mis à évoquer tout ce qu'ils avaient partagé quand Adèle était enfant, les maths, les échecs, la natation, tailler les crayons pour qu'ils soient toujours affûtés, précis, qu'ils visent dans le mille. À l'entendre, on aurait vraiment dit qu'Adèle était morte. C'était peut-être seulement à cause de la musique qu'Adèle avait choisie pour ouvrir le bal, mais je crois qu'un air de salsa n'y aurait rien changé. C'est simple, tout le monde pleurait sur cette mystérieuse improbabilité, ce mariage qui n'aurait pas dû avoir lieu, mais heureusement, entre deux phrases d'oraison funèbre, M. Prinker a dit qu'il était fier d'avoir une fille pareille, la reine d'un royaume où il n'y avait quasiment que des rois. Il avait même osé un jeu de mots en parlant de sa *sirène si reine.* On a fait mieux mais quand on le connaissait, le Prinker, avec sa dent dure, son regard froid, ses plis amers au coin de la bouche, il y avait de quoi s'émouvoir. On a pensé qu'il avait dû en visionner des comédies romantiques pour l'écrire, son discours, qu'il avait sniffé de la guimauve ou alors que c'était l'âge, que l'âge vous attendrit n'importe quel vieux cheval, les désillusions, la maladie, la peur de mourir, ça vous cisaille suffisamment les nerfs pour que tout se détende, s'amollisse, coule sur les plaies comme du miel. Sa femme n'était plus là pour pleurer mais d'ailleurs sur quoi aurait-elle pleuré ? Sa solitude ? Sa fausse famille ? Son bannissement ? Et s'il avait vu les joues de sa femme ruisseler, au lieu de la prendre dans ses bras, M. Prinker lui aurait certainement tendu un mouchoir en la houspillant, ça se serait vu de loin, enfin, moi, ça ne m'aurait pas échappé, le mouchoir aurait tremblé entre ses doigts secs. La malheureuse.

Me suis-je souvenue de ce discours par anticipation ? Parce que je sentais que c'était à moi qu'il reviendrait de l'appeler, le vieux Prinker, pour lui annoncer la nouvelle, en attendant que Luc et Nicolas rentrent de Norvège ? Ce serait à moi de lui dire qu'il venait de perdre cette fois-ci et pour de bon sa fille chérie, son adorée. Pour m'éviter d'y penser, mon esprit s'est fixé sur une image lumineuse, les fjords, l'année juste avant le mariage.

Nous portions des vêtements blancs, nous paraissions encore plus jeunes et plus blondes. Le blanc exalte la blondeur, disait Adèle, le long des bastingages, devant les glaciers qui se découpaient sur des eaux bleu acier. Les gens, beaucoup de retraités, n'avaient d'yeux que pour nos cheveux d'enfants, notre blondeur abrasive, cuisante. Une pluie d'or, disaient les dames, du phosphore, disaient les messieurs. J'ai imaginé une seconde un nuage passer sur le visage blanc et radieux de Nicolas, sa blondeur soudain ternir, mais l'éclat du phosphore a éclipsé cette ombre et j'ai revu les séances de photo auxquelles on nous soumettait, vous êtes si belles, vous êtes si blondes, si jeunes, on dirait deux sœurs. La surexposition gommait nos traits, elle nous confondait. Avec nos lunettes de soleil, on ne voyait pas comme nos yeux étaient différents dessous : les siens grands, bleu-gris, très arrondis, tombant sur les côtés, un peu battus ; les miens d'une teinte plus claire mais plus petits, plus étroits. Ces images de Norvège sont longtemps restées comme la preuve ultime de notre fusion, et pour cause. J'ai un instant caressé l'idée que si elle n'avait pas accompagné Luc et Nicolas dans les fjords, si même elle ne m'en avait rien dit, c'était pour ne pas éclipser notre voyage, mais j'oubliais le principal, Adèle avait ces derniers jours de tout autres projets en tête. Où je comptais pour rien. Ou peut-être pas totalement pour rien. On ne se pend pas sans penser à l'image qu'on va produire, la stupeur, le face à face des deux corps à la verticale, le vivant et le mort, l'effet du poids qui pend, l'effroi pantois du premier témoin, la misère crue de la dépouille. Cette image, c'est Vera qui l'aura à jamais sur la rétine, pas moi, car quand je suis enfin arrivée là-haut, on avait déjà décroché Adèle, on l'avait rangée dans une housse. J'ai fait taire Freddie.

Ils ont entrouvert la housse blanche, je l'ai vue, calme et verdâtre, j'ai tendu ma main vers son visage mais ils remontaient déjà la fermeture. Je n'ai pas insisté, mais en quelques secondes, il m'a semblé voir des cheveux courts, très courts même. Sur une chaise, j'ai aperçu le sac en plastique transparent et dedans la corde enroulée. Elle était comme neuve, intacte, immatérielle, on aurait dit un dessin plutôt qu'un objet, une pure forme jaune paille qui n'aurait jamais été en contact ni avec la peau ni avec les cheveux d'Adèle.

Je ne l'ai pas appelé, j'y suis allée. J'ai dit, il est arrivé une catastrophe, Monsieur Prinker, Adèle est… Adèle a… Adèle s'est… je n'ai pas eu besoin de finir ma phrase, il a compris. J'ignore pourquoi. Son visage s'est affaissé d'un coup. Il n'a pas demandé de détails, je ne lui en ai pas donné.

On s'est assis l'un en face de l'autre dans ce vestibule où j'avais si souvent attendu. Le même papier peint, le même miroir, le même calendrier périmé depuis des années. Seule la présence du chien y changeait quelque chose mais il ne bougeait pas. Je suis allée dans la cuisine. Comme dans les films, je lui ai apporté un verre d'eau qu'il n'a pas bu. J'ai dû rester une demi-heure dans ce silence avec lui puis je me suis levée. J'ai posé une main sur son épaule, j'ai appuyé dessus quelques secondes, je n'ai pas pu la serrer. Je ne pouvais pas être plus tendre, ce n'était pas notre registre. Ensuite j'ai murmuré, je ne comprends pas… Je ne sais pas s'il m'a entendue, sa tête dodelinait dans le vide. J'ai noté mon numéro sur un papier, il pouvait m'appeler à tout moment. J'ai croisé son regard vitreux derrière lequel on sentait sourdre un cataclysme. Je devais le laisser seul. Une fois la porte fermée, sur le palier, j'ai attendu un peu et c'est venu, il pleurait comme une petite fille, en faisant des sons très aigus.

Les choses se sont enchaînées à une vitesse folle malgré l'incrédulité, la sidération, les questions sans réponse qui tournaient, la stupéfaction de ceux qui ne pouvaient rien dire, Adèle au sommet de sa gloire, rien articuler, Adèle si rayonnante, que des débuts d'hypothèses, Adèle si sollicitée, des spéculations psychologiques grossières, Adèle si accomplie, des scénarios vaseux, des adages consternants sur le mystère des êtres et l'illusion des apparences, le tragique de la condition humaine, la cruauté des mathématiques, bref, rien de très satisfaisant. Sa mort a déclenché en moi un vrai siège à l'intérieur duquel le chagrin sinuait à peine. J'ai pensé que c'était l'affairement, toutes ces choses à organiser sous le choc, les membres gourds, l'œil perpétuellement rivé sur tout ce qui avait pu m'échapper : je bougeais, je parlais, mais tout était ralenti, mes pieds étaient pris dans la glace, ça ramait, ça n'avançait pas.

Deux jours plus tard, nous étions au cimetière avec Luc, Nicolas, M. Prinker, Vera, le premier cercle, puis derrière, mes parents, les amis, les collègues, des académiques, des représentants de l'institution, du beau monde. Pour tous, j'étais l'amie, l'amie d'une vie, chez qui personne ne soupçonnait cette barre verticale, cette colonne lumineuse, cette trachée, cette baguette froide et fluorescente qui brille à mesure que la vie chauffe, ce Mister Freeze vif, ultra-sensitif, presque vibratile, mon secret miroitant et caché. Un coefficient d'existence. J'en connais le fonctionnement à présent, j'existe d'autant plus que la barre durcit, refroidit, reluit. Du chaud et du froid en même temps, comme à la montagne quand la suée de l'effort ne se distingue plus de la bise qui vous glace les os. Eh bien, devant le cercueil d'Adèle, ce mercure paradoxal s'élevait au centre de mon corps mais, sous mes habits noirs et mon air grave, évidemment personne ne le voyait. Personne ne l'avait jamais vu, mais ce jour-là, alors qu'on enterrait mon amie, ma sœur, ma complice, il était d'une intensité maximale, d'une froideur qui confine à l'extrême chaleur. Dans ces allées pleines d'herbes et de caillasse, j'existais comme la gloire vous fait exister. J'étais triste mais j'étais délestée, je l'aimais mais j'étais débarrassée. De mon Mister Freeze, je me disais qu'il fondrait peut-être pour de bon, que c'étaient là ses derniers froids, ses derniers feux, et qu'à mes pieds, quand je partirais, il y aurait une petite flaque, une nappe visqueuse et sucrée. Entre les pierres grises et les vêtements noirs, ce serait la seule touche de couleur, d'un bel orange vermillon.

Mes parents m'ont toujours dit qu'il fallait pouvoir le soir raconter sa journée à la personne qui partage votre vie. Pas seulement en surface mais en profondeur, par le menu, sinon c'était couru, c'était l'ennui garanti. En amitié, c'est différent. Avec Adèle, Luc et les autres, il était entendu que, pendant plus de trente ans, j'ai été la littéraire à qui on ne pouvait justement pas raconter sa journée. J'avais pris l'habitude de considérer que je ne pouvais pas ouvrir les marmites dans lesquelles mijotaient leurs idées et leurs journées, que ces ragoûts-là n'étaient pas faits pour moi. Je tentais des incursions, je posais des questions avec les mots que je pouvais, mes angles, mes images, mes catégories de pensée à moi, mais je le faisais comme une enfant qui tord ses doigts et ses lèvres avant de parler. On me répondait, on m'expliquait sans condescendance, mais lentement, et je voyais bien qu'on choisissait ses mots, qu'on m'avertissait, je te préviens, c'est un peu technique, qu'on ne me servait que de toutes petites portions, et même comme ça, avec tous ces égards, ça ne m'allait pas : à leurs côtés, j'étais un mur d'entraînement, de rebond, mais pas un partenaire avec lequel vraiment jouer le match. On ne me faisait jamais entrer, on me laissait sur le seuil d'où je pouvais regarder de loin, de l'extérieur, percevoir les contours, tu comprends l'idée, Rachel, en gros ? Oui, oui, je comprends, en gros. Et moi de ne pas insister, de ne vouloir ralentir personne, rien obstruer, ne pas être celle qui lève encore la main pour dire, halte là, attendez, je n'ai rien compris. Évidemment, l'inverse n'aurait pas été vrai : ils auraient tous pu m'interroger sur un roman, un courant, n'importe quel fait littéraire, et il leur aurait toujours suffi de quelques phrases pour comprendre en détail, pas en gros. Ils n'avaient qu'à demander, se servir sans même se donner la peine de mépriser ou de se fendre du moindre sarcasme. Quand on fait partie du petit nombre d'élus juchés sur ce nuage, on peut garder son altitude de croisière, on n'a pas besoin de se pencher.

La première fois, j'avais quatorze ans. Je connaissais Adèle depuis un an. J'étais passée la chercher, je l'attendais. Elle me disait j'arrive, elle s'arrangeait d'un œil dans le miroir de l'entrée puis regardait vers le fond du couloir, repartait vers le bureau de son père. Ça criait. Jamais je ne les avais entendus se parler aussi brutalement. Au contraire, j'avais d'emblée aimé la basse fréquence de leurs voix, leurs conversations posées, les énoncés froids, monocordes, une sorte de bande-son en basse continue. Mais là, entre deux portes, les phrases fusaient, dures, cassantes. « Tu passeras des soirées à boire et à refaire le monde avec des intellectuels qui ne comprendront rien à rien ! » « Va donc lire tes romans ! » J'ai vite compris qu'il était question de notre orientation. Nous étions en troisième, et, à cette époque, on devait choisir une filière dès la seconde. On avait le choix entre A, B ou C. Les cris se sont rapprochés, son père aussi est venu dans l'entrée, sa femme à ses basques, une vraie sitcom, sauf que tout le monde semblait ignorer que cette question, pour moi aussi, c'était un débat. On ne me demandait rien, soit on n'osait pas, soit, plus probablement, on s'en fichait. À un moment, sa mère a ouvert la bouche d'un air désolé et m'a demandé, et toi, Rachel, tu vas choisir quelle section ? Alors d'une petite voix, j'ai répondu A, pour que le père d'Adèle surtout n'entende pas. Tu vois, Roger ! Rachel va faire A, a repris Mme Prinker. Je l'aurais tuée. M. Prinker m'a toisée, juste affreusement toisée, sans dire un mot. De toute façon, il le savait puisque si Adèle hésitait entre A et C, lettres ou maths-physique, c'était aussi à cause de moi, pour qu'on reste ensemble vu que nous étions devenues inséparables, et il devait me détester d'être la cause de son hésitation. Les phrases assassines continuaient à pleuvoir de-ci de-là, « Tu n'auras jamais aucun vrai pouvoir sur le monde ! », allaient crescendo, « Tu n'auras qu'à épouser un type qui, lui, aura fait C, mais ne viens pas ensuite te plaindre au nom des pauvres femmes ! ». Cette phrase-là a mis Adèle hors d'elle, elle est devenue écarlate, parce que soudain elle faisait apparaître un couple qui la posait à la même place que sa mère, une femme transparente et tonitruante à la fois, parfois sujette aux envolées sur l'inégalité des femmes, mais que ses actions quotidiennes maintenaient à l'exact opposé ; en un mot, une femme qui gesticulait. Le père d'Adèle a enchaîné sur le fait que les lettres, la philosophie, la poésie sont propices à la mélancolie, voire à la folie, qu'au moins, les maths et les équations serrent votre esprit dans un étau qui l'empêche de dériver vers les affres, les gouffres, il n'y avait qu'à voir le nombre d'écrivains qui s'étaient suicidés à cause de leurs questions insolubles et de leurs fichus baratins. C'était pour ça que la mère d'Ada Byron avait poussé sa fille vers les sciences, pour qu'elle échappe au destin maudit de son maudit poète de père !

Ada Byron.

C'était la première fois que j'entendais ce nom, alors que je connaissais par cœur celui de Lord Byron, parce que mon arrière-grand-mère Rachel, oui, c'est d'elle que je tiens mon prénom, lui avait justement consacré un ouvrage qui avait fait date, à ce maudit poète, mais Ada, je ne connaissais pas. Devant moi, dans le vestibule, M. Prinker a crié à Adèle que s'ils l'avaient appelée Adèle, c'était parce qu'elle serait une Ada à laquelle on ne couperait pas ses ailes, aujourd'hui, les filles font ce qu'elles veulent, on ne leur vole plus rien, alors nom de Dieu, qu'elles volent, par pitié, vole, mon Adèle, vole ! À l'instant où il a dit ça, je me suis demandé si, dans sa bouche, c'était un « il » ou un « ils » qui l'avait appelée Adèle, mais devant ses gros yeux devenus tout brillants, tout gélatineux de larmes, j'ai compris que c'était lui et seulement lui. Comme Adèle faisait encore mine d'arranger ses cheveux dans le miroir de l'entrée, il a fini par lui lancer, reste donc une gentille petite demoiselle si c'est ça que tu veux ! Adèle m'a souri en répliquant qu'être une demoiselle avait ses avantages comme si moi j'en étais la preuve vivante et, bêtement, j'ai souri. Ensuite nous sommes sorties et elle a claqué la porte très fort.

Il nous a fallu un moment de grand silence avant de pouvoir parler de ce qui venait de se passer. Elle était furieuse, son père avait de ces clichés dans la tête, c'est lui qui ne connaissait rien à rien. Les maths, les maths, les maths, il n'avait que ce mot à la bouche, elle n'en pouvait plus ! J'étais surprise mais au lieu d'abonder dans son sens, j'ai répondu que les maths, elle aussi les adorait. N'importe quoi ! Je ne les adore pas ! Je me souviens que malgré sa colère, je ne devais pas m'immiscer là-dedans et surtout ne pas attiser une fureur dont il me semblait qu'elle était de pure façade. Car, plus d'une fois, je l'avais vue éprouver le même pincement délicieux quand son père lançait le chronomètre qui battait la mesure des énigmes logiques à résoudre en toujours moins de temps qu'il n'en fallait. Quand je dormais chez elle, Adèle pouvait réclamer une dispense, papa, mon petit papa, je suis avec Rachel, ce soir, je peux avoir un mot d'excuse ? l'implorait-elle d'une voix coquette qui donnait soudain plus de valeur à ce dont ma présence la privait. Mais la plupart du temps, cette dispense, elle ne la demandait pas, elle me disait, attends-moi ici, je reviens dans vingt minutes montre en main, et elle sortait de sa chambre pour rejoindre le bureau de son père qui ne manquait jamais d'en fermer la porte. De fait, elle dépassait rarement le temps annoncé et revenait les joues rouges et l'œil vif en lâchant de tout petits bâillements où je comprenais qu'elle avait mobilisé toutes ses forces pour être à la hauteur du défi. Jamais on ne me conviait, jamais on ne me proposait d'assister à ces mystères, ce dont une fois je m'étais légèrement plainte à sa mère qui s'était contentée de répondre, ah non, ça, ma petite, c'est la vie d'Adèle et son père.

Adèle et son père, Adèle et son père. Pour un peu et à force de les fréquenter, je savais qu'on pouvait tout attacher, *Adèle-et-son-père,* l'écrire en un seul mot, *Adèleetsonpère.* Malgré les scènes, les disputes, les colères, ils formaient une entité insécable. Un duo d'altesses qui ne m'accueillerait jamais en son sein mais qui pouvait m'adouber. De toute façon, Adèle n'avait pu m'élire que parce que son père l'y avait autorisée, et s'il m'avait jugée digne d'être l'amie de sa fille, il avait également dû considérer que je ne prendrais jamais aussi bien la lumière.

Dans ma famille à moi, les Deville, on était littéraire de père en fils, de mère en fille, de tous les côtés, alignés, croisés. Il y avait chez nous des professeurs d'université dans plusieurs disciplines, histoire, littérature française ou anglaise, droit. Il y avait des avocats, un oncle au Conseil d'État, des hauts fonctionnaires, des journalistes, et, pour l'instant, un seul écrivain, moi. Depuis quatre générations, on choisissait ce qu'on appelle les lettres les yeux fermés, ça ne se discutait pas. On aimait ça, on était ça, lire, débattre, parler lors des repas d'un tic de langage, d'un néologisme ou d'une étymologie, nous disputer sur une racine latine, un vers de Hugo. Mon arrière-grand-mère paternelle, Rachel, avait, paraît-il, déclaré un jour que c'était même à ça qu'on reconnaissait les familles d'intellectuels, au fait qu'à table, elles s'attardent sur un phénomène de langue plutôt que sur le vin et les plats. Elle avait, paraît-il, dit ça fièrement et c'était resté comme une devise, « Sur la langue plutôt que sous la langue », une signature que chacun de nous portait haut, sans tiquer, la devise des Deville. Comme tous, j'avais aimé penser que j'étais issue de ce monde-là, que je n'aurais pas pu mieux tomber, que j'étais l'héritière de ce qui faisait briller la culture française depuis des siècles, la conversation, les salons, et que, même si on n'est jamais sûre de rien, j'allais faire œuvre, graver le nom de ma famille dans le marbre qui éclipsait tous les autres, le marbre de la littérature. Il me revenait d'accomplir jusqu'au bout le destin imparti, de le parfaire en créant, et de patienter à l'ombre d'un confortable poste à l'université d'où je commenterais la création des autres.

Ma vocation d'écrivain – elle écrit depuis qu'elle a cinq ans, des historiettes, des saynètes, des nouvelles –, ma mère en faisait la genèse à qui m'interrogeait, et je la laissais volontiers répondre à ma place, car sous ses mots levait la réserve de murmures et de silences où j'avais passé mon enfance, loin des débats qui agitaient les grandes réunions de famille, puisqu'à tous ces littéraires rassemblés dans le salon, il revenait de parler plus fort que les autres, de citer à tout va et surtout d'endosser des positions politiques, des partis pris idéologiques, avec le lyrisme tonitruant de la vertu qui, étrangement, me laissait un peu perplexe. Ma mère et les frères de mon père tenaient le haut du pavé, tous historiens, et n'en finissaient pas de se quereller tantôt sur la France de Vichy, tantôt sur la façon dont l'Angleterre avait mieux décolonisé que la France, sans oublier les romans de Chardonne, les anticipations de Houellebecq et, bien entendu, les inégalités qui s'aggravaient entre les riches et les pauvres. Les tirades, les diatribes allaient bon train, de temps en temps ponctuées par les exaspérations de mon père qui, à toutes ces chamailleries, préférait s'éclipser et s'absorber dans une nouvelle traduction de Kafka. Moi qui avais toujours eu tendance à parler moins fort que les autres, je continuais à assister, vaguement médusée, vaguement amusée, au match familial, car j'ai mis du temps à m'avouer qu'au fond c'était un cirque, et que ce cirque peut-être me lassait.

Évidemment, Adèle a été conviée à plus d'une de ces réunions. Je lui en avais vendu les joyeuses empoignades, elle en adorait le phrasé, les joutes, les guirlandes de mots en *-isme*, les alexandrins intempestifs, les retombées désabusées. Elle était au spectacle. Elle était capable d'en imiter le rythme, la prosodie, les accents. Comme les musiciens, elle en restituait le flot à travers un yaourt, un flot scandé, indigné, qui s'écoulait d'une bouche à l'autre ou qui, au contraire, n'était que phrases interrompues, inachevées, rafales de stichomythies suffoquées. Il lui avait fallu plusieurs séances d'observation pour risquer sa première réplique et, ingénue, elle avait justement mis en lumière notre légendaire prédilection. C'est fou comme vous parlez toujours des mots eux-mêmes, vous faites tous ces commentaires sur la langue, avait dit Adèle alors qu'entre la poire et le fromage, on venait de déplorer la prolifération des acronymes, ma mère renchérissant en accusant son haut fonctionnaire de frère d'en être copieusement responsable, sans parler du verbe « accompagner » que vous mettez désormais à toutes les sauces, avait-elle ajouté, comme si nous étions tous devenus des administrés incapables de mettre un pied devant l'autre sans une aide à domicile ! Adèle avait éclaté d'un rire que je ne lui avais jamais connu chez elle, ce qui lui avait valu de recevoir aussitôt notre poinçon « Sur la langue plutôt que sous la langue ». Toutes les familles se plaisent à exhiber leur légende bizarre en présence de l'étranger et jubilent de le voir en adopter le refrain. De ce jour, Adèle n'a plus jamais eu besoin d'être officiellement conviée, elle venait chez nous quand elle voulait, pour changer d'air, s'instruire, s'amuser, comme elle voulait, apparemment toujours ravie d'être accueillie par une famille avec des tantes, des oncles, des cousins qu'elle n'avait pas, ses parents étant, comme elle et comme moi, des enfants uniques, sans compter que les Prinker étaient socialement discrets, modestes même, et qu'avec nous, elle apprenait aussi à vivre dans le monde, à se frotter aux pratiques de l'entregent, un mot qu'elle ne connaissait même pas et qui l'a littéralement dégoûtée la première fois qu'elle l'a entendu. Puis, comme souvent, elle a transformé ça en vision géométrique : les ronds de jambe montent comme des bulles de savon dans l'entregent qui, de ses angles, taille, cisaille, et de joindre à ses rimes des gestes cadencés qui nous faisaient rire, taille, cisaille, taille, cisaille…

Après le premier incident du vestibule, il y en a eu un deuxième, toujours dans cette période où nous devions choisir notre orientation : son père écoutait la radio au salon en fulminant contre ces hâbleurs qui, disait-il, auraient mérité un bon gros problème de maths. Il avait dit ça comme il aurait dit qu'ils mériteraient une bonne gifle ou une bonne correction. Debout dans l'entrée, j'ouvrais des yeux ronds, un peu perplexes, un peu craintifs, et surtout, je priais pour qu'il l'éteigne, sa radio, comme si soudain tous ces hâbleurs me faisaient d'autant plus honte qu'ils m'étaient familiers. Adèle s'est dépêchée de s'habiller et, dans l'escalier, elle s'est empressée de m'expliquer que c'était une façon de dire que tous ces beaux esprits se casseraient les dents sur un seul problème de maths et qu'ils cesseraient enfin de s'y croire. J'ai souri mais j'ai bien senti que cette pique ne visait pas seulement ceux qu'on entendait à la radio. Adèle avait sûrement rapporté chez elle toutes les discussions auxquelles elle assistait chez moi, c'est-à-dire à la fois ce plaisir qu'elle découvrait et cette distance qu'elle gardait, or, par la voix de son père, elle ternissait d'un coup toute la légende qu'on n'avait cessé de lustrer sous ses yeux. En réalité, je voyais sans voir, et il m'a fallu une deuxième salve quelques jours plus tard, pour mieux comprendre sa trahison, l'opprobre jeté sur ma dynastie. Demande-leur donc de te dire ce qu'est la masse ou l'accélération et tu les verras tout démunis, comme qui dirait Gros Jean comme devant ! disait son père au salon. Pour les scientifiques, ces définitions, c'est la base, me précisait Adèle dans l'escalier, l'équivalent de savoir lire ou, au pire, de connaître au moins le titre et l'intrigue d'une seule pièce de Molière, autant dire le b.a.-ba. J'avais beau constater qu'elle parlait comme un perroquet, j'étais estomaquée.

Ce jour-là, je suis rentrée chez moi et j'ai demandé à mon père de définir la notion de masse, à ma mère, celle d'accélération, d'abord au pied levé, mine de rien, puis, voyant qu'ils faisaient la sourde oreille, avec insistance. J'ai appelé mon oncle, ma tante, j'ai cherché par tous les moyens à faire mentir le père d'Adèle. Personne pour répondre, personne pour juguler le déshonneur, personne pour redonner sa splendeur à la gloire familiale qui semblait désormais goutter sous mes yeux comme un vieux linge. Personne pour partager ma stupeur, et surtout, ma découverte : c'était comme de rouler à vélo sur la bande qui séparait deux territoires et de tourner enfin la tête de l'autre côté, vers celui des deux qui avait toujours été là mais que je n'avais jamais vu, jamais aperçu. Une terre où vivait une autre tribu que la mienne, une vieille tribu vivace et souveraine qui ne prisait que la rationalité, la logique, qui détestait l'approximation et qui voulait toujours comprendre, expliquer, démontrer. Face à elle, les débats de ma famille m'ont semblé brusquement fades, décousus, pleins de trous. Moi qui habituellement parlais peu, je me suis mise à rectifier leurs termes, à corriger leurs définitions, à exiger des articulations dans des raisonnements que je trouvais lacunaires, bancals. On me regardait sévèrement, on trouvait que je pinaillais, on s'agaçait. Un jour, ma mère s'est énervée et m'a dit, non, mais tu arrêtes avec ça, Rachel ? Avec quoi, maman, la rigueur ? ai-je répondu en quittant la pièce d'un air outré. Mais aucune de mes bouderies n'entamait jamais l'assurance du clan.

Chez les Prinker, j'apprenais à réfléchir autrement, à entrer dans une danse nouvelle où, malgré une certaine exclusivité, on m'accueillait. J'étais subjuguée par leur intelligence, leur vitesse, leur clairvoyance, et je n'en revenais pas d'y avoir droit. Ce n'était pas sans mal car il m'arrivait d'étouffer, d'avoir des crampes dans les mollets, le duo père et fille m'exaspérait, leurs lèvres serrées sur leurs démonstrations, cet esprit de sérieux qui ne se déridait que sur les pauvres soupirs de Mme Prinker qui cherchait de l'air, risquait parfois une repartie saugrenue, une dissonance, qui, en général, faisait sourire à ses dépens, et encore. J'étais gênée pour elle. On met toujours un certain temps à discerner les excès d'une herbe qu'on trouve d'un plus beau vert. Mme Prinker avait eu ce temps, moi non. Surtout, elle n'éprouvait certainement pas comme moi cette sensation de fourmis dans tout le corps, de la plante de mes pieds à la pulpe de mes doigts lorsque je me disais que je touchais un monde d'objets dont en fait j'ignorais tout, absolument tout. Cet interrupteur ? Ce bouton ? Cette bonde ? Cet appareil ? Comment ça marchait ? Au contact des Prinker, cette forêt de mystères détachait devant moi ses ombres sans les dissiper et personne dans ma famille ne pourrait jamais les chasser, alors que le premier ingénieur venu oui, et que d'ingénieurs, nous n'en comptions strictement aucun. Vous me direz, chacun son métier, mais non, ce n'était pas qu'une question de métier. C'était une question de pouvoir et de vérité. Ces fourmis ont gangrené jusqu'à la pulpe de ma langue, et moi qui, jusque-là, étais si fière de ma société, j'ai perdu ma voix. Bien que beaucoup plus petite et plus terne, la tribu Prinker réduisait à néant l'aura de la mienne, la gloire dont j'étais nimbée.

A ou C ? C ou A ? J'avais vraiment le tournis, mais un tournis de façade, car au fond, c'était plié, je ne pouvais plus faire A. Je ne pouvais pas me présenter dans le vestibule des Prinker qui soudain éclipsait pour moi toutes les bibliothèques des Deville en annonçant que je renonçais pour l'éternité aux abstractions mathématiques et aux seules vérités qui vaillent, les vérités permanentes, disait M. Prinker. Il y a eu une dernière discussion à la maison, au cours de laquelle j'ai avoué que j'en avais assez de nos débats interminables, que j'avais besoin de certitudes solides, de vérités démontrables justement. La pitié a écarquillé tous les yeux qui me regardaient. C'était comme si je leur avais annoncé que je rentrais dans les ordres en disant Dieu est la vérité, mais à la place, j'ai dit que 317 était un nombre premier et que ça, c'était une certitude, une vraie. J'avoue, c'était un peu fort de café, mais personne n'a moufté. Tu n'as pas un peu l'impression de quitter ta maison ? m'a discrètement demandé mon père. C'est momentané, papa, j'y reviendrai, alors que si je renonce aux maths maintenant, je n'y reviendrai plus jamais. Il ne m'a pas contredite, j'étais la voix de la raison. Il se demandait si Kafka avait fait des maths. À lire ses œuvres, on pouvait le penser, mais l'histoire ne le disait pas.

On menait toutes les deux bataille. Adèle, de son côté, avait joué quelques semaines avec une illusion de liberté et de détachement. Elle avait fait semblant de donner un peu de crédit aux soupirs de sa mère, peut-être même à ceux de la mienne, et si elle n'avait pas encore la passion des maths, ça, c'est mon père, exagérait-elle, elle avait évidemment cédé à celle qu'il lui avait inculquée en premier lieu et qui la tenaillait, toujours choisir ce qu'il y avait de plus difficile, sauter des haies toujours plus hautes, toujours plus hautes, hop hop hop.

Les Prinker appartenaient donc à une autre tribu, une tribu au sens anthropologique du terme, soit un groupe humain avec ses usages, ses codes, ses valeurs, ses réflexes. C'était comme si soudain on m'avait caché l'immensité de la planète, comme si on m'avait cantonnée dans une seule pièce du manoir, comme si la distribution des savoirs s'était réduite à une occupation des sols limitée, partielle. J'en ai voulu à mes parents de me l'avoir si longtemps cachée, cette tribu, j'aurais préféré savoir, mais j'ai compris par la suite qu'ils ne m'avaient rien caché du tout, qu'ils vivaient tout simplement et depuis toujours très loin d'elle, sans passerelles, à l'exception des attributions de prix Nobel, quand, par hasard, on connaissait quelqu'un qui connaissait quelqu'un qui connaissait le récipiendaire. La science ne les concernait pas, la science ne les menaçait pas, puisqu'ils vivaient dans un monde où il était plus important de citer Hugo que Newton et où on se gaussait de la phrase de Heidegger selon lequel la science ne pense pas. Chez les Prinker, c'était pareil, sauf qu'eux, ils savaient parfaitement qu'on existait.

À quatorze ans, Adèle et moi, nous avons donc conclu une forme de deal : conquérir le territoire d'en face, l'autre moitié du monde. Dans une comédie, on aurait joué croisé, j'aurais fait C et elle, A, mais dans la vraie vie, je l'ai suivie. J'ai signé pour trois années de maths-physique, et elle, pour une famille adoptive qui comblait ses lacunes. C'était un deal tacite mais crucial parce qu'à nous deux, on couvrirait tout le spectre.

Bonne fille, je m'y suis mise. Il n'y avait qu'à le vouloir et à y passer le temps nécessaire. Mon cerveau se posait sur les énoncés avec avidité mais il lui manquait la vitesse, l'œil de lynx, et pour cause, je n'avais pas les heures de vol, les parties d'échecs, les énigmes, le chronomètre. Ce qui m'impressionnait le plus chez Adèle, c'est quand elle restait immobile et silencieuse devant un problème et que, subitement, ça jaillissait : la nuit devenait le jour, l'étang cascade, la pensée une succession d'états du corps. À côté, je patinais sur une étendue de notes moyennes, ce qui ne m'était jamais arrivé. Qu'étais-je allée faire dans cette galère ? Ce que mon père à moi aimait, c'étaient la poésie, les grands textes, la manière dont Kafka pulvérisait les métaphores, pas les équations. Adèle le voyait bien. D'un air neutre, ni fier ni navré, elle me prenait sous son aile, me pourvoyait en explications débonnaires, patientes, mais plus elle m'expliquait, plus je comprenais, plus je lui en voulais d'avoir autant besoin d'elle. Tout le monde me disait, vous avez de la chance d'avoir une si bonne amie, mais un rictus venait raidir mon « oui ». Heureusement, j'avais pour moi les dissertations, j'avais l'histoire, mais c'était trop peu de chose à côté du bloc maths-physique que j'attaquais comme un sculpteur son marbre.

Ma mère parlait de *terra incognita* chaque fois qu'elle me voyait trimer sur mes exercices, tu seras la première de la famille, tu vas ouvrir une voie, c'est bien les pionniers, il en faut. Elle le disait sans le penser car comme à tous les Deville, ce qui lui importait, c'était de tenir son rang et de ne pas déchoir, or, avec mes nouveaux défis, je jouais gros et elle avec moi. Pour éviter d'y penser, dans les dîners, elle vantait mes mérites, et finalement, le bonheur qu'elle trouvait à ce que sa fille se frotte aux mêmes piquants que certaines élites du pays, la France a toujours été une république d'ingénieurs au fond, soupirait-elle, mais se vanter n'a jamais empêché personne de s'inquiéter. D'autant qu'en première, ça s'est corsé. J'ai commencé à avoir sur le corps les stigmates de tout ce labeur, des croûtes d'une sueur salée au coin des yeux, dans le creux de mes clavicules, entre mes doigts, quand ce n'était pas, plusieurs jours avant les contrôles, mon dos tout entier qui se bloquait. Je visualisais des plaques de sel entre mes vertèbres. Ma mère me servait alors mes repas dans mon lit où je vivais ensevelie sous les manuels et les cours que m'apportait Adèle, une montagne de feuilles quadrillées et de papier millimétré qui faisait dire à mon père que j'étais Proust version maths-physique, mais je voyais bien qu'en me regardant il pensait plutôt au scarabée de Kafka, au supplice de sa métamorphose et au corps de plus en plus délié de sa sœur qui venait le narguer. On a parlé de poussées allergiques, les médecins n'y ont vu aucune gravité.

Adolescence ou pas, puberté ou pas, je n'avais plus le temps ni de traîner au café ni d'essayer de plaire aux garçons. Je devais faire des maths, fairedesmaths, trois mots fondus, m'oublier dans des équations quasi liquides qui emplissaient tout l'espace de mon crâne jusqu'à ce que je finisse par sentir mon cerveau cogner. Surtout que c'est à ce moment-là qu'Adèle s'est mis en tête de nager comme une sirène, l'année de nos quinze ans. Sur le bord de mon lit, elle me parlait de ses performances en piscine, de cette queue en latex qu'elle aurait bientôt, tandis que moi, je durcissais au fond de ma saline. J'aurais pu lui demander d'arrêter mais je crois que ça me rafraîchissait de l'imaginer onduler dans toute cette eau, ça me soulageait.

Je faisais des progrès, surtout en biologie et en chimie, des matières qui n'intéressaient pas beaucoup Adèle. J'avais bien essayé de lui vendre les vertiges du vivant, mais chez les Prinker, ces gloses mystiques tournaient court. On préférait les spectres, les symboles, ceux qui vous attirent au bord du précipice, vous lâchent dans l'immensité en vous priant de bien regarder, allez,

allez. Ils parlaient de créatures fidèles, aimables, réconfortantes, et quand je demandais lesquelles, ils répondaient d'une seule voix, bah, voyons, les nombres, les ensembles ! Mme Prinker prenait un air navré mais je me gardais bien de saisir ses perches, je détestais qu'elle m'associe à son exclusion. Je ne me démontais pas, je renchérissais, je vantais la compagnie des phénomènes, la magie des expériences, j'alignais moi aussi les pluriels. Je répétais les mots *phénomènes* puis *expériences* en détachant bien leurs trois syllabes. Adèle acquiesçait puis disait que non, décidément, la beauté de la biologie lui échappait, qu'elle lui faisait l'effet d'une paraphrase un peu pataude, sur quoi, un jour, son père a ajouté qu'il s'était toujours méfié de la chimie à cause de l'alchimie. Mais c'est très vieux, ça, l'alchimie, ai-je dit, et ce n'est pas du tout pareil. Je sais mais il n'y a rien à faire, a-t-il répondu en pointant son index sur son front, c'est *là*. Son argument était aussi fallacieux qu'imparable. Je n'ai rien pu faire d'autre alors que de croiser à nouveau le regard de Mme Prinker, mais cette fois, c'est moi qui ai eu l'air navré.

J'avais donc de vrais instants de rage et de désespoir, mais qui ne duraient pas car j'adorais Adèle, sa vivacité, l'effervescence de sa curiosité, son courage. Je me disais qu'Adèleetsonpère étaient venus sur terre pour me sauver, qu'avec eux, il n'y aurait plus jamais ni la vacuité ni l'arrogance que je sentais poindre sous nos conversations à nous. Quand je sortais de ma chambre, je ne savais plus trop quoi penser des sempiternelles discussions qui avaient cours entre mes parents et les gens qu'ils recevaient puisque ma mère faisait salon deux ou trois soirs par semaine, n'en déplaise à mon père qui se prêtait tout de même au jeu. C'était à la fois l'air que je respirais depuis toujours, mais quelque chose au fond me piquait les narines, une impatience qui aspirait à moins de phrases et à plus d'action. Me venaient les remarques acerbes du père Prinker qui me ficelaient comme un rôti devant mes parents, mes oncles, leurs amis. Ils ont les yeux rivés sur le passé, ils se fichent du futur. Le bien-être collectif, les différences entre les riches et les pauvres, ils font semblant de s'y intéresser, mais que feront-ils pour y remédier ? Rien ! Ils causeront encore et encore ! Ils causeront jusqu'à la fin des temps !

Je n'étais pas d'accord, je les défendais, je répliquais qu'ils concevaient aussi des lois, des réformes, que ça changeait les choses, mais alors M. Prinker poussait plus loin : Cite-moi une seule réforme qui ait fait plus de bien à l'humanité que l'électricité ou la pénicilline. Sur le moment, je n'en trouvais pas, puis les idées me venaient dans l'escalier, quand je partais. Il m'est arrivé plusieurs fois d'appeler Adèle une fois chez moi en suggérant des réponses qui relançaient le débat en ma faveur, mais je triomphais rarement. À toutes mes propositions, on me rétorquait le problème de l'échelle, celle d'une nation n'ayant rien à voir avec celle du monde. L'échelle, Rachel, l'échelle ! Syllabes amalgamées, brouillonnes, mais qui, dans mon esprit, déroulaient tantôt une volée de barreaux, tantôt un vertigineux zoom arrière. Au mieux, j'entendais le « mouais » de M. Prinker, sur quoi, découragée, je raccrochais.

À mes doutes, mes oncles répondaient par des doutes symétriques : Maths-physique vraiment ? C'est ainsi que vous voulez penser le monde ? Et toujours et encore de citer dans le texte Heidegger, *Die Wissenschaft denkt nicht**. Qu'une phrase si simple ait une telle portée me désarmait. Bref, je naviguais entre deux eaux, je regardais de tous les côtés, je ne savais plus où accoster. Mon père lui-même se gardait bien de me tendre la main, mais ça n'avait pas beaucoup d'importance à côté du panache que me donnait de résoudre des problèmes de maths difficiles. Ainsi bardée, j'avançais désormais dans la rue la tête plus haute. Sirène moi aussi façon grecque, je fendais l'air, je fixais le point vacillant d'un horizon réservé à quelques-uns, parmi lesquels les gens de ma famille comptaient pour rien et les filles pour encore moins. Unladylike, comme disent les Anglais. On ne pouvait bien sûr pas l'admettre puisqu'on était féministe, mais cette disposition que j'avais pour un monde où les hommes dominaient de toute éternité inquiétait. Rien à voir avec le droit, les lettres, les sciences politiques, même la médecine. C'était toujours

* La science ne pense pas.

le même refrain. Sans doute ne s'était-on jamais demandé pourquoi, sans doute pensait-on qu'il en allait d'une question de nature, d'hémisphères cérébraux, de handicaps cognitifs et congénitaux, ce qui devait se traduire par « elle s'y cassera les dents » et, pour les Deville, présager le pire, c'est-à-dire une catastrophe de rang. Et d'allure, car je suis certaine que secrètement ma mère redoutait de me voir surgir un jour avec du poil au menton, des sourcils broussailleux et la fonte totale de ma grâce, car, pour elle, depuis toujours, avec mes cheveux blonds et mes yeux bleu ciel, j'étais la grâce même, une grand-mère flamande, disait-elle, ça laisse de belles traces.

Adèle et moi, nous n'étions pas les seules filles de la section scientifique mais, pour autant, nous n'étions pas nombreuses. Et puis nos vieux prénoms nous distinguaient. Au milieu des Chloé, des Stéphanie et autres Caroline, nous, nous étions arrimées à de vieilles gloires, Ada Byron, mon arrière-grand-mère, qui nous faisaient rimer et nous unissaient au diapason d'un hymne à l'Angleterre noble et compassé. Adèle et Rachel par-ci, Adèle et Rachel par-là. On aurait même pu nous apposer l'épithète de « jeunes filles modèles », ou encore nous prendre pour deux sœurs comme les gens de la croisière, mais deux sœurs de cinéma auxquelles manquerait toujours l'essentiel, à savoir la véritable ressemblance, une ressemblance dont peut-être on guettait le surgissement comme dans les gestes d'un portraitiste le détail décisif, le trait miraculeux qui pousse le dessin vers son modèle. À moins que notre blondeur ne nous fasse rivaliser avec la seule exception qui soit, celle des demoiselles de Rochefort qui avaient bercé mon enfance, Delphine et Solange, c'est-à-dire Catherine et Françoise Dorléac. Évidemment, je n'avais pas manqué d'en parler à Adèle, mais dans la seconde où je les avais nommées, elle les avait dénigrées au prétexte qu'elles n'étaient ni blondes ni rousses, mais toutes les deux brunes, quoi de plus banal ? Je m'en souviens comme si c'était hier. On était chez eux, sa mère avait fredonné la chanson, mais Adèle et son père l'avaient cruellement priée d'arrêter avec « ces niaiseries de fifilles ». Comment pouvait-on avoir assez d'aplomb pour taxer cette merveille de « niaiserie », et au nez de sa mère qui plus est ? J'aurais dû protester, défendre ce que j'aimais, mais je n'ai rien dit. Je me suis contentée de rentrer, un peu flétrie, et, une fois chez moi, de m'égosiller sur la chanson des sœurs jumelles, primo, en me félicitant que personne ne me fasse taire ; deuzio, en me promettant qu'un jour on la chanterait ensemble comme deux vraies sœurs parce qu'au-delà de tout, ce qui me ravissait dans ce film, c'est qu'elles soient vraiment sœurs, ce qui reste toujours sans équivalent, inégalable. Mais ce jour n'est jamais arrivé. À la place, entre nous, il y a eu Freddie.

Bien sûr, M. Prinker aurait dû avoir un fils, mais, m'avait confié Adèle, la grossesse de sa mère avait été trop périlleuse pour qu'elle en tente une deuxième. Un homme attend un fils, une fille lui naît, il est déçu, rien que du banal, mais M. Prinker s'est magnifiquement adapté et j'ose penser que de voir le petit corps vif et gracile de sa fille se loger dans tous les espaces qu'il avait préparés pour y faire croître un grand homme aura pour lui tenu du miracle. À moins qu'on ne doive son zèle à ce que cette adaptation lui aura secrètement coûté ? Au programme d'Adèle donc, ni cours de danse ni tutu rose ni Barbie. Il n'y a même pas mis de piano alors que les maths et le piano font souvent la paire, il le savait mieux que quiconque mais il redoutait toute forme d'indolence au bout de ses doigts de jeune fille ; non, rien que des maths, des parties d'échecs et de la natation pour le souffle, le calme, l'endurance, disait-il, l'idée de fendre les eaux, toutes les eaux, même les plus dures, la haute mer. Résultat, sa fille détestait les demoiselles de Rochefort mais il avait écopé d'une sirène. Alors quand elle l'énervait trop avec la queue et l'aileron dont elle rêvait, il lui parlait immédiatement vitesse, volume et puissance de frottement. À la moindre niaiserie qui traversait son bel esprit, M. Prinker dégainait ses calculs et ses équations différentielles. Ça lapidait le rêve, ça fixait l'énergie sur la résolution du problème, ça transformait la créature en une série de lignes et de courbes abstraites qui la désincarnaient sur-le-champ.

Mais s'il aime tant les maths, ton père, pourquoi est-ce qu'il construit des immeubles ? lui ai-je demandé un jour. Parce qu'il y a des maths dans les murs, a répliqué Adèle avant d'ajouter, ne remue pas le couteau dans la plaie, il est devenu ingénieur en bâtiment parce que ses parents tenaient à ce qu'il ait un vrai métier, avec une secrétaire, des cartes de visite et tout. Ils ne voulaient pas qu'il vive perché tout là-haut, tu sais, c'étaient des gens très modestes, mes grands-parents, rien à voir avec les tiens, mais mon père aurait voulu être mathématicien, c'est évident. Je n'ai pas tout saisi tout de suite, j'ai un peu compris l'histoire du vrai métier, des cartes de visite, mais pas du tout ce qu'il en était de ce « perché tout là-haut ». Il m'aura fallu des années pour comprendre que les ingénieurs pouvaient être aux sciences ce que les publicitaires sont aux lettres, à savoir les avatars d'une ambition plus grande, et qu'aux créatures mathématiques, M. Prinker avait fait semblant de préférer les solutions, celles que recherche instamment un ingénieur digne de ce nom. Il le répétait à l'envi, mais là encore, il s'était adapté et avait fini par roder un discours infaillible sur le chantier des modernes qui devaient soumettre la nature, sur la science des modernes qui devait lutter contre l'emprise des fléaux, que ce soit Dieu ou les maladies. Or ce discours, nous l'avons aussitôt reconnu lorsqu'en cours de philo nous avons étudié quelques pages du *Discours de la méthode*. En fait, M. Prinker, c'était Descartes, et si j'avais osé, je l'aurais appelé René, mais il s'appelait Roger, et de toute façon je n'ai jamais osé l'appeler autrement que Monsieur Prinker. Lui qui aurait aimé vivre perché se consolait grâce à ce vaste chantier plein de caillasse et de boue. Il faut dire que c'était plausible, comme mon père, répétait Adèle, comme mon père, sauf que son père espérait bien un jour humer l'air des sommets grâce à elle et qu'elle n'était pas sans le savoir. Toujours est-il que pendant mes années lycée, les spéculations des hommes de ma famille n'avaient pas cette prise sur le réel qu'affichait M. Prinker, cette poigne qui lui était venue de ce rapport aux choses, à la nature, à la matière, et dont ne voulaient pas les autres comme s'ils s'étaient juré de ne regarder que le ciel et de n'attraper que l'air. À commencer par mon père dont les propos, qu'il évoque Kafka ou une autre de ses marottes, me paraissaient soudain mollassons, évanescents, à deux doigts de réclamer leurs sels. Oh, je voyais bien que ce que tous les hommes voulaient, scientifiques ou pas, M. Prinker inclus, c'était pérorer, avoir raison, mais tout de même, depuis cette époque, je n'ai jamais pu m'éprendre bien longtemps d'un esprit littéraire, toujours un tantinet émasculé à mes yeux. Les diatribes de M. Prinker ont à jamais fixé en moi les standards d'une virilité qui se retrousse les manches et qui résout le problème.

À force de persévérance, je me maintenais à flot. J'étais disons dans la première moitié de la classe quand Adèle caracolait toujours en tête. En maths, quand un résultat est bon, il est bon, c'est tout, il ne peut y avoir aucun malentendu. Les biais subjectifs écartés, on peut donc lutter pour être le premier, et c'est ce qu'Adèle faisait. Elle avait grandi ainsi, elle n'y pouvait rien. J'ai fini par m'y résigner, ne plus lui en vouloir, admettre que l'occupation des savoirs, c'était comme l'occupation des sols, une question d'affectation et de répartition. Mon dos s'est débloqué, mes croûtes de sel ont fondu, mais en milieu de terminale, alors qu'on avait atteint notre vitesse de croisière, Adèle a fait une embardée : elle a raflé la première note en philo. Était-ce dû à cette ressemblance entre René Descartes et Roger Prinker, à l'élan de tendresse que cette comparaison avait déclenché en elle ? Je ne sais pas, mais pour moi, là, c'était trop. Elle venait chasser sur mes terres et je perdais la face, d'autant que le professeur avait lu sa conclusion devant toute la classe, je m'en souviens comme si c'était hier : « Le rêve de Descartes est un rêve messianique selon lequel une révolution scientifique sauvera l'humanité de la misère, du froid et de la faim. Si on demande aujourd'hui à la science de sauver des vies, demain on lui demandera peut-être d'en sacrifier pour sauver l'humanité de fléaux contraires, comme la surpopulation. » C'est sûr, ça avait de la gueule, c'était clair et percutant, mais surtout c'était visionnaire, et ça, elle le devait à son père, qui, entre la poire et le fromage, déplorait quotidiennement une terre trop peuplée, donc des échelles d'action à atteindre trop gigantesques, bref, des progrès entachés par le nombre, sa bête noire. Le nombre ! le nombre ! répétait-il, affolé par le monstre. Outre le message, ce qui rendait la prose d'Adèle supérieure à toutes les autres, à la mienne en particulier, c'est qu'entre les lignes, il y avait ce père auquel elle prêtait voix, et avec ça, personne ne pouvait rivaliser. Même pas moi. Sans faire de la psychanalyse de comptoir, je crois que la tendre affection que j'avais pour mon père n'avait à peu près rien à voir avec cet élan magnétique qui poussait, quoi qu'il advienne, Adèle vers le sien. Un magnétisme que je n'ai jamais fouillé mais où on trouverait pêle-mêle de l'amour, de l'ambition, une admiration mutuelle, éperdue, des orgueils confluents.

Nous n'avions qu'un petit point d'écart mais c'était un trou dans lequel je tombais. Que devais-je faire ? Sourire ? Mentir ? Redevenir un bloc de sel et de labeur ? Dans ma panique, j'ai seulement quitté la classe sans l'attendre, puis j'ai couru hors du lycée en quatrième vitesse. J'ai boudé plusieurs jours, j'ai prétexté n'importe quoi pour prendre la tangente, des problèmes à la maison, des rendez-vous médicaux, toutes sortes d'expédients dont Adèle n'était pas dupe. Il était évident qu'elle savait, et si j'évitais de croiser son regard, c'était pour ne pas y trouver à coup sûr ce mélange d'orgueil et de gentillesse qui me désarmait et que je n'ai jamais vu ainsi dosé que dans ses yeux. À l'assurance se mêlait une sympathie navrée qui confortait l'assurance en la mâtinant d'impuissance, du genre je suis forte, qu'y puis-je, je suis désolée, et qui, moi, me rendait aussitôt coupable d'envie, de mesquinerie et de honte, or, à cette honte, mon propre orgueil ne résistait pas longtemps. J'ai dû m'en sortir par une pirouette intérieure où soudain j'étais reconnaissante, chrétienne, puisque tout de même, ce n'était pas donné à tout le monde d'avoir une amie aussi géniale. Je l'ai même félicitée haut et fort pour qu'elle m'entende magnanime, en cadençant mes pas sur l'hémistiche, « m'entende magnanime », ça donnait du coffre à mon courage. De toute façon, il m'était impossible de bouder longtemps, car sans Adèle, je ne le dirai jamais assez, la vie perdait tout son charme. Tout son sel, persiflait parfois ma mère quand elle me trouvait trop amoindrie. De ce charme, j'aurais aimé une bonne fois pour toutes avoir le contrechamp, à savoir les raisons pour lesquelles elle tenait autant à moi, mais cette question-là était bien trop risquée, comment aurais-je pu la lui poser ?

On l'invitait souvent dans notre maison du Perche, tout près d'Illiers-Combray. Nous lui parlions de Proust, elle se prenait pour Bloch, on riait. Je n'avais pas encore lu Proust à cette époque mais en bonne Deville j'en connaissais déjà la musique, pas Adèle mais elle observait, cherchait à comprendre. C'était comme ça, quand Adèle regardait quelqu'un, n'importe quelle scène, elle y piquait dedans ses grands yeux tombants et calculait, évaluait, mesurait la situation. À nos côtés, elle apprenait à se tenir dans le monde puisqu'il venait toujours chez nous des gens haut placés, des intellectuels célèbres, des personnages publics, avec lesquels elle commençait invariablement par se montrer raide, abrupte, déplaisante même. On ne va pas s'emballer pour un député, disait-elle. Ou, elle est célèbre, d'accord, mais dis-moi ce qu'elle a inventé. Ou encore, il écrit des livres à succès ? pour le tout-venant ? Hmm… Elle enjambait les bonnes manières et posait ses questions, vérifiait qui elle avait en face d'elle, ce qui, bien sûr, rendait les gens méfiants, voire hostiles à cette petite gamine de quinze ans qui les prenait de haut, sur quoi c'est elle qui se plaignait de leur froideur et se débrouillait pour finir en victime de leur morgue, ce qui obligeait ma mère à lui faire la leçon. Visse sur ton corps quoi qu'il arrive un visage plus avenant, plus aimable, lui conseillait-elle. Quoi qu'il arrive ? Même avec un imbécile ? Même avec un prétentieux qui croit tout savoir et qui ne sait rien ? s'écriait Adèle. Oui, avec tout le monde, fais ta sélection dans ta tête mais n'en laisse rien paraître ! Elle lui expliquait patiemment que la séduction, ce n'était pas une fois de temps en temps, mais tout le temps et avec tout le monde, sinon, c'était voyant, vulgaire, gros comme le nez au milieu de la figure. Comme ma mère quoi, en avait tristement conclu Adèle, ma mère fait ça, elle sort tout une fois de temps en temps, comme vous dites, c'est voyant, c'est ridicule, et au fond, ça ne marche pas. Elle avait raison, sa mère, en ma présence ou quand nous la croisions dans la rue, affichait un air aguicheur qui subitement la détachait des autres Prinker qui, eux, n'aguichaient jamais rien ni personne. Elle n'en était que plus pathétique. Pourquoi M. Prinker s'était-il donc uni à une femme pareille ? Le parangon d'une féminité lardée de roses et de dentelles, tout juste bonne à fredonner des airs niais, à se plaindre de la condition des femmes puis à ravaler ses plaintes en regardant grandir l'alien, la progéniture bisexuelle et bicéphale, Adèleetsonpère ? Au fil des années, j'ai remarqué que dans cette génération, scientifiques et ingénieurs aimaient choisir des femmes qui contrevenaient à tout ce qui leur importait, parce qu'elles y contrevenaient justement. Dans les creux, y avait-il du plein pour eux, un déficit qui leur était profitable, la certitude d'une domination dont ils avaient viscéralement besoin ? Peut-être. Une autre hypothèse m'est venue aussi : les gens issus des milieux modestes comme M. Prinker ne maîtrisaient pas bien les chaînes de transmission et, par ignorance ou inexpérience, ils pouvaient s'unir à la va-vite en négligeant qu'une progéniture résulte immanquablement de deux patrimoines génétiques, à moins d'être assez fort et autoritaire, comme d'ailleurs il l'était, pour tout assurer tout seul et ne compter que sur soi. Toujours est-il que cette dissymétrie entre les parents Prinker était aussi criante que leur différence sexuelle et qu'à elle seule, l'intelligence d'Adèle était pour sa mère un désaveu, un cruel déni d'existence.

Je crois que j'en voulais à la mienne d'abreuver Adèle d'aussi bons conseils. Voulait-elle vraiment en faire une fille parfaite ? Ou bien Adèle donnait-elle irrésistiblement envie aux adultes susceptibles de la former de viser la créature sans défauts, réussie de part en part ? D'autant que les principes Deville, moi, je les pratiquais depuis toujours, passés dans le lait, comme on dit, le lait de ma mère qui certes n'était pas une Deville de naissance mais qui en avait adopté tous les codes et qui, depuis l'adolescence, citait Mme de Staël à tout bout de champ. C'était son idole, elle l'adorait, encore une fille et son père, la fille Necker. Comme Germaine, disait-elle, il fallait se jeter dans la conversation, parler aussi vite qu'on pensait, se risquer, s'inventer, produire de l'électricité en discutant. Tous les Deville faisaient ça. Vous ne vous arrêtez donc jamais ? demandait Adèle. Non, d'une repartie à l'autre, disait ma mère, on se sent plus délié, plus rapide, plus désirable. Et Adèle d'opiner, d'assimiler, de polir dans le salon de mes parents ce qui restait encore de râpeux sur sa peau, enfin je devrais dire dans le salon de ma mère puisque, comme je l'ai déjà mentionné, mon père finissait toujours par s'éclipser et laisser tout ce petit monde au feu de ses répliques.

À une parole guidée par la logique, c'est-à-dire séquentielle, soucieuse de ne produire que des énoncés exacts, articulés, calibrés au mot près, sans mousse ni déperdition, Adèle a su peu à peu ajouter une parole plus fluide, plus labile, plus ironique aussi, moins économe, disons avec du vent dans les branches, comme l'y incitait ma mère en lui soufflant des *pfou, pfou*… Son débit s'est accéléré. Sa conversation s'est mise à refléter la magnifique interaction de tous ses lobes cérébraux. Elle en a joui comme quelqu'un qui a chaud se baigne dans une eau fraîche. C'était impressionnant et, pour ma mère, évidemment très gratifiant de la voir ainsi se transformer. Moi, je voyais la créature s'augmenter et se parfaire.

J'étais partagée : d'un côté, le zèle de ma mère m'entamait, de l'autre, j'éprouvais le plaisir du mentor qui voyait grandir son empreinte. Mais encore fallait-il que ce soit mon empreinte, car si Adèle truffait ses phrases de « sans toi » et de « sans vous » sincères, j'avais souvent le sentiment qu'elle me noyait dans la masse.

Lors de ces week-ends à la campagne, combien de fois ne me suis-je pas couchée près d'Adèle en rêvant qu'au matin tous mes tiraillements aient disparu et combien de fois ne m'a-t-elle pas cueillie au réveil, mais c'est quoi cet air tout froissé ? Tu as mal dormi ?

S'il y avait conflit entre le style Deville et le style Prinker, Adèle ne s'en est jamais plainte ou alors seulement en soupirant des « si mon père me voyait » qui la faisaient plutôt sourire. Non, c'est plutôt sur moi que tout ça agissait. Dès lors qu'Adèle a commencé à assimiler les principes de Mme de Staël, moi, je les ai rejetés. J'avais le choix entre renchérir ou ralentir, briller ou ternir. Mais une nouvelle étoile capte toujours mieux la lumière qu'une ancienne, surtout quand elle excelle partout. Je n'avais donc qu'un simili-choix, alors j'ai fait comme Benjamin Constant, je me suis retirée.

Dans cette famille où on parlait beaucoup, il fallait bien que quelqu'un se taise. Il y avait une place à prendre dans le silence et je l'ai prise, les deux pieds dedans cette fois. Comme j'étais la grâce même, je pouvais me le permettre car je n'avais qu'à légèrement infléchir cette grâce pour qu'un nouveau rayon vienne taper dessus, lui donner l'éclat du mystère et du secret. Ça a marché. On s'est mis à vanter la qualité de ma présence, la densité de mes paroles, si rares, si précieuses, elle parle peu mais elle parle bien. Une de mes tantes s'est même fendue pour me décrire du distinguo entre la représentation et la présence au théâtre. Certes on s'étonnait un peu du tournant que j'avais pris mais on le mettait au compte de mes seize ans, et puis désormais, la statue de sel en moi était une menace permanente, tout le monde savait que je pouvais me pétrifier du jour au lendemain. Ça les forçait à me ménager et ça me donnait du cachet, le cachet du soufre et du péché. Je me rappelle même une conversation où mon père a souligné que la femme de Loth, celle qui justement, dans la Genèse, se retourne et se transforme en statue de sel, n'avait pas de nom. Il avait décidément un faible pour les métamorphoses. Tous les Deville ont glosé sur cette absence de nom mais quelqu'un a dit qu'on l'appelait Édith, la femme de Loth, et quelqu'un d'autre qu'en hébreu, *'ed*, c'était le témoin, le témoin de la destruction. Ça a jeté un froid dans le salon qu'Adèle a aussitôt balayé en me surnommant Édith, Édith Deville, oui, ça te va bien ! Tout le monde a ri, même moi, sans beaucoup d'égards pour mon potentiel tragico-biblique.

Malgré ses progrès faramineux, elle était encore souvent sujette à de subites pertes d'intérêt, des évanouissements en plein milieu de la conversation. Sous ses pieds et donc sous les nôtres, le sol brusquement s'affaissait : Adèle écoutait mais son regard soudain se vidait. C'était une sensation extrêmement déplaisante. Combien de fois n'ai-je pas vu ce visage se détacher, cette lune rejoindre un autre ciel ? Ce monstre aux yeux soudain vagues, errants, surgissait au détour d'un paragraphe, d'une phrase, et paf, c'était fini, on ne le rattrapait plus, il décrochait, elle s'ennuyait. J'aurais pu me dire que c'était la fatigue, que l'exercice de la conversation après tout était nouveau et donc épuisant pour elle, mais non, quelque chose la reprenait, une force obscure, elle voulait en finir, elle s'impatientait à l'idée de perdre son temps à faire des phrases, et elle le montrait. Ma mère lui en a fait le reproche un jour, lui enjoignant d'éviter d'afficher cet air absent, mais Adèle a répliqué que c'était au-dessus de ses forces, que c'était sa seule soupape, que sinon, elle se viderait, par la bonde. L'image était inattendue, effrayante. Ma mère n'a pas insisté. Adèle a quand même fait des efforts, plus d'une fois, elle a tenu ses yeux en laisse, son ennui flottait très légèrement puis ça passait, un nuage sur le soleil, elle se ressaisissait, elle donnait le change, mais une fois parti l'importun, une sorte de fureur la prenait. Elle le liquidait sans se soucier de savoir s'il comptait un tant soit peu pour nous autres, mes parents, mes oncles, moi. Je ne comprends pas comment tu peux perdre ton temps avec ces gens, ce type, cette fille ! s'écriait-elle. Je l'aurais giflée. C'est ainsi que le concept de temps perdu, et donc compté, est entré dans ma vie. Poison et remède. Jusque-là, mon temps à moi était vaste, illimité, j'étais jeune et tout était loin devant, tandis que pour Adèle, les heures ont toujours été précieuses. Qu'est-ce qui différenciait à ce point nos réserves de temps pour que moi, je ne le valorise pas comme elle valorisait le sien, pour que moi, je ne tarife rien ? Était-ce à cause de ce chiffre secret suspendu au-dessus de nos têtes qu'elle elle voyait et pas moi ? Ou d'une simple habitude prise de compter tout et tout le temps ? Ou encore d'une ambition qui ne lui laissait strictement jamais le moindre répit ? Remède et poison.

Notre amitié ne suintait pas. Il n'y avait dedans ni baisers ni étreintes, ni serments enflammés, ni larmes ni sangs mêlés. Rien de tout le fatras qu'on voyait parfois dans les films américains où les filles se pâment devant leurs liens épatants. Enfin il n'y avait pas besoin d'aller chercher les films américains, il nous suffisait de regarder les autres filles du lycée pour nous en dégoûter. On tenait à notre complicité sans démonstration, à nos vies dignes et inséparables, à ce talonnement de tous les instants qui nous paraissait aussi important que l'air qu'on respire pour grandir. Je peux aujourd'hui dire qu'ensemble, nous sommes restées jusqu'au bout deux enfants, tantôt face à face, tantôt dos à dos, mais deux enfants malgré tout, et que ce qui nous attachait viscéralement – sans pour autant suinter – relevait bien du contact de deux épidermes apparemment durs mais en réalité très tendres, si tendres que s'y enfonçait comme dans du beurre la dent de la compétition.

La plupart des gens nient qu'ils sont compétitifs ou même seulement rivaux, mais nous, on l'assumait avec le sentiment d'être dans le vrai, le seul vrai qui vaille. C'était d'ailleurs devenu une blague, et chaque fois qu'on croisait quelqu'un d'un peu triste ou maussade au lycée, on lui demandait, dis, tu t'es comparé à qui aujourd'hui ? On nous regardait avec des yeux ronds, on nous répondait quoi, mais ce n'est pas ça, pas ça du tout, et tels deux cowboys, nous, on quittait le saloon en reprenant, si, si, c'est ça, réfléchis bien ! Ça n'avait pas arrangé notre réputation puisqu'on nous appelait déjà « les tueuses ». Une fois, j'ai proposé à Adèle qu'on arrête. Qu'on arrête quoi ? a-t-elle dit. À son air éberlué, j'ai éclaté de rire. En fait, je regrette qu'on n'ait jamais abordé ce sujet de front. On se serait peut-être avoué que nos échanges ressemblaient trop à ce jeu de mains jeu de vilains, quand il faut plaquer ses mains contre celles de l'autre, contenir, écraser ce qui est en dessous. Combien de fois suis-je rentrée chez moi entamée, diminuée, à cause de cette sensation de placage qui vibrait toujours entre mes vertèbres, tous les os de mon corps ? Mes parents ne relevaient pas, mais j'ai souvent décelé dans leurs yeux une petite crainte, voire un grand effroi. Cependant, comme tous les parents, ils étaient ravis que j'aie une amie de cette envergure-là, qu'un oiseau plus ample que moi me tire vers un ciel plus haut. Entre l'image de la bonde et celle des mains qui serrent, je tenais deux indices qui auraient dû m'alerter, diriger mon regard vers la scène finale, mais non, j'adorais Adèle, je maudissais Adèle, et je n'ai rien vu.

Mes parents ont tenu à venir à son enterrement. Ils sont restés dans un coin mais leur présence irradiait. Surtout celle de mon père qui, derrière ses lunettes fumées, avait l'air d'un gros dur de film noir, tout le contraire de ce qu'il était. Quand ils sont venus saluer M. Prinker, mon père a ôté ses lunettes et j'ai perçu dans son air, plus qu'une réserve, une rudesse bravache qui, devant l'autre père inconsolable, ramenait sa fille vivante jalousement contre lui. J'ai vu ma mère caresser les cheveux de Nicolas sans savoir si sa tristesse était pour lui, l'enfant sans mère, ou pour moi, la mère sans enfant. Ensuite ils m'ont embrassée et ils se sont éloignés lentement. De tous ceux qui étaient au cimetière, ils étaient les seuls à pouvoir discerner la petite flaque de mon Mister Freeze vermillon, mais à cause du soleil et de leurs lunettes noires, je n'ai rien pu voir.

Adèle s'est donc mise à « avoir des lettres », mais pas comme nous, nous en avions. Elle a tout découvert d'un coup, les romans, la poésie, la peinture. Elle était curieuse, demandeuse, avide, mais tout ce qu'elle acquérait, elle le faisait avec son esprit d'exactitude, sa manie de la précision et de la rectification qui scrutait chaque énoncé, chaque engouement, comme s'il fallait toujours étayer, vérifier, démontrer. C'était émouvant mais fatigant, à vous donner irrésistiblement envie de fougue et d'approximation. À me donner à moi envie de hurler, car quand trop de rationalité s'engouffrait, des crampes venaient me pincer le cœur, les jambes, la peau du dos ; ça m'irritait, ça me suffoquait. Je ne disais rien, je me raisonnais en me persuadant qu'elle avait les défauts de ses qualités, à commencer par ce regard frais, celui qui me donnait à réfléchir, qui modifiait nos habitudes, importait des notions nouvelles, obliques, surprenantes.

Aux fameuses discussions Deville sur tel ou tel

mot, s'ajoutaient désormais d'autres catégories, d'autres glossaires, certains adjectifs qui avaient d'autres sens en physique ou en maths, comme *nominal, discret, linéaire*, etc. On se félicitait qu'Adèle élargisse ainsi nos possibles. Tenez, le mot *distal*, par exemple, suggérait-elle, c'est un mot d'anatomie, mais est-ce qu'il ne pourrait pas servir en politique ou même en peinture ? Ma mère l'a aussitôt adopté en troquant l'espace contre le temps. Elle s'est mise à parler des manifestations *distales* de la Révolution française et des effets *distaux* du régime de Vichy. Adèle jubilait, elle adorait ça, perturber le jeu des Deville, balancer dans notre conversation des jetons à double face, pile vous connaissez, face vous ne connaissez pas, c'est moi qui vous l'apprends, et pourtant les spécialistes de la langue ici, c'est vous, non ? Le monde à l'envers ! Les adjectifs pleuvaient, j'aurais dû m'en réjouir, mais c'était une pluie acide. Je m'en voulais, je me demandais : était-ce moi qui avais un problème, un vrai dérèglement, ou était-ce toujours comme ça ? Dans une assemblée, y a-t-il toujours un moment où on cherche à être la plus belle, la plus fine, la plus drôle, et où on veut que ça se sache ? Est-ce que doit toujours arriver l'instant suprême où il faut se comporter comme la reine de la ruche ? Est-ce qu'une intelligence ne peut pas simplement s'incliner devant une autre ? Accepter ses limites ? Se réjouir d'être stimulée par plus grand qu'elle, l'admettre et sourire ? Je ne sais pas pourquoi cette chose si simple reste l'une des plus grandes difficultés qui soient.

Que pensait son père de tout ce temps qu'elle passait chez nous ? J'imagine qu'il a dû plus d'une fois lui en faire reproche, la mettre en garde contre cette famille de bavards qui allaient pervertir son bel esprit. Et puis c'était du temps qu'on lui volait, et lors des week-ends qu'elle passait à la campagne, elle devait cruellement lui manquer. Est-ce qu'elle lui ouvrait son jeu ? Est-ce qu'elle lui confiait qu'elle venait justement puiser chez nous ce qui lui manquait chez elle ? Combler ses lacunes, compléter son arsenal ? Les Prinker n'avaient pas un tact fou, mais ces discussions d'état-major, tout de même, s'ils les ont eues, ils me les ont épargnées.

Sciences et lettres donc, Adèle rêvait d'être bilingue, comme moi, mais dans le sens qu'elle avait choisi, c'était plus simple. Avec ce rapport à la vérité qui lui venait des mathématiques et que rien d'autre ne donnait, comme elle me l'a souvent expliqué. Euclide vaudra toujours alors qu'on oubliera Eschyle, disaient les Prinker. Il fallait systématiquement qu'ils évincent quelqu'un ou quelque chose. Euclide, on ne sait même pas qui c'est, disait Adèle, c'est encore plus mystérieux qu'Homère. Est-ce un homme, une école ? A-t-il vécu trois cents ans avant Jésus-Christ ? On n'a que des hypothèses, que des recoupements, mais c'est chez lui qu'on lit des trucs comme « une droite, c'est une longueur sans largeur », tu ne trouves pas ça magnifique ?

Ou alors, quand je dis 2 ou 3 ou 5, ou encore + ou =, ça ne concerne aucune chose en particulier et toutes les choses en général. Si seulement la littérature et la poésie parvenaient à des évidences pareilles… Les objets mathématiques ne sont rien et en même temps ils sont tout, tu comprends ? C'est une sorte d'air pur, sans scories, sans aspérités, comme cet air intense et bleu qu'on voit quand on vole au-dessus des nuages. Et là, je l'ai coupée :

— Les poètes appellent ça l'azur.

— Quoi, l'azur ?

— Ce bleu au-dessus des nuages !

— C'est tellement beau, a répondu Adèle.

Elle avait raison, c'était beau, et comme je ne savais pas quoi répondre, j'ai cité Mallarmé :

— *Je suis hanté. L'Azur ! L'Azur ! L'Azur !*

— Trois fois l'Azur ou l'Azur puissance 3 ? a demandé Adèle.

— Ça dépend.

Et là, on commençait à tout décortiquer. C'était le genre d'échange qui nous donnait des ailes et qui malmenait ce que j'entendais chez moi, à savoir que la science n'avait rien à dire sur la beauté des choses, que rien n'était plus grand que l'art, etc. J'aurais tant aimé que ce soit vrai mais je voyais bien que c'était faux, archifaux. Ou quand, de retour de la piscine, elle m'appelait pour me dire, toute la question, c'est de savoir si les mathématiques existent grâce aux mathématiciens ou si elles existent sans eux, c'est un puits sans fond, ce problème, un serpent de mer, avec mon père, on n'est pas d'accord, demande chez toi. Son père n'appréciait pas beaucoup ses entraînements de sirène mais il avait le sentiment qu'entre les maths et le sport, il y avait une galerie secrète qui rendait l'effort porteur des deux côtés. L'effort, mais aussi cette capacité à regarder dehors pour mieux voir dedans. Mme Prinker, elle, souriait car question niaiserie, ça se posait bien là la nage de sirène, et comme c'était la seule à laquelle consentait sa fille, elle en profitait, elle la mitraillait de questions sur le costume, la chorégraphie, la musique, les autres sirènes. Adèle y allait, l'abreuvait de détails. Je crois que c'est le seul sujet qui les liait autant, et Mme Prinker a été aussi triste qu'elle quand elle a dû arrêter. Les cheveux encore tout mouillés, Adèle disait, j'ai l'impression de courir à l'horizontale, ou encore, dans l'eau, je cours avec mon dos. Je suis allée la voir une fois car elle participait à un spectacle et, pour l'occasion, elle avait enfilé cette queue de sirène en latex dont elle rêvait tant. La seule et unique fois de sa vie. Comme sa mère, j'ai jubilé de la trouver encerclée de créatures toutes nappées de mauve, de turquoise et de paillettes. J'ai jubilé de la voir renouer avec son groupe, sa condition de fille, et, par là même, de nous octroyer une pause, un repos à nous toutes qui voulions toujours être plus que des filles, sauter la barrière, rejoindre le camp d'en face. Il fallait voir ça de près pour comprendre qu'en effet, c'était trompeur de nager comme une sirène : ça exigeait d'onduler dans les profondeurs et de rester longtemps en apnée. Un effort de brute, disait-elle, sans compter qu'elle, au fond du bassin, elle n'en finissait pas de se demander si les mathématiques étaient de l'ordre de la révélation ou seulement de l'évolution, et quand je ne comprenais pas, elle simplifiait, est-ce qu'on les découvre ou est-ce qu'on les crée ? C'est LA question que tous les mathématiciens posent, à laquelle ils répondent avec plus ou moins d'assurance, mais au fond, il n'y en a pas un seul pour savoir, ajoutait-elle, bref pas franchement une réflexion de vestiaire ou de fifilles. C'est de ce jour-là je crois que j'ai associé l'aileron de sirène à une forme de puissance extraordinaire, comme dans les mythes grecs. Enfin je devais être la seule car sinon M. Prinker n'aurait pas rechigné une seconde à en doter sa fille. N'attendait-il pas d'elle qu'elle pousse son rêve à lui plus loin, qu'elle parvienne justement à ce ciel où lui n'était pas allé, le ciel pur des mathématiques qui ne résolvent aucun problème technique, ou devrais-je dire comme certains, le ciel de la mathématique filtrée, purifiée ? *L'Azur ! L'Azur ! L'Azur !* Et pour être hanté, le père Prinker, ça, il l'était.

J'ai fait ce qu'Adèle me suggérait, j'ai demandé chez moi ce qu'ils pensaient de l'existence des maths, si elle précédait ou pas celle des hommes. Ils ont débattu, les uns ont cité Bachelard, les autres, Russell, Wittgenstein. S'opposaient la science et le langage, un aspect de l'univers et une création de l'esprit, mais plus je les écoutais, plus je visualisais tantôt des territoires avec des chiffres camouflés dedans, des figures géométriques affleurant sous les sables, tantôt des étendues vides sur lesquelles on déposait tout un tas de trucs qui n'empêchaient pas que le désert gagne, et qu'on pouvait remballer comme on rembobine des images. Toutes ces visions douces, poudreuses, presque duveteuses, c'est la biologie qui les avait fait lever en moi. Quand je m'en étais ouverte à la table des Prinker, Adèle s'était enthousiasmée mais son père avait dit qu'il était inutile d'avoir de grandes notions de physique ou de mathématique pour comprendre la biologie moléculaire. En revanche il faut une grande imagination visuelle, et ça, tu l'as, Rachel, n'est-ce pas ? Tu aimes la peinture, la sculpture, les arts en général, disait-il avec ce léger dédain qu'il avait pour tous ceux qui ne pouvaient pas les avoir, justement, les grandes notions. Et il était bien content qu'ils soient si nombreux. On peut avoir les deux, papa, disait Adèle, et alors M. Prinker ajoutait, la structure de l'ADN est une merveille cosmique, c'est vrai, c'est mieux qu'un coucher de soleil, le problème, c'est que les littéraires s'en émerveillent sans rien y comprendre. Fallait-il toujours comprendre pour s'émerveiller ? Oui, trois fois oui, le savoir augmente la beauté, tranchait-il. L'art, la littérature, c'était ce ciel couvert que fend l'avion qui monte, et la science, ce ciel toujours radieux où il file ensuite au-dessus du monde. Pour moi qui avais depuis toujours pensé que les artistes étaient les plus grands, les plus hauts, que l'art encodait le monde, je tombais encore des nues. Un vrai crash copernicien.

Dans ma famille, ce qu'on trouvait beau, c'était l'œuvre de Turner, de Shakespeare et de Byron – oui oui, encore des effets d'Angleterre –, les romans de Flaubert, Proust, Kafka, les films de Tarkovski, Bach, tous les opéras de Mozart. On se pâmait devant Manet, Boltanski, Vélasquez, Michon, Hitchcock, Visconti, Antonioni, Cimino, etc. On était éclectique, mais rien que du standard après tout, ce qui n'empêchait pas qu'il y ait débat et qu'on ferraille. Pour ma part, je m'endormais devant Tarkovski et je trouvais Antonioni prétentieux, un peu creux, notamment avec sa manie de mettre en scène des femmes belles et oisives. Je n'appréciais pas non plus les artistes trop ésotériques, trop sûrs d'eux, j'avais besoin qu'ils restent analytiques. Comme Proust, que je découvrais à trois mois du bac alors que les maths-physique auraient dû accaparer tout mon temps. Si dans ma famille, la règle était de le lire à dix-huit ans, un vrai rite de passage, moi, je suis tombée dedans un an avant. Dès que je pouvais, je lisais. J'en parlais à Adèle, je voulais qu'elle lise avec moi, mais elle résistait, me promettait de s'y mettre l'été suivant, alors je lui lisais des extraits, je lui racontais les soirées de Combray, les deux côtés, la madeleine, Swann, Albertine, Andrée, les Guermantes. Une fois, j'ai évoqué la *Recherche* devant M. Prinker.

— Quoi ? On lit ça chez les Deville ? s'est-il écrié.

— Bien sûr, ai-je répondu, tout le monde lit la *Recherche* !

— Régulièrement ?

— Régulièrement.

— Quoi, mais vous êtes abonnés ?

Et là, j'ai compris qu'il confondait notre fanion avec le mensuel scientifique du même nom. J'ai eu envie de rire mais je ne voulais pas le vexer. J'aurais pu ne pas dissiper le malentendu et répondre que oui, abonnés, on l'était tous, mais heureusement Adèle a volé à mon secours. Papa, Rachel parle du livre de Proust, *À la recherche du temps perdu*, pas de ton magazine ! Chez les littéraires, on dit la *Recherche*, c'est comme ça. Il a rougi, bredouillé quelque chose qui faisait pitié, puis il s'est aussitôt repris en me houspillant, tu crois vraiment que c'est le moment de lire des romans ? Adèle m'a regardée le regarder et n'a pas dû supporter ma pitié. Ses yeux sont devenus durs, menaçants, ils disaient, fais comme tu veux, ma belle, mais on t'aura prévenue.

Avais-je trouvé en cette lecture inopportune une quelconque planche de salut ? une tangente ? Ou une façon de revendiquer fièrement mon appartenance définitive à la tribu d'en face ? Car j'avais grandi au milieu de devises clinquantes telles que : « Il y a ceux qui ont lu Flaubert et les autres », « Le monde change une fois qu'on a lu la *Recherche* », des subdivisions qui cartographiaient mon territoire avec une subtilité qu'on ne soupçonnait même pas, ce qui le rendait plus imprenable même à ceux qui croyaient le prendre. Ou alors voulais-je moi aussi claironner le rêve bilingue auquel j'aspirais : j'obtiendrai mon bac maths-physique et j'aurai lu Proust. Je n'en sais rien, toujours est-il que malgré leurs avertissements, je n'ai pas cessé de le lire. Quitte à me sentir un peu boueuse à côté d'Adèle, un peu piétonne par rapport à sa vélocité, j'ai choisi de patauger dans la plus belle des boues. Ça ne m'a pas empêchée de chuter, car sitôt publiés les résultats du bac, je me suis effondrée. Épuisée, laminée, les mots manquent pour décrire cet état second dans lequel je m'étais mise et que mes alibis divers et variés n'ont pas réussi à totalement éponger, encore moins une fois l'effort relâché. Avec maths-physique en plus du reste, tu feras ce que tu voudras, Rachel, me disait-on, mais savais-je encore ce que je voulais ? J'avais eu mon bac avec mention mais Adèle, comme prévu, avait décroché la meilleure. C'était bien mais voilà, oui, c'était boueux. Comme prévu. Enfin, étant donné le terrassement qui était le mien, je n'avais vraiment pas évalué le coût exorbitant de l'opération. Pendant quinze jours, je ne me suis pas sortie de mon lit. Je dormais, je pleurais, je dormais. Ou alors, hébétée, je fixais le plafond. J'avais mal partout. On a cru à un méchant virus mais les examens ne montraient aucune anomalie. Cliniquement, là encore, je n'avais rien. Comme je n'avais même plus la force de lire, mon père me lisait la fin de la

*Recherche* à haute voix. Quelques pages seulement vers midi car mon attention déclinait vite.

Adèle a, bien sûr, voulu venir me voir, mais mes parents l'en ont empêchée. Ils ne lui disaient rien de personnel, seulement que je ne pouvais recevoir aucune visite, mais ils se doutaient bien qu'elle n'y était pas pour rien. Ils jugeaient que mes batteries étaient à plat et que je devais les recharger sur mon socle à moi, celui des Deville, pas celui des Prinker. De toute façon, je n'avais pas envie de la voir. Elle disait à ma mère qu'elle était si triste qu'elle noyait son chagrin au fond de la piscine, d'autant que son père cette fois voulait vraiment qu'elle cesse d'y aller. Les sirènes et toutes ces sornettes, c'était fini ! Alors elle nageait, nageait, nageait. Je ne sais pas si ma mère a tenté de la consoler dans l'entrée, sur le palier, si elle ne lui a pas proposé du thé, des gâteaux, pendant que je croupissais au fond de mon lit. J'en doute mais je n'ai posé aucune question, je préférais ne pas savoir que ma mère louchait encore vers sa réussite et ses succès.

Dans les brumes de ma fatigue, je me représentais les choses bizarrement : j'avais un chagrin d'amour et celui qui en était la cause venait prendre de mes nouvelles, mais chacune de ses visites enfonçait le couteau dans ma chair parce qu'il avait encore le cran de venir, parce que venir ne l'entamait pas, parce qu'il tenait sur ses deux jambes et pas moi. À ce compte-là, il viendrait aussi m'apprendre qu'il en aimait une autre et m'inviter à leur mariage. Sauf que ce *il*, c'était *elle*, Adèle.

Fin juillet, je l'ai appelée. Elle a crié de joie. J'allais mieux. J'avais choisi mon orientation, les lettres, retour au pays. On s'est donné rendez-vous chez le glacier près de chez elle quelques jours avant que mes parents ne m'emmènent dans le Perche. Il faisait chaud, c'était une bonne idée mais j'avais oublié un détail.

Jusqu'à la fin de sa vie, Adèle a eu besoin de vivre à deux pas d'un glacier. C'était le remède à l'indécision qui venait régulièrement l'assiéger. Devant les bacs de glaces et de sorbets, elle s'offrait *in vivo* l'expérience d'un choix difficile. Alors que moi, j'avais résolu le problème en prenant toujours les mêmes parfums, elle, elle l'explorait dans toutes ses largeurs. Je ne sais pas comment tu fais, tu n'as jamais envie de tenter autre chose ? disait-elle. Tu ne te dis jamais que ce marron-là est plus beau que ce marron-ci ? Elle musardait lentement le long des vitrines, soucieuse et légère à la fois, car elle savait qu'elle pourrait revenir le lendemain, rectifier ses mauvais choix, réitérer presque sans limites l'obturation de sa décision. En hésitant entre la mangue et la noix de coco, le chocolat et la pistache, la noisette et le citron, le caramel et la poire, la menthe et le café, etc., car il y avait le choix des parfums mais aussi celui des combinaisons de parfums, des branches et des branches, disait-elle, et imagine un peu qu'on opte pour trois boules. Parfois en prime, j'avais droit à ses calculs mais je m'énervais, menaçais de m'en aller. Bref, elle troquait son indécision abyssale contre un atermoiement limité à une palette de couleurs. C'est parce que j'anticipe trop, disait-elle. Ou alors que je visualise à l'infini ? Ou qu'il y a trop de possibles ? Ou parce que je ne suis pas douée pour l'action ? Ou je ne sais pas.

Le détail que j'avais oublié, c'était que fin juillet, Adèle n'avait certainement pas fini de choisir son orientation pour septembre. Elle s'était inscrite partout mais elle hésitait encore entre plusieurs voies, plusieurs établissements pour chaque voie, plusieurs spécialités pour chaque établissement. À l'arrivée, c'était couru d'avance, elle choisirait l'option la plus difficile et la plus exigeante, mais devant les bacs à glaces, elle devait encore vouloir profiter de l'illusion d'une liberté, flâner près de la pastèque ou du melon quand elle savait qu'elle finirait par prendre un parfum nettement plus corsé. On n'a parlé que de moi, ma maladie, mes vacances, ce que je ferais à la rentrée. Elle a dit, c'est génial finalement, considère qu'on est les deux filles d'une seule et même famille : l'une sera mathématicienne et l'autre grammairienne. Nos parents auront le sentiment d'avoir accompli une sorte de progéniture parfaite qui couvre tout le spectre de la connaissance, qui en fasse tellement le tour qu'à la fin même, ça se rejoint en un point. Tu te rends compte, où qu'ils tournent la tête, nos parents, il y a toujours une de leurs deux filles pour savoir. Ce doit être extrêmement satisfaisant pour des parents, tu ne crois pas, d'atteindre ces extrémités, des confins qui se confondent ? Et puis, nous sommes des filles, ce qui ne s'est jamais vu. Il y a des tas de frères célèbres, avec un grand scientifique et un grand homme de lettres, les James, les Huxley, les Flaubert, les Proust, mais tu remarqueras, chaque fois, ce que retient la postérité, c'est l'écrivain. C'est injuste mais c'est comme ça, de nous deux, c'est toi qui resteras, pas moi.

J'étais abasourdie et je me demandais bien où elle était allée chercher tout ça, mais j'étais ravie, j'étais grisée mais sceptique. De quels parents parlait-elle au juste ? Des miens ou des siens ? Ou peut-être d'un croisement monstrueux qui unirait son père et ma mère, je ne sais pas, c'était trop obscène pour que je lui demande de préciser. Et puis je savais que sa généalogie était bancale, que nous n'étions pas exactement symétriques, que le point culminant de la grammaire ne coïnciderait jamais avec celui des mathématiques et que, de toute façon, je ne ferais pas de grammaire. Je n'ai rien dit, rien rectifié, j'ai aimé son rêve, ses fausses jumelles, ce nouveau pacte, les confins qui se confondent.

Placide, je l'écoutais en léchant mon éternel duo chocolat-framboise. Elle a enchaîné avec ses dernières séances de piscine, tiens, et si tu m'accompagnais ? Elle a fini par opter pour deux boules bleu bubble-gum ce jour-là, ça ne s'oublie pas. J'y ai vu un hommage et un adieu à ses eaux turquoise. Je ne l'ai pas accompagnée à la piscine. Je lui ai demandé ce qu'elle ferait pendant les vacances. Elle irait avec ses parents quelques jours en Bretagne. Et le reste du temps ? Rien, je vais rester à la maison, je dois faire des maths et puis j'irai à la piscine jusqu'à la fin du mois d'août, tous les jours, mon père me laisse. Un remords m'a prise en rentrant chez moi et je l'ai appelée pour l'inviter à la campagne, contre l'avis de ma mère. Tu pourras fairedesmaths, ai-je dit, autant que tu voudras. Elle a dit que ça lui ferait très plaisir mais qu'elle devait voir. J'ai attendu sa réponse tout l'été mais elle n'est jamais venue.

Nous avons marché longtemps dans les allées du cimetière. Étrangement, c'était plus long au retour. Nous laissions Adèle dans la terre à côté de sa mère. Les dates gravées sur les stèles retiennent un peu l'âge des morts mais on avait tous vu qu'elles étaient mortes à quarante-six ans toutes les deux. C'était sidérant, tout le monde l'avait vu, mais devant M. Prinker, personne n'en a dit un mot. Sidérant aussi de constater qu'un même petit tiret puisse encoder des vies aussi différentes.

Je me suis retournée plusieurs fois pour voir. Voir quoi ? Ma flaque vermillon ? Les fleurs tressaillir sous leurs retrouvailles ? Non, je me suis retournée, c'est tout. La tombe s'amenuisait, les stèles se démultipliaient comme des bataillons de pierre autour de sa mémoire pour défendre son secret. Il n'y avait eu ni liturgie ni discours. Tout le monde avait préféré s'abstenir, si bien que le silence envahissait tout l'espace, s'engouffrait partout, dans nos têtes en particulier, il emplissait tout ce qui se présentait, comme un gaz.

Ensuite je n'ai plus regardé que devant, les yeux fixés sur la petite nuque de Nicolas qui marchait comme il pouvait, ses pieds un peu en dedans. Nous autres qui errions dans l'obscur labyrinthe du monde sans mathématiques, comme dit Galilée, allions-nous donc une fois de plus dégainer nos sentences, conclure que les maths ne sont décidément pas compatibles avec la vie ? Le bonheur, n'en parlons pas. Qu'on en meurt souvent et jeune avec ça ? Parce que la plupart des gens font ça, ils se gaussent du record de suicides que les sciences, les maths surtout, enregistrent, et en profitent pour se réjouir de n'y rien comprendre et de ne pas en être. Je n'allais quand même pas servir ce plat tout réchauffé à Adèle, elle méritait mieux que ça. Personne n'a fait les comptes mais on préfère penser que la science est plus mortifère que l'art. Ça mettait Adèle en rogne, cette histoire, elle disait que dès qu'un cinéaste ou un romancier racontait le destin d'un scientifique, c'était pour rater l'essentiel et se contenter d'opposer la science et la vie. La science est dans la vie, disait-elle, ce n'est pas là que ça se joue, le malheur, mais les types ne voient pas plus loin que le bout de leur nez, ils arrivent avec leurs idées toutes faites et ils les plaquent, ça les arrange de penser et de montrer ça, parce qu'au fond, la science, ça les dérange, ça leur échappe. Ils ne comprennent rien au désir d'apprendre et de comprendre, à cette envie de repousser la limite, de gagner sur les terres noires de l'inconnu, il n'y a rien de plus vital. La seule chose qui me rassure, ajoutait-elle, c'est qu'en maths, tous les morts sont des hommes et que, pour une fois, on ne peut pas nous servir la maudite mélancolie des bonnes femmes. C'est vrai ça, ta Virginia Woolf, par exemple, est-ce qu'elle avait les nerfs moins solides que Proust ou Kafka ? Qu'est-ce que tu en penses ? Je me trompe ? Elle disait vrai. Si un jour tu écris sur moi, concluait-elle fièrement, tu éviteras tous ces clichés, hein ? Tu as bien vu ce que c'était que les maths, comme ça peut être génial ! Oui, oui, Adèle, promis.

En sortant du cimetière, j'ai pensé à Kathryn Bigelow, à notre stupeur quand nous avions découvert que *Point Break* était l'œuvre d'une femme. Avions-nous dit *bonne femme* ? Je ne me rappelle plus. Les surfeurs et les sirènes viennent du même endroit d'une certaine façon et je ne saurais dire aujourd'hui si ce film a aggravé l'obsession d'Adèle ou si cette obsession datait d'avant. Nous avions quinze ans et nous avions ce problème d'orientation. Sans rien connaître au cinéma, nous avons compris que Kathryn Bigelow avait le même genre de problème que nous, car pour faire un tel film avec des volumes, du ciel, de la vitesse et des poursuites, c'est qu'elle devait vouloir voler un peu de leur feu, de leur puissance aux hommes, mais ni en les combattant ni en pleurnichant, juste en les imitant. Après *Point Break*, Bigelow est devenue culte. Nous avons vu tous ses films. Entre nous, on l'appelait Big. On s'est souvent demandé avec Adèle ce qu'elle devait penser des films de femmes intimistes, si elle les regardait comme une scientifique regarde une littéraire, si pour elle aussi, il y avait la langue du dehors et la langue du dedans. Je dois donc raconter Adèle comme Big l'aurait fait, combattre les hypothèses auxquelles on ne peut pas couper, la pauvre femme au milieu de tous ces vilains bonshommes, le cerveau d'une femme ceci, le destin d'une femme cela, mais dire aussi que si plafond de verre il y avait, Adèle l'avait pulvérisé, comme Big dans ses films, sauf que Big, elle, n'était pas morte. Je n'ai pas dit, n'*en* était pas morte. Quand Big remporte l'Oscar en 2010, elle est la première, la seule, mais elle n'en parle même pas. Elle fait comme d'habitude, elle remercie son équipe et c'est tout. La classe absolue. Il faut dire qu'à la différence d'Adèle, Big mesure un mètre quatre-vingt-deux et que ça doit changer la perspective sur le monde d'être aussi grande que les hommes. En tout cas, ce qu'on voyait dans les yeux de Big le jour de l'Oscar, c'est cette joie d'être la première et la seule femme admise au pays des hommes, d'autant qu'elle coiffait au poteau Cameron, son ex-mari, *Titanic* ou pas *Titanic*. On a dit pis que pendre sur Big, sa folle ambition, ses engagements factices, ses amours intéressées, ses amants trop jeunes, son talent relatif, mais nous, on bouchait nos oreilles à tous ces mauvais procès. Tant chez les Prinker que chez les Deville, on n'appréciait pas trop le culte qu'on vouait à cette cinéaste tout de même très hollywoodienne : on la trouvait un poil vulgaire et indigne de nos standards, mais Adèle et moi, on passait outre et, entre quinze et dix-sept ans, on arborait fièrement nos t-shirts *Point Break,* avec tantôt le visage de Bodhi, tantôt celui de Johnny Utah. Mais on avait un doute au sujet de Big, toute pionnière qu'elle était, se voyait-elle comme la première d'une longue lignée ? Pas sûr. Perçait déjà en nous l'idée qu'on peut vouloir rester la seule, l'unique, ne pas souhaiter faire d'émules, qu'on peut incarner mieux que personne le féminisme et surtout ne pas le revendiquer. Ce paradoxe n'a pas été formulé entre nous, on l'a juste aperçu dans le lointain, un peu médusées. Big n'a pas eu d'enfant, moi non plus, mais Adèle a eu Nicolas.

Au lendemain de sa mort, on a émis toutes sortes d'hypothèses, comme celle d'une maladie grave et secrète. On lui a imaginé une nuit de feu, une de ces nuits pascaliennes qui confinent à l'hallucination, vous crament le cerveau et vous laissent au matin sur un tapis de cendres. On n'a rien trouvé. Alors quoi ? Pourquoi est-ce qu'Adèle Prinker avec ses médailles, sa gloire, sa blondeur, tous les signes apparents du bonheur, pourquoi Adèle Prinker s'était-elle donc pendue chez elle un beau matin de juin à l'âge de quarante-six ans ? Qui plus est, juste après une réunion de travail où, au téléphone, on lui avait trouvé une voix claire et bien timbrée ? Je vais chercher, Adèle, je te promets que je vais chercher, mais devant moi, juste avant de monter dans la voiture, Nicolas a trébuché et il est tombé. Je me suis mise à courir, il fallait absolument que je le prenne dans mes bras.

Nicolas a dix ans. Quand il est né, Victor venait de me quitter, il n'y avait que la douce chaleur de ce nouveau-né pour me réconforter, me donner envie de respirer. Comme certains posent une poche de glace sur leur blessure, moi, je posais le petit corps tiède de Nicolas sur mon cœur. J'aurais pu m'acheter un chat mais je n'aime pas les chats. Enfin, je lui susurrais des « mon petit chat » en veux-tu en voilà jusqu'à ce qu'il ait cinq ou six mois, ensuite il est devenu trop gros. De pochon douillet qu'il était, il s'est mis à largement excéder le poids d'une volaille qu'on peut passer au four. Alors j'ai cessé de le poser sur moi mais j'ai continué à le humer en le serrant contre moi, comme là. Viendra sûrement le temps où il ne sera plus « humable » car il sentira le sale et la transpiration, mais je suis prête à parier qu'il aura une adolescence plus tardive que la moyenne.

Après le bac donc, je n'ai pas résisté au destin et je suis entrée en classe prépa littéraire, comme presque tous les Deville avant moi. Mes parents se réjouissaient sans jamais évoquer cette place vide à mes côtés, cette friche, cette fusion à l'abandon. Au poids de ces silences succédait seulement une sensation de soulagement, une lumière douce qui revenait dans nos vies. D'aucuns auraient appelé ça notre zone de confort, mais l'expression est récente, et puis, chez les Deville, on se méfie des formules toutes faites, qui plus est à la mode. Toujours est-il qu'il s'agissait bien de ça car on a parfois besoin de rentrer chez soi.

Je l'ai déjà dit, je voulais être écrivain depuis l'enfance, ma mère date ça de mes cinq ans, je pense qu'elle exagère, mais disons dix ou douze ans, et, pour la première fois, en hypokhâgne, je vivais enfin avec des gens de mon âge qui célébraient ce rêve, même si dans ma classe, ça rêvait plutôt de cinéma et de théâtre. L'art redevenait l'horizon, le sanctuaire, on cessait d'en piétiner les idoles, la prétention, le statut. Dans mon nouvel ancien monde, nous avions la beauté en partage et nous profitions d'une jouissance pleine, celle de la vocation, des œuvres à venir, de la gloire qui nous attendait : nous serions des artistes et nos enfants aussi après nous si par hasard nous avions le temps d'en avoir. Il n'y avait rien de mieux, pas de plus grande preuve à donner du génie humain que de créer du nouveau qui soit beau. Ma colonne pouvait enfin dérouler toutes ses vertèbres ; je me redressais après toutes ces années où je m'étais tassée avant l'âge, sans parler de l'avantage que j'avais sur mes nouveaux amis : j'étais bardée de maths-physique et nous n'étions pas nombreux. En tout et pour tout, deux ou trois garçons, et moi. Au pays de la beauté, j'avais le privilège de porter aussi la rigueur et la logique. Au début, ça ne se voyait pas, on n'en parlait jamais, puis, à la faveur de discussions philosophiques, ça s'est dit de plus en plus. C'est souvent comme ça dans les duos, quand l'un se libère de l'autre, il reprend le flambeau à sa charge, celui-là même qui lui pesait et dont il disait vouloir se débarrasser à jamais, si bien que quand il était question de science, même une simple allusion, toutes les têtes se tournaient vers moi. Un comble. Sans compter que j'avais peaufiné ma légende, que de moi, on disait partout que j'avais passé mon bac scientifique d'une main en dévorant *Sodome et Gomorrhe* de l'autre. Il faut dire, ça en jetait.

J'aurais pu citer *La Prisonnière*, mais c'était moins sulfureux, et dans cette pépinière d'artistes, j'avais besoin de soufre, un gaz qui paradoxalement rendait l'air plus facile à respirer, plus léger. Je n'entendais enfin plus la voix de M. Prinker déclamer ses statistiques à tout bout de champ, y compris le jour où Freddie est mort.

Elle l'avait su avant moi, elle m'avait appelée, j'avais accouru. Ses grands yeux tristes semblaient plus battus que jamais. Elle écoutait en boucle *Love of My Life* qu'elle connaissait par cœur, *Bring it back, bring it back,* mais sa voix se brisait, *don't take it away from...* et elle n'arrivait pas à finir la phrase. J'étais restée dormir et, pendant le dîner, alors que le silence gagnait, son père n'a pas pu se retenir, il a évoqué en détail une étude sur le sentiment de mortalité dans la population française. Il a dit un truc du genre, la mortalité augmente de 12 % par an après cinquante ans, mais le sentiment, lui, n'augmente que de 5 % pour les gens sans maladie grave. Dans ce delta de 7 %, il y a beaucoup de choses. Chez les gens qui avaient, disons, le cancer, a poursuivi M. Prinker, si la mortalité passait à plus de 40 % par an, l'augmentation du sentiment, elle, ne dépassait pas les 8 %. Un delta encore plus grand, 32 %, vous vous rendez compte ! Mes chiffres ne sont peut-être pas les bons, je cite de mémoire, mais peu importe. M. Prinker s'obstinait à épingler ce delta sans rien en dire et surtout il voulait absolument qu'Adèle donne son point de vue. Peut-être pour lui changer les idées, il n'aimait pas qu'elle soit morose. Eh bien, elle l'a fait ! Elle a dit que dans le cas de Freddie, le delta était nul ou inversé, que le sentiment de mortalité pouvait même avoir dépassé la mortalité elle-même, il n'y avait qu'à écouter *The Show Must Go On*, qui puait autant l'approche de la mort que la vodka. J'avoue, je n'en suis pas revenue qu'elle parle comme ça. Son père non plus. C'était bien fait pour lui car il était agaçant avec ses pourcentages, mais l'odeur de la vodka les a tous balayés. Adèle n'a pas élevé la voix, elle n'a pas pleuré, elle a quitté la table.

Dans ces moments-là, on attend des spéculations sur la tragédie humaine, le destin, pas des études de l'INED qui viennent grillager le cœur et agir dessus comme une râpe à fromage. Mais M. Prinker préférait endiguer ce magma d'émotions et de sensations, stopper net leur éclosion, qu'on n'aille surtout ni se complaire ni s'enferrer dans le chagrin, le chagrin ne mène à rien, disait-il. Il versait dessus une série de ratios et de courbes comme un seau d'eau sur un début de feu. Sans doute trouvait-il ça plus salutaire, plus digne, sans doute cherchait-il à réaffirmer coûte que coûte le primat de la raison.

Si ce jour-là elle a été la victime de ce penchant, elle l'a si bien assimilé que par la suite, c'est parfois elle qui a brandi sa râpe et qui a gratté, gratté, gratté, comme son père. Je me demande aujourd'hui ce qu'aura été le delta d'Adèle, c'est-à-dire la différence entre la probabilité de sa mort et l'envie de mourir, cette griffe qu'elle avait plantée dans le cœur. Chez elle qui n'avait aucune maladie grave, le delta était à coup sûr négatif. Si seulement on avait parlé de ce qu'il y avait dedans et pas tout autour, on aurait peut-être des éléments aujourd'hui, mais bon, qui a envie d'économétrie quand se suicide une amie ?

Pendant ces deux ans, j'avais beau être rentrée chez moi, ce n'était plus complètement chez moi, et ce, pour trois raisons.

Primo, dans ma classe, il y avait trop de filles, des filles partout, des filles tout le temps. Avec leurs drames permanents, leurs dialogues maniaques, il m'a dit, je lui ai dit – pourquoi les filles restituent-elles les échanges avec un tel détail quand les garçons les résument ? – leurs allures de grappes sur les marches, les bancs dans la rue, leurs voix aiguës.

Deuzio, avec l'avènement de l'informatique et les débuts de l'intelligence artificielle, je commençais à me dire que les carrières littéraires allaient prendre un sérieux coup dans l'aile, qu'à l'université ne les choisiraient que les élèves faibles ou en retard sur leur temps, bref que nous, les lettrés, on allait bientôt vivre dans un musée, sous cloche. Mes parents avaient eu la part belle, mes grands-parents plus belle encore, mais ce temps des lettres reines me semblait révolu. J'en parlais aux gens de ma classe qui eux ne voyaient rien, ne soupçonnaient rien : on chassait mes doutes, on me trouvait pessimiste, rabat-joie, pas assez contente d'être là, la littérature était éternelle ! Mais contrairement à eux, j'avais appris à tendre l'oreille vers l'autre moitié du monde, je percevais les signaux faibles à la façon dont chez les Deville on parlait des postes à l'université qui se raréfiaient, du pouvoir que prenait l'économie sur les autres sciences sociales, de ma mère qui s'en agaçait régulièrement. D'accord, me répliquait-on, mais on ne fait pas société avec la science, tu t'imagines vivre dans un monde de *nerds*, de *geeks*, de *dorks* ? Appelle-les comme tu veux. On commençait à utiliser ces mots même en France, même parmi les littéraires, des mots qui claquaient, surtout le mot *nerd* qui, dans mon esprit, rimait avec le nerf de bœuf du Rodolphe qui emballe tant Emma Bovary et où moi, je voyais un geste suprêmement viril. J'étais bien la seule. Donc, loin de m'effrayer, ces nouveaux noms m'attiraient, ils me ramenaient à la table du vieux Prinker avec une nostalgie presque attendrie car de l'imaginer soudain dans la peau d'un *geek*, ça le rajeunissait. Je me le figurais jeune étudiant, moins pontifiant, plus timide, et je comprenais comment il avait choisi sa femme en prenant la première qui voulait bien de lui, parce que sinon il serait resté tout seul avec ses machines. Et d'Adèle, est-ce qu'on dirait qu'elle était une *geek*, une *nerd*, une *dork* ? Non, on ne le disait pas des filles. On avait beau me répéter qu'on ne faisait pas société avec la science, moi, je traduisais aussitôt que la science était trop compliquée pour que la masse des gens la comprennent et qu'on ne faisait société qu'avec la masse des gens. Parfois je le disais à haute voix, souvent je le gardais pour moi. Cette conclusion n'était ni rassurante ni séduisante car elle me donnait le sentiment qu'on faisait société dans les bas étages, avec ce qu'on pouvait, avec ce qu'on ramassait, les miettes du savoir, mais que ceux qui décriaient la science étaient en fait trop orgueilleux pour honorer ce à quoi ils n'entendaient rien, qu'ils préféraient s'en remettre à l'art parce qu'il autorisait les errements subjectifs et les semi-clartés. Mais je ne voulais ni me fâcher avec les miens ni même jouer les trouble-fêtes, alors je finissais par me tourner vers le seul espoir qui me restait, les poètes, les garçons habités qui se promenaient dans la ville tout nimbés d'obscur au contact de notre air, comme s'ils s'extrayaient un moment d'une substance pure que j'imaginais voisine de la substance mathématique, selon la loi des confins qui se confondent. Il y en avait un en particulier qui chaque fois qu'il surgissait me faisait battre le cœur.

Il ne parlait que par phrases laconiques, sentences chiffrées, et ne jurait que par Mallarmé, même dans ses dissertations de philo. Pour ne rien gâcher, il s'appelait Stéphane. J'en suis tombée amoureuse en pensant qu'il était tout chargé d'azur. Je passais mon temps à l'attendre, à me ronger, et pourtant je prenais du volume, de la masse. Je descendais dans mon corps, je m'animais des pieds à la tête. Je n'avais encore jamais été amoureuse, je buvais ses paroles, ses questions abyssales : « La mer a-t-elle un point final ? » Je me pâmais sous ses poèmes, « Rachel aux larges lacunaires ». J'avais même réussi à totalement couper le son de la voix d'Adèle qui, bien sûr, aurait ricané, se serait moquée d'un lyrisme aussi abscons. Quand j'ai fini par m'avouer que c'était un simple bourreau des cœurs, j'ai pleuré et j'ai fait comme les autres filles de ma classe : j'ai fait grappe sur le banc. J'ai déroulé mes récits et j'ai pataugé dans le drame de l'amour, du mensonge, de la vérité des autres qu'on n'atteignait jamais jamais. Enfin, moi, je préférais parler d'opacité ou d'étanchéité, ça me semblait plus juste, moins grandiloquent, surtout vu l'escroquerie puisqu'un jour, Stéphane est passé devant le banc sans nous voir, les bras tout pleins de son nouvel azur aux yeux verts. Qu'à cela ne tienne, j'étais poussée par une sorte d'hygiène vitale, comme si après avoir passé des années enfermée, je pouvais enfin courir, m'ébattre au grand air. Et goûter le plaisir de verser mes larmes et mes secrets sous des forêts de cheveux longs, entre des filles contentes d'être des filles et de chanter du Demy.

Il restait une troisième raison. Les Prinker m'avaient mis dans la tête une sorte de canevas, une trame très serrée dans laquelle je piquais mes idées comme on brode. C'était une trame quadrillée faite de lignes et d'angles, d'abscisses et d'ordonnées, un tableur, dirait-on aujourd'hui, qui certes effectuait un ensemble d'opérations, de calculs et de résolutions, mais qui m'avait étouffée et donné envie, après le bac, de parcourir un espace large, ouvert, tout en courbes, dont l'unique boussole ne serait plus l'infernal duo analyse-synthèse, avec des tas d'objets dedans qu'on n'allait pas ranger immédiatement. Les mathématiciens me diront que je me trompe, que ce sont les ingénieurs qui pensent comme ça, en tableurs, mais il me semble qu'eux aussi. Or dans cet espace sinueux et mal rangé, voilà, j'y étais. Je pouvais m'y ébrouer en toute liberté, suivre les méandres que je voulais, musarder, traîner dans les coins, me perdre, et je le faisais, deux fois plutôt qu'une, je me rattrapais allègrement. Surtout en paroles que parfois je rendais particulièrement fumeuses, pompeuses, avec le plaisir d'une sale gosse qui s'en donne à cœur joie. Dans cette allégresse, il m'arrivait cependant de tiquer, de sentir sous ma semelle un pavé inégal. Quand, dans une discussion, un raisonnement, un texte, il manquait un maillon quelque part, une cheville, je m'arrêtais un moment, je commençais à farfouiller, mais il fallait passer outre, fermer les yeux, c'était si beau, si galvanisant, alors je passais outre, je fermais les yeux, je n'allais pas pinailler, tu nous fatigues, Rachel, ne reste pas bloquée là-dessus, avance, lâche ! Je lâchais, j'avançais, je parlais de choses qui n'existaient pas, mais au fond, ce qui me manquait le plus, ce n'étaient pas les maillons, c'était la vitesse, les sillons de lumière, les voies claires où la pensée filait, fécondait les images, les analogies, les concepts. J'adorais l'idée d'élaborer minutieusement un modèle pour ensuite l'appliquer à grande échelle, prévoir l'avenir, ça me grisait. Surtout quand il était question des lois de la nature, en physique ou en biologie, Darwin, Dawkins, encore et toujours des Anglais. À la seule évocation de ces noms en cours de philo ou d'histoire, je trépignais. Quand j'avais lu Proust, en terminale, j'avais compris qu'on pouvait être écrivain et vouloir aussi traquer des lois générales, que, dans un cas comme dans l'autre, on ne cherchait qu'à réduire l'immense totalité des faits, à les regrouper sous un petit nombre de lois, qu'après tout, c'était ça le savoir. Un jour, j'avais défendu cette similitude dans le salon des Prinker mais ni le père ni la fille ne lui avaient accordé beaucoup de crédit : à mes explications enthousiastes, ils avaient répondu par des airs placides et des sourires dubitatifs. Mais je m'en fichais à présent, c'était derrière moi et je regardais devant.

Comme mes aînés, je suis entrée dans une grande école, je n'avais aucun mérite. J'étais en route pour une carrière universitaire, j'avais choisi la littérature anglaise par fidélité à mon arrière-grand-mère. Mes parents étaient heureux, moi aussi, mais quelques jours après la rentrée, l'un de mes professeurs a raconté cette anecdote.

Lors d'un dîner en décembre 1921, Virginia Woolf a trente-neuf ans. Elle converse avec Bertrand Russell qui lui dit que Dieu a créé les mathématiques, que c'est la plus haute forme d'art. Il ajoute qu'à l'âge qu'il a, son esprit est devenu rigide. À quarante-neuf ans, il ne peut plus s'adonner qu'à la philosophie. Virginia lui fait d'abord répéter le mot *art*. Elle lui fait ensuite répéter *qu'à la philosophie, only to philosophy*. Elle tombe des nues. Elle découvre que de grands esprits, Russell en est un, regardent de haut ce qu'elle, elle considère comme des valeurs suprêmes, la littérature, la poésie, la philosophie, qu'il existe une espèce de gens triés sur le volet qui contemplent un horizon qu'elle n'est pas même capable d'entrevoir et où elle ne sera jamais admise. Certes à Cambridge, dans son cercle d'amis où il y a des économistes, des physiciens, elle a déjà entendu ce genre de propos, mais rien d'aussi catégorique ni d'aussi désespérant. Je l'imagine tendre le cou pour voir, apercevoir l'horizon que pointe Russell, mais son long cou n'est quand même pas assez long, il est inapte à ce type d'angulation. Son journal n'évoque pas de bouleversement particulier suite à cette conversation, mais mon professeur pense que ça l'a marquée, et moi, qu'elle n'en a pas dormi de plusieurs nuits. Le personnage de Septimus Warren Smith, dans *Mrs Dalloway*, naît deux ans après cette conversation, précise le professeur. De lui, on dit toujours qu'il incarne la folie, le traumatisme de la guerre, et c'est vrai, mais Septimus, c'est aussi celui qui répète qu'il faut être scientifique avant tout, qui ne l'est pas du tout et qui se jette par la fenêtre.

Je suis sortie de ce cours la mine chiffonnée. Mes amis n'ont pas compris, je ne leur ai pas expliqué. Ils partaient tous boire un verre au café, je me suis éclipsée. Le soir même, j'ai composé le numéro des Prinker. J'aurais pu me raisonner, ne pas me précipiter, penser au tassement, à cette pauvre Mme Prinker, à tout ce que j'avais réussi à vivre depuis que je ne les voyais plus, mais il y avait en moi un désir qui refusait d'abdiquer, qui continuait de prétendre à plus d'intelligence, à plus de savoir, et Adèle me manquait.

Justement, c'est Mme Prinker qui m'a répondu. Elle a bridé sa surprise. Elle m'a demandé si j'allais bien, où j'en étais, puis elle a dit, tu as de la chance, elle est justement venue dîner. Je l'ai entendue appeler Adèle, lui dire, c'est Rachel, comme si on s'était quittées la veille. Ça m'a fait plaisir, j'ai imaginé qu'Adèle n'avait pas dû me remplacer. Elle a pris le combiné, elle a dit Allô, et soudain, elle a supprimé toutes les autres filles qui étaient devenues mes amies. Sa voix grave, posée, a rendu stridentes et insupportables les voix qui m'entouraient depuis deux ans, ces voix de filles flûtées, dramatiques, qui ne séquençaient finalement que des potins et des idées mille fois rabâchées, alors que, dans la voix d'Adèle, il y avait cette basse profonde qui infailliblement scandait une pensée au galop. Elle n'a pas eu l'air plus surprise que ça de mon appel.

— Ça fait deux ans et deux mois ou sept cent quatre-vingt-dix jours, il était temps !

J'ai éclaté de rire, elle aussi, puis elle a dit :

— On se voit ?
— On se voit.
— Demain ?
— Demain.
— Ni chez toi ni chez moi.
— Ni chez toi ni chez moi.
— Devant le glacier à quatre heures ?
— Devant le glacier à quatre heures.

Comme il y a des jeux blancs au tennis, il y a des échanges rapides et gagnants. Ces quelques balles confirmaient que rien ne s'était perdu, que tout était là, intact. Pour fêter ça, on a choisi les mêmes parfums sans qu'elle hésite, un bon framboise-chocolat des familles, et entre deux coups de langue, elle s'est mise à me raconter ses sept cent quatre-vingt-dix jours sans moi.

Son bac en poche, elle s'était inscrite dans plusieurs lycées, puis dans plusieurs options, puis, quand elle a réussi tous les concours scientifiques, elle avait encore hésité entre plusieurs grandes écoles, puis entre plusieurs cursus. Je l'aurais parié mais j'avais le tournis, un début de nausée, son indécision ne s'était pas arrangée. Je me suis demandé si j'avais bien fait de la rappeler car, en quelques minutes, j'ai reconnu cette sensation mitigée, ce courant glacé et cette question simple : m'était-il ou non agréable de passer un moment avec Adèle ? Autrement dit, mon déplaisir entamait-il le charme ou l'amitié ? Je n'ai que des réponses compliquées parmi lesquelles ce choix qu'on fait parfois dans la vie d'avoir des compagnons, des partenaires même, qui nous élèvent quoi qu'il arrive, dont on accepte qu'ils nous malmènent pourvu qu'ils nous surclassent, qui nous surclassent parce qu'ils nous malmènent. Mais fallait-il me surclasser, moi, une Deville, avec toutes ces fées qui s'étaient penchées sur mon berceau, cet avenir radieux qui commençait ? Je l'admettais sans l'admettre, sans doute est-ce à cet endroit que le bât blesse, que mon Mister Freeze rend sa plus belle couleur. On peut formuler les choses encore autrement, j'adorais Adèle mais est-ce que je l'aimais ? Je me suis souvent postée devant les êtres de mon entourage avec cette nuance qui, devant les corps, se transformait en observation, en expérience physique, matérielle, comme si aimer quelqu'un revenait à sentir au bout de ses doigts une zone plus tendre, un moelleux insoupçonné.

Bref, a dit Adèle, j'ai choisi les maths fondamentales *in extremis*, la recherche quoi, je devais bien ça à mon père, il en rêve depuis toujours, que je les pratique pures et sans mélange, comme une drogue dure. Tu te souviens, il disait toujours que les maths appliquées, c'était pour les nazis qui préféraient la balistique à la logique. Je m'en souvenais. Et toi, Rachel ? J'ai résumé mes deux années sans emphase mais avec entrain. J'ai enchaîné sur les nouveaux auteurs que j'avais découverts, l'Angleterre qui m'emballait de plus en plus, mes nouveaux amis, il faudra que tu les rencontres, ai-je glissé d'une voix légère alors que je n'en pensais pas un mot. C'était la dernière chose que je souhaitais, qu'elle les rencontre et que, l'un après l'autre, méthodiquement, elle les dézingue. Je connaissais leurs défauts, leurs limites, je l'entendais déjà qui jubilait de les épingler pour rester à jamais ma seule amie.

— C'est fou qu'on se revoie aujourd'hui même alors que j'ai eu mon premier cours de mécanique ! a-t-elle dit. Et tu sais quoi ?

— Quoi ?

— Eh bien, j'étais la seule fille de tout l'amphi ! La seule fille ! J'ai guetté chaque entrée, chaque arrivée, je tournais la tête sans arrêt tout doucement car je ne voulais pas que mes cheveux bougent, qu'ils attirent l'attention. Pour finir, j'ai compté : il y avait deux cent trente-huit garçons et moi. Vue du ciel, j'étais l'erreur, une tache blonde que moi, je voyais jaune. C'était vraiment comme si j'étais entrée dans les toilettes pour hommes. Pourtant j'ai l'habitude, mais à ce point… J'ai respiré, je me suis calmée, je me suis dit qu'il n'y avait personne pour nous voir du ciel, que les garçons ne devaient même pas se rendre compte que j'étais là, et, peu à peu, je me suis fondue. C'était comme à la piscine après plusieurs longueurs, ton corps perd ses contours, il n'a plus de parois. Mon corps ne formait plus qu'un seul grand corps avec tous ces corps de garçons.

Je la retrouvais bien là, la seule fille de l'amphi, il n'y manquait que la voix de Freddie pour amplifier le trouble. Je ne sentais même plus mes cheveux quand je bougeais la tête, a-t-elle ajouté en souriant. Ils étaient longs et lourds pourtant ses cheveux, aussi longs que les miens, plus épais, toujours aussi blonds. Je suis restée sur cette scène, le cours de mécanique, j'ai voulu des détails : ce qu'elle portait, ce qu'elle disait, avait-elle posé des questions, les regards au moment où elle avait quitté l'amphi, etc. Ses métaphores aquatiques ne me parlaient pas, je voulais plus. Et puis je voulais qu'elle me dise, comment elle vivait avec tous ces corps de garçons justement, si, en plus de se fondre avec eux, elle couchait avec eux, par exemple. Je n'en ai pas eu besoin, elle m'a très vite parlé de Luc : ils étaient tombés amoureux, il avait choisi un cursus d'ingénieur mais c'était réglé, ils s'aimaient, elle pouvait désormais faire des maths tranquillement jusqu'à la fin de ses jours. J'ai trouvé la formule dingue, la perspective encore plus. Jusqu'à la fin de ses jours, c'est vraiment l'éternité quand on a dix-neuf ans, alors, pour me rendre les choses plus concrètes, j'ai visualisé ses cheveux blonds devenir couleur craie et onduler devant un tableau noir.

En rentrant chez moi, j'ai ruminé mais surtout j'ai revu la scène mille fois, Adèle seule dans l'amphi au milieu de deux cent trente-huit garçons. Pouvait-on être plus unique que ça ? Elle avait évoqué sa stupeur, puis son calme, quand on nage en eaux profondes, on ne panique plus jamais, mais elle n'avait explicité ni la joie ni la fierté, or je la connaissais assez pour deviner la jouissance, la transe. J'hésitais entre Émilie du Châtelet quand elle traduisait Newton, la princesse d'un conte ou une héroïne dotée de super-pouvoirs. À cette ascension prodigieuse, j'ai superposé l'image d'un aileron fuselé qui bat sur fond bleu, mais je ne lui ai pas demandé ce jour-là si elle avait repris sa nage de sirène. Comme dans un rêve, j'ai aussi vu des cohortes de filles s'agiter dehors, de l'autre côté de la porte de l'amphi, je les ai entendues jacasser, tambouriner, vouloir entrer mais être refoulées, le contraire d'une scène de boîte de nuit puisque le videur ici ne voulait que les garçons. Elles m'ont fait horreur. J'ai repensé à la scène de la douche dans *Carrie.* On l'avait vu au ciné-club du lycée en seconde et je me rappelle très bien les mots d'Adèle chuchotés dans le noir, tu vois, les filles, c'est l'horreur, au milieu de rangées de filles justement, son malin plaisir. Je m'étais raidie, elle m'avait bel et bien contaminée : j'étais devenue une fille qui n'aimait pas les filles. Je pensais que mes deux années loin d'elle m'avaient guérie, mais c'était une illusion, une pure guérison de surface, et il m'avait suffi de la revoir une minute pour que ça me reprenne. Autant elle avait choisi une filière où elle était la seule, autant moi, je vivais au milieu de bataillons de filles, mais finalement, qu'on soit là ou là, l'obsession était la même : s'en distinguer, s'en détacher à tout prix, elle l'avait déjà fait, pas moi, et moi, je ne pourrais le faire qu'infiltrée. Je me détestais de toutes ces pensées, c'était ce qu'en elle je détestais le plus, cette honte de soi, j'y sentais de la rage et les prémices d'une trahison. Mon idéal, c'était un triomphe débarrassé de tout ce rejet, de toutes ces passions tristes, mais ce n'était pas gagné. Le cours de mécanique a occulté l'autre événement. Luc.

Au deuxième rendez-vous, je n'ai pas attendu, tu es priée de rembobiner, Adèle. Tu m'annonces que tu as rencontré l'homme de ta vie en une phrase et tu penses que je vais m'en contenter ? Elle a essayé d'en donner des détails mais elle était chaque fois reprise par l'envie de résumer et de conclure que désormais elle pouvait faire des maths tranquille. Elle a dit que chez Luc, on était ingénieur de père en fils, que ça lui allait, qu'elle était en terrain connu, que le truc de Luc dans la vie, c'était d'optimiser. Évidemment, ça me rappelait M. Prinker. C'était trivial et ça ne pesait pas bien lourd comme histoire d'amour à l'âge où on ne pense qu'à ça. Là encore, Adèle ne faisait pas comme les autres, elle avait résolu le problème une bonne fois pour toutes. Il y avait de quoi douter de ses sentiments, imaginer toutes sortes de commodités à la place, un vrai choix de raison puisque Luc mènerait une carrière dans l'industrie qui permettrait à Adèle de s'adonner sans limites à la recherche, mais c'était oublier le principal : Luc adorait Adèle et Adèle adorait cette adoration. Avec Luc, il ne peut rien m'arriver, disait-elle, Luc me protège, Luc est un roc.

Nous nous sommes revues, une troisième, une quatrième fois, puis très souvent, comme si de rien n'était. Nos horizons étaient suffisamment différents pour que, d'instinct, la compétition marque le pas, et comme nous ne vivions plus chez nos parents, nous étions désormais en terrain neutre, ça valait mieux.

Au fil des mois, j'ai constaté qu'Adèle ne portait plus que des jupes et des robes, des bijoux, des bagues surtout. Quand j'écris une démonstration au tableau, je veux qu'on les voie, mes bagues, qu'on les entende, mes colliers, insistait-elle, cling cling cling. C'était devenu son truc d'avoir l'air d'une vraie fille au milieu de tous ces garçons, de ne plus se fondre dans l'amphi et de déjouer le cliché de la polarde à boutons. Si on laisse aux littéraires l'apanage de la séduction, ça ne changera pas, disait-elle. Elle avait raison, moi, je n'avais besoin de porter ni bijoux ni rien.

L'existence s'est coupée en deux : j'avais ma

vie avec Adèle et ma vie sans elle. C'était comme une double vie avec juste ce qu'il fallait de clandestinité pour augmenter l'intensité. Résultat, mes amis me semblaient plus fades mais je savais que je ne devais surtout pas commencer à les dénigrer car si je mettais un doigt là-dedans, Adèle m'y ferait mettre tout le bras. Et je redoutais de l'entendre dire un jour, peut-être que si tu n'avais pas lu Proust en terminale, tu aurais…

— Quoi, Adèle ? J'aurais quoi ?

— Tu aurais…

— Quoi ? J'aurais fait des maths ? Comme toi ? Tu sais bien que non ! J'aurais fait moins bien. En plus, tu connais ma famille, tu sais qu'on est programmé dans la vie. Je suis à la place où je dois être, je n'aurais pas tenu, j'aurais été malheureuse, c'est dur d'aller contre son courant trop longtemps, je serais sûrement tombée malade à force, d'ailleurs, je suis tombée malade, rappelle-toi. Elle n'aurait pas pu oublier.

Ce dialogue, je l'imaginais quand je me rendais à l'un de nos rendez-vous, mais une fois avec elle, je l'oubliais totalement, et de fait, il n'a jamais éclos que dans ma tête. De toute façon, j'aurais jeté mes phrases d'une voix tremblante, elle aurait contre-attaqué, elle m'aurait peut-être convaincue du contraire. Je suis d'accord, aurait-elle dit, mais regarde, tu n'es pas non plus heureuse dans ton monde, tu n'arrêtes pas de les critiquer, de te plaindre, honnêtement Rachel… si seulement tu n'avais pas lu ton fichu

Proust à trois mois du bac. Combien de volumes déjà ? J'en avais lu six sur sept. À raison de combien de pages par volume ? Environ sept cents soit quatre mille deux cents pages divisées par quatre-vingt-dix jours, ça donne du quarante pages à la journée. C'est énorme quand on doit réviser, à trois mois du bac, non mais quelle idée ! Cette phrase, elle l'a sans doute pensée mille fois, dite mille autres fois à son père, mais devant moi, elle n'a jamais franchi la barrière de ses lèvres. Heureusement, car je lui aurais sauté à la gorge. Et puis mes phrases à moi, je peux bien les formuler clairement aujourd'hui, mais à l'époque, avais-je vraiment les idées aussi claires ? À vingt ans, toutes ces questions de déterminisme social restent assez théoriques car on ne peut pas s'empêcher de penser qu'on va tout renverser, tout bousculer. Pour être franche, je l'invente un peu ce dialogue, et si je me souviens bien, à l'époque, j'avais de tout autres images en tête, des scènes obsessionnelles qui venaient bourdonner au-dessus de celles que je vivais. Quand je discutais avec mes amis, par exemple, je me disais que cent coudées au-dessus de nous, se tenait un autre conciliabule où fusaient des concepts vifs et fins, et dont les membres n'auraient tendu l'oreille aux nôtres qu'en en accélérant le débit, en en doublant la vitesse. Cette vision aurait pu être inspirante, cocasse, mais non, elle était pathétique. Pour finir, je ne volais plus à aucune altitude et j'étais pétrifiée, ni là ni là. Un instant, je renouais avec ma statue de sel et puis ça passait. Dans mes très mauvais jours, j'aurais pu imager davantage et dire que je ne volais ni avec la petite volaille ni avec les grands oiseaux. Mais l'inconvénient des grands oiseaux, c'est qu'ils tombent de beaucoup plus haut.

Et à part Luc, y avait-il d'autres garçons dont elle soit devenue proche ?

— Non.

— Et des filles ?

— Comme fille, j'ai toi et ça me suffit. Qu'on soit ensemble ou pas, qu'on fasse la même chose ou pas, toi et moi, on se comprend, non ? Tu n'es pas ma sœur, tu es ma jumelle, nous avons un pacte. Et toi ? Toi, tu es plus infidèle, toi, tu dois avoir de nouvelles amies, non ?

J'avais Maud, j'avais Noémie, Victoire, mais en réalité, je n'avais personne. J'ai formé les syllabes de leurs prénoms comme on souffle des bulles de savon. Mais comme dans toutes les doubles vies, un jour, on étouffe et on abat les cloisons.

Adèle a fini par organiser un dîner chez elle, histoire quand même de me présenter Luc. Je ne sais pas si c'était pour calmer mes nerfs juste avant le dîner, mais hop, ça m'a pris, j'ai coupé mes cheveux dans la journée. Alors que j'étais encore sur le palier, ses yeux se sont obturés devant mon carré. Tu n'aimes pas ? Si, si, ça te va bien. Mais elle n'aimait pas, ça se voyait. Je suis entrée, elle m'a présenté Luc en lui disant, normalement, nous avons les mêmes cheveux, de dos, on nous confond, mais aujourd'hui, Rachel a cru bon de se distinguer. Et elle a fait onduler les siens comme dans les publicités pour les shampooings. Son air piquant confirmait qu'elle nous aimait identiques, peut-être pour mieux constater que nous ne l'étions pas. Luc a souri, bien sûr, il ne voyait pas le problème.

On a parlé de choses et d'autres mais j'ai immédiatement vu ce qu'Adèle m'avait annoncé, le démon qui guidait chacun de ses gestes, comme s'il vivait avec un petit diable sur l'épaule qui lui susurrait sans cesse ses injonctions. Au bout de dix minutes, en me servant un verre de vin, Luc a dit, il paraît qu'au cours d'un dîner à quatre, nous buvons 20 % de plus de gorgées qu'au cours d'un dîner à trois. Plus on est de convives, plus on boit de gorgées, ça s'explique certes par la durée du dîner qui augmente un peu avec le nombre de convives, mais surtout par la gêne qu'on ressent, le besoin de se donner une contenance, les conversations qui se multiplient et s'effilochent en fonction du nombre, etc. Au-delà de quatre, il faut ajouter 5 % par convive supplémentaire, puis 6 % au-delà de huit. J'ai immédiatement pensé aux stupides propos de M. Prinker le jour où Freddie était mort. Tout aussi débonnaires et déplacés, tellement déplacés que j'ai eu envie de fuir, de hurler à cet inconnu, je ne suis pas un robot, et de rejoindre mes amis, leur manque de rigueur et leurs maillons manquants, tout plutôt que ce piège où j'allais devoir ranger tout ce qui en moi dépassait, compter mes pas, mes gorgées, la moindre de mes lampées. Adèle lui a emboîté le pas en proposant ses calculs et ses hypothèses, mais Luc a croisé mon regard et, d'autorité, il a changé de sujet. Ce n'était pas trop tôt. Je crois que ça ennuie ton amie, a-t-il dit de façon à ce que dans ma gratitude coule aussi un peu de honte, mais ça, je le gardais pour moi, je ne montrais que mon air digne et soulagé. Il y a eu un léger blanc où j'ai vu qu'il n'était ni beau ni laid mais campé, un roc en effet.

Deux autres types sont arrivés, des chercheurs affiliés au même labo qu'Adèle. J'étais à présent seule contre eux quatre. Il n'y a eu ni joute ni offensive contre moi, juste quatre corps qui me paraissaient vrombir entre les bruits de verres et les coups de fourchettes. On a parlé de tout un tas de choses, mais en réalité, quel que soit le sujet, on parvenait toujours au même résultat, une discussion monocorde et posée, qui tournait, moulinait ses hypothèses placides. Rien à voir avec les débats qui enflammaient mes camarades, attisaient les diatribes, les invectives, parfois les larmes. C'est à ce dîner que pour la première fois, le fantasme de l'homme-machine m'a mis la main dessus. Jusque-là, pour moi, le scientifique, c'était M. Prinker avec ses problèmes et ses solutions, son pragmatisme irascible, l'agacement qu'il manifestait à l'égard des intellectuels et le standard de virilité qu'il avait forgé en moi, soit, mais ce n'était pas à proprement parler celui d'un homme-machine car alors les ordinateurs n'étaient pas aussi présents dans nos vies. D'ailleurs, quand Adèle a dit que le sien plantait sans arrêt, l'un des deux types a bondi de son siège. Enfin, non, disons plutôt qu'il s'est levé sans à-coup.

Il s'appelait Peter, sa mère était anglaise, c'était à peu près la seule chose personnelle qu'il nous avait dite jusque-là, ma mère est de Manchester, mais quand Adèle a signalé son problème, elle n'a même pas fini sa phrase qu'il était déjà devant la machine. Il l'a allumée, s'est assis, puis il s'est relevé. Il en a fait le tour dans un sens, très lentement, puis dans l'autre sens, a touché des câbles à l'arrière, s'est rassis, relevé, et ainsi pendant plus d'une heure. Au début, c'était gênant, après, on l'a carrément oublié et la conversation a repris sur les politiques et les budgets de la recherche, les leurs qui augmentaient grâce à l'informatique, les miens qui diminuaient. Enfin, moi, je discutais d'un œil si je puis dire et, de l'autre, je regardais Peter regarder la machine, se questionner devant, autour, chercher à l'apprivoiser, à la comprendre. Je scrutais son calme, sa patience, ses doigts qui ne tremblaient pas du tout, son souffle qui ne s'accélérait pas non plus, son front qui ne plissait jamais. Rien ne filtrait, pas un mot, pas une interjection, pas le plus petit affect. À peine, parfois, sa bouche qui s'étirait légèrement. Non seulement il avait tout son temps mais on voyait qu'il aimait le passer comme ça, son temps, devant une machine, dans un tête-à-tête serré. J'ai compris par la suite que pour ce genre d'esprit, la multiplication des ordinateurs avait été l'occasion de vivre parmi des miroirs, des reflets, peut-être même des amis, mais des amis auxquels on se mesure sans jamais risquer la rupture.

Adèle me voyait observer Peter en douce. Ça lui déplaisait autant que mon carré court dans l'embrasure de la porte. Elle a demandé à Peter d'arrêter, de revenir à table, on s'en occuperait plus tard de son ordinateur, mais Peter ne l'entendait même pas et ça, ça me plaisait encore plus. J'ai souri, Adèle s'est levée, elle est allée chercher Peter en le tirant par le bras. Il s'est rassis en face de moi. Je n'ai pas compté le nombre de gorgées qu'il a avalées dans la foulée mais je pense qu'il a largement pulvérisé les 20 % d'augmentation. Le dîner s'est fini gentiment. On est partis en même temps, lui et moi, on a marché longtemps, je parlais plus que lui. Je voyais bien que mon fantasme de l'homme-machine induisait une part de silence et d'ennui mais je l'ai quand même invité à boire un dernier verre chez moi. Je lui ai demandé s'il était bilingue, et là, il s'est mis à me parler dans un anglais d'Angleterre, parfait, sans accent. En réalité, il était bien plus animé dans la langue de sa mère et ça m'a chavirée. Pour un peu je lui aurais demandé de me chanter *Love of My Life.*

Quand il s'est déshabillé, j'ai vu un homme avec une grosse tête et des épaules toutes frêles qui ne se disait même pas qu'il vaudrait mieux éteindre la lumière pour se camoufler. C'est moi qui l'ai fait, mais cette première impression n'a jamais disparu. Elle est revenue chaque fois que nous nous retrouvions, quelques secondes seulement pendant lesquelles elle grésillait comme un moucheron sur un arc électrique, mais c'était suffisant pour m'empêcher d'être folle d'un garçon qui aurait pourtant dû étalonner mon nouvel idéal masculin. Peter était doux, il ne s'énervait jamais quand il m'expliquait des phénomènes et des théorèmes que je ne comprenais pas, ou alors, et c'est ce que je préférais, quand il modélisait, m'invitait à arpenter des territoires auxquels j'accédais enfin sans compétition, car lui, c'était le garçon, et moi, la fille. Il portait du bleu, moi du rose, nous reprenions les vieux standards et c'était reposant. Pour lui, j'étais une affaire : curieuse et littéraire, admirative donc dominable. Les vieux standards nous reposent, ils désactivent l'injonction du combat, l'appel de la conquête. Ils nous serinent que des générations ont fait comme ça, qu'il n'y a que les bébés mouillés qui aspirent réellement au changement car le changement est épuisant. Cette histoire m'a permis de découpler Adèle et les maths, et, au contact de Peter, de comprendre que ce n'étaient pas les maths qui me fatiguaient, c'était Adèle. Pour autant, le lendemain, je lui ai confié que je trouvais la tête de Peter trop grosse, ce qu'elle considérait comme la preuve de sa puissance intellectuelle, c'est l'un des plus forts du labo, je te promets, Rachel. Soit, mais il n'a pas de corps, Adèle. Quand il me prend par les épaules ou par la taille, je sens sa peau mais pas sa chair, d'ailleurs ça ne produit aucune chaleur sur moi. Ce n'est pas parce qu'il n'est pas athlétique qu'il n'a pas de corps, on a tous un corps, disait-elle. Tu n'as qu'à lui demander de faire du sport et il en fera. Je restais persuadée que Peter n'était pas descendu dans son corps mais elle savait y faire, Adèle, à me vanter ses prouesses et ce cottage que la mère de Peter possédait dans le Sussex et où nous pourrions tous passer des vacances. Je ne sais pas ce qu'elle avait à y gagner, j'hésitais entre m'avoir à l'œil, avoir barre sur moi en choisissant mon cavalier ou œuvrer, quoi qu'il en coûte, à notre parfaite symétrie. C'est une hypothèse que je n'exclus pas car c'était une obsession chez elle, qu'on soit symétriques, sans doute une tocade d'enfant unique biberonnée à la géométrie qui avait moins besoin de compagnie que de similitude, trouver son même et son autre à la fois, vivre dans un monde flanqué d'elle et de moi, en reflet mais sans contact, sans étreinte, rien qui suinte, rien qui transpire, je l'ai déjà dit.

Ma double vie s'est sérieusement aggravée. J'avais de moins en moins de temps pour mes amis, mes études, je voyais Adèle, je voyais Peter, je dérivais loin de mon socle. Et comme tout ce qu'on côtoie avec ardeur, l'extrême rationalité m'a contaminée. J'ai commencé à optimiser mes achats, mes déplacements, mes lectures, et à le faire savoir. J'employais le mot à tout bout de champ, je calculais, je comparais, j'évaluais sans arrêt. Mon quotidien devenait un ensemble d'opérations logistiques et une perpétuelle variation sur le thème « un sou est un sou » ou « gagner du temps ». Je suis devenue plus efficace mais plus dure, tous ces calculs me rendaient pragmatique, mesquine, prévoyante. Ça n'aurait pas été si grave si ça n'avait pas modifié aussi ma vision de la littérature. De nouveaux mots entraient dans mon vocabulaire, des mots courts, transparents, comme *coût*, *biais*, de plus visibles comme *intérêt*, *sous-jacent*, *bénéfice*, *ressource*, ou carrément imposants comme *hypothèse*, *modélisation*, *interaction*, *anticipation*. J'étais la seule à parler comme ça, j'aimais pratiquer leur langue comme une étrangère s'acharne à ne parler que dans la langue du pays d'accueil et regimbe à parler la sienne même avec ses compatriotes, donc si on me parlait littéraire, moi, je répondais scientifique. Car tous ces mots se présentaient à moi comme de vrais accélérateurs de pensée. Ils me grisaient mais, disait-on, ils me coupaient l'herbe sous le pied, rompaient le charme ou, aux dires des plus crus, ils faisaient débander. On me trouvait froide, étanche, un peu cynique. On m'accusait de faire de la littérature comme on fait de l'économie, tu es trop rationnelle, Rachel, et ça ne fait pas bon ménage avec l'art. J'en ai entendu, je ne voulais rien entendre. Les littéraires aiment préserver dans les marges un vibrato, un halo, un soupir qui peut aller de l'élan poétique à la pure et simple pose, un sfumato qui vient flouter leurs argumentaires, intimider leur public par un chantage à la beauté, à l'émotion, où la morale n'est jamais loin, qui plus est quand ils recourent à des inflexions de pythie. Ceux qui y échappent sont rares et on se méfie d'eux parce qu'ils cassent le marché. J'étais donc partie moi aussi pour casser le marché.

Mes parents ont compris sans que je le leur dise que je revoyais Adèle. Ma mère s'est inquiétée, elle ne lui avait pas pardonné mes semaines de dépression après le bac. Mon père s'est contenté de dire de sa voix sourde et tranquille que moi, Rachel Deville, je n'étais le faire-valoir de personne, une phrase qui résonnait avec le titre d'un roman qui m'avait marquée adolescente, *Moi, Christiane F., 13 ans, droguée, prostituée*, si bien que toutes proportions gardées, ça sonnait comme un avertissement, un destin à éviter. *Moi, Rachel D., 19 ans, faire-valoir de personne.* Je dois avouer que tout ça ne me déplaisait pas et que je voyais affleurer dans ces mises en garde l'ombre d'une jalousie, surtout chez les amis que je délaissais, pas chez mon père qui, lui, craignait seulement que je me désavoue, et avec moi, ce qu'il vénérait le plus au monde, mais comment lui expliquer que j'avais besoin d'un rapport plus corsé, moins dupe, que j'aspirais à une littérature qui, comme la science, montre ses muscles ?

Et puis il y a eu deux incidents.

Un soir où nous étions comme souvent tous les quatre, Luc, Adèle, Peter et moi, la conversation s'est emballée sur les équations différentielles. D'habitude, quand je me retrouvais au milieu d'une conversation mathématique, j'hésitais entre deux attitudes : tantôt je me disais, ça a l'air simple, comme devant un film tourné dans une langue que l'on ne connaît pas mais dont on pense qu'on en capte l'essentiel à cause des sons, des intonations, tout nous maintient dans une sorte de veille cognitive proche de l'intuition ; tantôt j'avais pleinement conscience de ne strictement rien comprendre, rien attraper, et me contentais de surpiquer mes pensées de percepts, de concepts saisis au vol et interprétés à ma façon. Dans un cas, je baignais, dans l'autre, je surnageais, et dans les deux cas, j'entrais dans une de ces friches qui vous cueillent à l'orée du sommeil, vous amènent vers des chemins brumeux où glissent toutes sortes de formes séduisantes, mais ce jour-là, en quelques minutes, j'ai perdu pied sans que personne ne me tende plus ni main ni bouée. La plupart du temps, il y en avait toujours un des trois pour le faire, mais ce soir-là, je ne sais pas pourquoi, ils ont continué à nager vers le large. Même Luc en oubliait sa bonne éducation. Une personne normale aurait dit, bon, ça suffit, ohé les gars, je suis là, vous arrêtez maintenant ? Mais je n'étais pas une personne normale. J'étais depuis toujours une littéraire qui refusait qu'on la cantonne à son groupe, et pareil aveu de faiblesse, pareil appel au secours, je ne pouvais pas risquer. Donc je n'ai rien dit. J'ai débarrassé la table, j'ai fait la vaisselle en serrant les dents, puis j'ai prétexté un mal de tête et je suis partie. Peter a proposé de m'accompagner mais je lui ai dit que je devais aller dormir chez mes parents. C'était faux. Le lendemain, je ne voulais plus du tout entendre parler d'eux. J'avais deux hypothèses : soit Adèle me faisait soudain payer trop d'adoubement, soit c'était Peter qui sentait que j'avais des doutes à son sujet et qui voulait mieux me ferrer en me laissant couler. J'étais furieuse, ils n'avaient qu'à rester entre eux, j'avais mieux à faire. De toute façon, c'était toujours pareil et je le savais : quand je quittais trop longtemps ma base, je subissais un retour de bâton. Mon carré court partait d'une intention juste et avisée : je n'étais pas Adèle et je devais le montrer.

Je ne répondais pas à leurs messages. Where *are* you ? répétait Peter. Ou encore « Raytchel, Raytchel » en prononçant mon prénom à l'anglaise car il savait quel effet ça me faisait. Non mais rappelle, disait Adèle. Je ne rappelais pas et c'était plus qu'une bouderie. Je me vengeais en écoutant sans décrocher leurs voix assiéger mon répondeur mais ce n'était pas encore assez et, trois jours plus tard, je suis allée à une soirée où en temps normal je ne serais jamais allée.

Des littéraires, rien que des littéraires qui fumaient, buvaient, dansaient, ça faisait longtemps. Quand je dis ça, je sais, on peut trouver que je caricature et m'opposer que le monde n'est ni noir ni blanc, mais à certains moments, je crois qu'il l'est. Je me suis lovée dans la fête comme on se pelotonne dans sa niche. J'ai bu, j'ai dansé, un type s'est mis à me tourner autour en répétant où est l'animal ? où est l'animal en toi ? Je lui ai demandé s'il mettait un *e* à animal, il n'a pas compris. J'étais aussi consternée par ma question que par ses yeux ronds. Le type était beau, il dansait bien, il avait de belles dents et surtout, il avait un corps, pas une enveloppe ni un linceul de fantôme. Je le sentais à trois mètres puis à deux, puis à un, puis à quelques centimètres. Je sentais son haleine, la vodka dans ses murmures, l'animal, l'animal. J'ai oublié la grammaire et je me suis collée. C'était grossier, carnavalesque, mais j'étais attirée comme s'il allait me fournir une substance prodigieuse à prix d'ami. Seulement je craignais qu'il ne voie en moi qu'une fille cérébrale, mal articulée, une fille en bois. Je dansais mais l'idée de le décevoir raidissait mes gestes, bloquait mes déhanchés. J'étais obsédée par Clarissa Dalloway, l'héroïne de Virginia Woolf, sur laquelle je passais des heures, mais tout à coup, je l'ai chassée pour penser à celle de Kafka, Grete Samsa, la petite sœur de Gregor qui, à la fin de *La Métamorphose*, se délie comme jamais. Je me suis dit que j'étais en train de tuer Peter pour moi aussi étirer mon jeune corps. Le type m'a dit qu'il s'appelait Julien et j'ai repris son refrain, l'animal, l'animal. Je me demandais quand même si je n'y mettrais pas un *e* pour une fois.

Julien m'a emmenée dans un ciel plus haut encore que celui des maths, un truc inouï. J'avais dix-neuf ans, c'était le moment. Après notre première nuit, j'ai ajouté un troisième plateau dans mon ciel. J'avais eu jusque-là une vision du monde bien étriquée, on pouvait monter plus haut encore mais à condition d'avoir un corps. Je me suis même demandé si je ne préférais pas les sirènes grecques aux nordiques, celles qui volent autour d'Ulysse, et justement, Julien m'a parlé du wingsuit, une combinaison en forme d'aile grâce à laquelle on peut voler à l'horizontale. Il était moniteur de ski, il ne pourrait pas m'en dire plus sur la portance augmentée ou les frottements de l'air mais je m'en fichais. Il a dit, ce serait bien d'essayer le wing ensemble, il ne finissait jamais ses mots comme si parler était une fatigue inutile, ça te dirait ? J'ai refusé tout net. Je ne comprenais pas ce qu'on faisait ensuite de ces shoots, de cette adrénaline gigantesque et impartageable, à moins de passer sa vie avec des parachutistes et des sauteurs à l'élastique. Il a dit que voler, c'était comme un orgasme congelé et perpétuellement disponible. Il sautait en parachute tous les six mois, par hygiène. Comme grand oiseau, Julien se posait là. C'est sûr, ça me changeait. Fougueux comme il était, il incarnait à lui tout seul un dilemme que je n'ai toujours pas résolu à l'âge que j'ai : profite-t-on mieux de sa jeunesse en boîte de nuit ou en bibliothèque ? Certes on peut panacher mais il vaut mieux réfléchir de manière radicale et projeter la question dans deux espaces incompatibles, ça donne tout de suite une couleur plus franche à l'existence.

Adèle savait désormais comme moi qu'on avait une amitié cyclique où trop de proximité occasionnait une surchauffe. Luc, Peter, nous quatre, ça faisait trop d'un seul coup, il fallait refroidir. J'ai refroidi en passant dix jours à coucher avec Julien matin, midi et soir avec le sentiment de m'être hissée suffisamment haut pour considérer les autres comme de pathétiques fourmis. Je ne me suis manifestée qu'après son départ. J'ai appelé Adèle, j'ai appelé Peter, je n'ai pas parlé de Julien, et dans ma double vie, j'en ai creusé une troisième.

Je couchais avec Julien chaque fois qu'il

quittait sa montagne, je voyais Peter sans coucher avec lui, ça lui allait. J'étais plusieurs personnes à la fois et surtout je confirmais mon échappée. Je rayonnais d'une gloire nouvelle et secrète. Ça s'est vu à mon teint, j'étais nimbée. Adèle a commencé à poser des questions. Les gens qui font des maths ne sont pas très perspicaces psychologiquement, il leur manque des antennes, mais Adèle n'était pas comme les autres, je l'ai assez dit. Des antennes, elle en avait. Je lui ai appris l'existence de Julien, rien de plus. Elle a dardé sur moi ses grands yeux doux et hagards. Jamais je ne lui avais vu un regard pareil, et aujourd'hui encore, je ne saurais dire ce qu'il y avait dedans : du vide ? le bombé lisse d'un miroir ? des ombres floues sous une plaque de verglas ? Comme dit cette bonne Virginia, ça se creusait à l'arrière, dans une de ces galeries obscures où nous ne pouvions aller ensemble, Adèle et moi. Le sexe est resté notre grand secret, jamais je n'ai posé la moindre question sur ce qu'elle vivait avec Luc, j'imaginais que c'était tendre et optimal mais je ne m'attardais pas. Sa curiosité à elle s'arrêtait au bord de ses yeux avides. Nous nous sommes toujours contentées de métaphores évasives. Notre pudeur était aussi démesurée qu'incompréhensible pour des filles de notre génération. Peut-être que le sexe faisait trop clairement de nous des filles à part entière et que nous préférions ne pas y insister, rester dans une zone blanche.

Adèle n'a jamais croisé Julien, en revanche, un soir qu'elle était seule et qu'elle broyait du noir, je l'ai invitée à un dîner chez une amie d'amis, une certaine Valérie, sans doute pour me racheter.

Nous n'étions pas très nombreux autour de la table. La conversation bougeait sans cesse, instable, décousue. Je n'avais pas dit grand-chose au sujet d'Adèle, juste qu'elle était chercheuse en maths et qu'on se connaissait depuis longtemps. Elle les a tout de suite intimidés à cause de sa façon directe d'aborder les gens, *in medias res*, de ses questions courtes, rapides, sur tout, leur cursus, leur corpus, le temps qu'ils comptaient y passer, ce qu'ils visaient. Et ensuite ? disait-elle. Quoi, ensuite ? Après ? Après quoi ? Tu comptes faire quoi après ? Mais je ne sais pas, on verra… Un interrogatoire en bonne et due forme qui lui permettait de mesurer à qui elle avait affaire, d'évaluer le potentiel, le programme de chacun, pour calibrer son effort, l'ajuster sans déperdition. Bref, le bulldozer Prinker était de retour.

Dieu merci, on a évité le quart d'heure de confession des littéraires qui renchérissent sur leur horreur des maths, ou pire, leur nullité jubilatoire. On a aussi évité ce qui se passait parfois dans les soirées debout, quand Adèle quittait ostensiblement une conversation pour en rejoindre une autre qui semblait toujours plus prometteuse mais qui comme la précédente la décevait, si bien qu'on la voyait ainsi aller de groupe en groupe, erratique et frustrée. Là, nous étions assis, mais hélas, nous avons foncé tête baissée sur la question de l'art et de la beauté. Après quelques verres de vin, chacun y est allé de son couplet fiévreux. Les points d'exclamation et de suspension proliféraient, c'était ridicule. Puis Adèle a dit, la beauté n'est pas forcément vraie mais la vérité, elle, est toujours belle, ce à quoi j'ai répondu que la beauté était toujours vraie sinon ce n'était pas la beauté. Oh, Rachel, arrête avec la beauté, la beauté ! Et là, la beauté s'est coupée en deux pour devenir ce ahanement, cette formule bègue qu'elle singeait. Il m'incombait de faire mon possible pour repositionner le débat, le nourrir en concepts comme on alimente un feu. J'ai essayé plusieurs choses, la puissance, la délicatesse, mais rien ne marchait, les esprits s'emballaient, ne produisaient que de la bouillie. Ça parlait d'infini dans tous les sens. Adèle alors a lancé, l'infini, c'est bien joli, mais si on ne sait pas qu'il y en a de plusieurs tailles… N'importe quoi ! L'infini, c'est l'infini, a dit quelqu'un. Ah oui ? Mais pas du tout, je peux vous démontrer ça très facilement, en trois, deux, une minute, même trente secondes si vous voulez, et la voilà qui commence, qui parle vite, qui en rafale dit axiome, bijection, correspondance, ensembles, nombres naturels, nombres réels. Les regards s'affolent, on voit tout de suite la terreur affleurer sous la goguenardise des uns, la bonne volonté des autres, et en quelques phrases, l'affaire est pliée, sa démonstration terminée, clic-clac. Heureusement, elle ne va pas jusqu'à vérifier qui a compris, qui est largué. Un ange passe. Qu'a-t-elle démontré au juste ? Qu'il y a plusieurs tailles d'infinis ? Certes mais surtout plusieurs vitesses, plusieurs tailles de cerveaux, ceux qui filent, ceux qui suivent et puis tous les autres. Je bouillais mais je gardais mon calme et le sourire. C'est bon, Adèle, tu as fini ? ai-je dit. La conversation a péniblement repris. Adèle a encore dit quelques phrases puis elle a sorti un bloc-notes et un crayon et, sans quitter la table, sous les yeux de tout le monde, elle s'est mise à griffonner des trucs. Son culot était sans limites.

Elle était figée, elle remuait à peine le poignet. Elle se faisait discrète, mais évidemment, on ne voyait plus qu'elle. On continuait à déblatérer sur la beauté, la beauté, puis quelqu'un lui a dit, montre un peu tes croquis. Ce ne sont pas des croquis, a-t-elle répondu, ce sont des calculs. Montre-nous tes calculs alors ! Oh, non, c'est trop compliqué, a dit Adèle d'une voix gênée. Les gens se sont tortillés sur leur chaise, qui a toussé, qui s'est resservi à boire, mais le mal était vraiment fait. J'ai voulu leur sauver la face, j'ai cité Musil, l'âme est ce qui se rétracte quand elle entend parler de séries algébriques, mais je n'y croyais pas moi-même. Valérie, celle qui nous recevait, s'est brusquement levée. Tout le monde savait qu'elle était issue d'une famille de cheminots, elle le criait sur tous les toits, des ouvriers de père en fils pour qui la littérature, c'était le Graal, la preuve qu'on s'extrayait, qu'on se hissait enfin, si bien que le moindre dénigrement sonnait pour elle comme une menace. Valérie a déclaré qu'elle partait se coucher. C'était un effondrement avec les derniers feux d'une beauté bègue au milieu. Adèle a relevé la tête d'un air innocent. L'esprit embrumé, elle m'a dit, alors on y va nous aussi ?

On a dévalé l'escalier et, une fois dans la rue, j'ai explosé.

— Tu aurais mieux fait de rester chez toi si tu voulais faire des maths !

— J'avais besoin de voir du monde, ils sont très sympas.

— Tu te fiches de moi ?

— Pourquoi ?

— Tu n'aurais pas pu éviter de te donner en spectacle ?

— Quand on a une idée, tu sais bien qu'on ne la laisse pas filer.

— Tu aurais pu éviter d'être désobligeante, de vexer Valérie, c'est vraiment trop facile d'impressionner les gens en griffonnant tes formules ! Tu ne pouvais pas aller t'asseoir dans un coin ?

— Pourquoi ? Tu as honte de moi ?

De toute la vigueur de sa mauvaise foi, elle attirait sur elle une honte qui en fait m'incombait. C'était son seul effort pour se racheter car c'est bien sûr moi qui aurais dû avoir honte : honte de toute cette gnose, honte de ces amis-là, de ce faible que j'avais pour les intelligences moyennes, avec, au fond de tout ça, la certitude que les lettres n'attiraient que les intelligences moyennes. Elle n'a prononcé aucun de ces mots évidemment. Dans la suite de la discussion, je lui ai raconté l'histoire de Valérie.

— Eh bien quoi ? a dit Adèle, de toute façon, il n'y a qu'à faire et toujours à faire, inutile de pleurnicher ou de s'apitoyer, non ? On trace et puis c'est tout. On arrive où on peut. Vu d'où elle vient, là où elle est, c'est déjà très bien.

Du Adèle pur, sans mélange. Une dent d'autant plus dure que ses parents étaient d'un milieu modeste, pas des ouvriers bien sûr, mais bon, a-t-elle dit, je te rappelle qu'avant mon père, personne n'avait fait d'études dans sa famille, il était le premier à avoir le bac. Contrairement à moi, elle non plus n'était la fille d'aucun sérail, et à son avis, Valérie avait le cuir plus épais que nous ne le pensions, nous les nantis. Il fallait juste arrêter avec la plainte et la bouillie, a-t-elle dit, cesser d'employer certains mots, les grands mots. Tu sais, Rachel, ça ne m'arrive plus souvent mais quand je lis de la philosophie, j'ai l'impression de mâcher du vide. Ce n'est pas moi qui le dis, c'est Dirac. Elle a bien vu que je ne savais pas qui était Dirac. Oh et si tu ne sais même pas qui est Dirac… Son mépris culminait. Je fulminais, mais pour couper court à mes nouvelles protestations, elle a conclu, bref, je m'ennuyais, avec cet air d'enfant boudeur qui aimerait tant être comme les autres mais qui n'y peut rien s'il est si différent. L'arme fatale. J'étais partagée entre l'idée qu'effectivement elle n'y pouvait rien et, à l'inverse, qu'elle savait très exactement ce qu'elle faisait. Je l'aurais tuée. Je ne voulais plus d'Adèle dans ma vie.

Cette nuit-là ou la suivante, je ne me rappelle plus précisément, j'ai fait un rêve très étrange : on dormait dans la même chambre elle et moi, et elle se mettait à décrire à voix très haute, très claire, sans se réveiller, les différentes parties d'une démonstration. Je me levais pour prendre des notes, et au matin, j'avais la démonstration d'un théorème avant elle. Entrée dans sa tête par effraction, j'avais volé des bouts de raisonnement pour finalement connaître une chose que son esprit avait produite sans qu'elle-même connaisse encore cette chose. Si j'avais été mathématicienne, j'aurais pu pousser plus loin le forfait. De là à faire des maths sous hypnose, il n'y avait qu'un pas… J'étais ébahie par mon propre rêve mais la honte me cuisait, je n'ai pas pu lui en parler.

À quelques jours de là, pour ne rien arranger, Adèle m'a rejointe dans un café. J'étais en pleine discussion avec je ne sais plus qui, un type. On parlait du rôle de la métaphore en littérature. Pour commencer, elle n'a rien dit, elle a siroté son jus d'orange, là encore, je me souviens de la couleur vive dans son verre, presque sanguine, puis elle a dit : alors chez vous, la métaphore, c'est vraiment un sujet ? Oui, et si tu avais lu Proust, tu saurais à quel point. Je l'ai taclée, elle n'a pas moufté, mais au-dessus de la peau de ses lèvres toute plissée autour de la paille, ses yeux semblaient détendus, amusés, brillants d'ironie. Je me suis rappelé ce jour où, chez mes parents, elle avait dit que Duchamp avait balancé son urinoir à la même époque qu'Einstein sa théorie de la relativité générale, et qu'il n'y avait pas photo. J'ai continué à parler avec le type mais j'avais les oreilles d'Adèle à présent, il pérorait dans le désert. Dans ces cas-là, je n'avais plus d'attaches : j'en voulais à l'un et à l'autre d'être ce qu'ils étaient, et au milieu, à moi de ne plus savoir être personne.

Notre amitié n'avait repris que depuis quelques mois et les accrochages se multipliaient. Pour la peine, j'ai quitté Peter. Je m'étais voilé la face mais ça crevait les yeux à présent : nos mondes s'éloignaient. Je ne pouvais pas me figurer ce qu'elle avait en tête et ce que j'avais moi ne l'intéressait pas. Une fois de plus, le verdict était clair. Une fois de plus, je me trompais.

Quelques jours plus tard, elle m'a appelée :

— Et si on faisait un voyage ? En juin ? Pour nos vingt ans ? Entre ton anniversaire et le mien, juste entre les deux ?

J'étais née le 2, et elle, le 17. Elle n'arrêtait pas de dire, au milieu, juste au zénith ! Nous étions en mai, j'ai accepté. La vraie vérité, c'est que je ne pouvais pas lui résister.

Toutes les destinations y sont passées, vous

pensez bien, on a eu le temps d'hésiter. Pendant des jours, on en a déployé des atlas, des cartes, des plans de villes. Athènes, Rome, New York, Buenos Aires, Bombay, Wellington, Moscou, Berlin, Bruges. Plus ça allait, plus on s'éloignait, plus on s'éloignait, plus on se disait qu'il était inutile d'aller si loin. De zooms avant en zooms arrière, j'avais le tournis, c'était pire qu'une virée chez le glacier. C'est d'ailleurs ce mot qui nous a donné la solution.

— Glacier, glacier… et si on allait en Norvège ? ai-je dit.

— Avoir vingt ans et voir les fjords, a répondu Adèle, hilare.

Trois jours plus tard, je recevais mon billet d'avion, son cadeau. J'avais une fois encore la preuve qu'elle était généreuse et rugueuse, comme si, chez elle, les affects étaient mal réglés, comme si son manque de tact, son empathie lacunaire, était le prix à payer d'un câblage neuronal trop puissant. Je ne me suis pas du tout emballée par clémence, ce voyage me garantissait ce que j'aimais le plus au monde, un tête-à-tête avec elle, qui plus est au milieu d'une assemblée dont on nous annonçait qu'elle serait du troisième âge, sans le public qu'Adèle affectionnait par-dessus tout : des jeunes gens à impressionner, littéraires de préférence.

Les paysages étaient grandioses, on devait plisser les yeux à cause de la lumière blanche et crue. De la beauté, il était donc inévitable de reparler.

— Tu vois, disait-elle, pour moi, la beauté ne va pas sans la rigueur, sans une netteté absolue, ça tombe à pic, les contours sont clairs, les angles sont droits.

Ce n'était plus la beauté, la beauté, c'était la rigueur, la rigueur.

— Tout est très géométrique ici mais on devine encore la trace des équerres, des compas, du fil à plomb pour atteindre le maximum de régularité, une sorte de perfection qu'on n'aura peut-être plus jamais ailleurs. C'est comme un paysage de référence pour tous les autres paysages. Tu vois ?

— Oui, partout ailleurs, ce sera toujours moins parfait qu'ici, la matrice, c'est ici et seulement ici.

— La matrice, oui…

— C'est subtil de sentir la dégradation potentielle, non ? ça se dérobe… attends… est-ce que tu sens ?

— C'est une membrane toute fine…

— Très délicate…

— Donc il n'y a pas de beauté sans délicatesse ! avons-nous conclu d'une seule voix.

Vu d'ici, ça semble grotesque, mais sur le moment, c'était comme si nous avions regardé ensemble une fleur éclore, un cœur palpiter, on en tremblait. On n'avait encore jamais atteint un tel degré de symbiose. À cet instant, sur le pont du bateau, il n'y avait plus ni Adèle Prinker ni Rachel Deville. Nous n'étions plus deux individus distincts, mais une seule substance en fusion, ni homme ni femme, une substance humaine, une tête à deux corps missionnée pour fouiller, se relayer et trouver ce qu'était la beauté : un mélange de puissance et de délicatesse. Ce n'était certes pas la lune, mais pour des filles de vingt ans, c'était exaltant.

Notre pudeur nous interdisait de nous tomber dans les bras. On s'est contentées de se regarder avec la certitude que ce que nous avions trouvé ensemble, on ne l'aurait trouvé avec personne d'autre. C'était la preuve qu'à nous deux, on pouvait couvrir tout le spectre. Il n'y avait plus d'un côté les lettres, et de l'autre, les sciences ; ce qu'on aimait le plus, Adèle et moi, c'était le mélange des genres, les chevauchements, les eaux troubles des confluences. Ça nous sacrait, ça nous confondait, et pour célébrer la symbiose, il nous fallait plus que des mamours alors on a estampillé le moment, on l'a baptisé Fusion 1. Adèle a immédiatement jugé bon d'abréger en F1 car, bien sûr, c'était un début, on en aurait d'autres. F comme fusion mais aussi comme fjord ou comme fille, fidélité, friends, forever, Freddie, F de Nous, un serment, ou F de A + R, un destin gravé sur un tronc d'arbre, tout y est passé.

— Chaque fois qu'on aura des doutes, a dit Adèle, on pensera aux parois de basalte, aux chapeaux de neige et à ces eaux plates tout autour, d'accord ?

— D'accord.

De notre F1, on aurait bien frappé des médailles, en tout cas moi, car c'était une bonne monnaie d'échange contre les décotes de l'amitié. La fusion n'évinçait la compétition qu'à de rares moments, mais tout ce qui est beau est difficile autant que rare, comme disait l'autre. Outre que d'autres fusions suivraient, il en serait de même de la beauté. La beauté, c'est comme Dieu : on peut passer sa vie à se demander ce que c'est, si ça existe, si ça se formule clairement et si ça se partage.

À cette première fois, il ne manquait plus qu'un envol de mouettes sur le fjord et on était dans Jules Verne. C'est Adèle qui l'a dit car elle aimait beaucoup Jules Verne. Comme tous les petits garçons, enfant, elle avait dévoré ses romans. C'était d'ailleurs grâce à Jules Verne qu'elle était sensible à la nature parce qu'il lui fallait un prisme de savoir par-dessus. Le paysage pour le paysage, je n'y arrive pas, disait-elle, il me faut toujours un papier, un crayon, de la représentation, du concept, quoi. À moi aussi mais j'étais tout de même plus sujette aux extases et aux ivresses qu'elle. Surtout depuis Julien. Ce doit être réconfortant d'aimer les arbres pour les arbres, les fleurs pour les fleurs, disait-elle souvent, car combien de fois a-t-elle reçu des bouquets qu'elle a oublié de plonger dans l'eau ? Et quand elle s'en rendait compte, toujours trop tard, elle se frappait le front en déplorant ces cases qui lui manquaient, toutes ces facultés qu'elle n'exerçait pas et qui l'obligeaient à mettre dans l'eau des fleurs fanées, ou qui lui faisaient porter une robe sans collants en plein frimas parce que le changement de saison lui avait échappé. C'est parce que je suis une Anglaise en vérité, s'esclaffait-elle, je sais, je sais, tu es jalouse de mon pedigree…

Le soir même, dans la salle à manger du bateau, elle m'a d'ailleurs sérieusement suggéré de consacrer la suite de mes travaux de recherche à Jules Verne.

— Tu te distingueras, les filles n'étudient jamais Jules Verne.

— Mais Adèle, tu sais que ma spécialité, c'est la littérature anglaise ?

— Oh, bien sûr, mais il n'était pas un peu écossais ?

J'en ai profité pour lui annoncer que j'avais

choisi de travailler sur l'emprise de la science dans l'œuvre de Virginia Woolf.

— Ça, c'est tout toi !

Je n'ai pas cherché à désosser ce *tout toi*, à fouiller dedans pour y entendre l'écho inversé d'un *tout moi.* Elle a levé son verre et, à nos fusions, nous avons trinqué.

Choisir un sujet de recherche, c'est comme choisir un homme, on sait qu'on en prend pour des années. Pour Adèle, c'était même au-delà de ça puisqu'elle avait choisi Luc pour l'éternité et ne s'intéressait plus du tout aux autres garçons. Le problème, c'est que si elle pouvait discuter de mes sujets, moi, je ne pouvais pas discuter des siens, et les rares fois où elle essayait de m'expliquer, je décrochais assez vite. Je me concentrais, je fronçais les yeux, je serrais les lèvres. Si j'avais été voyante, on aurait dit que je sentais poindre l'avenir, et puis venait toujours un moment où les mots d'Adèle s'entortillaient et où, rageuse et déçue, j'avouais que je ne suivais plus. Cette asymétrie, c'était ma croix. Résultat, elle le faisait avec Luc, Peter, et surtout avec son père qui, à son âge, mettait un point d'honneur à suivre pas à pas le travail de sa fille.

Ses choix capitaux, elle en a toujours débattu avec des hommes, et comme femme, ça vous positionne un curseur au fond de l'âme très particulier. Je ne saurais dire lequel mais ça vous emmène au fumoir quand toutes les autres traînent à la cuisine. Moi, je n'en avais que la version glacier, si je puis dire, la traduction vulgarisée d'un processus de décision qui n'engageait comme contenus que des denrées fondantes, éphémères, mais bon, des glaces, nous en avons mangé jusqu'à la fin, j'en conclus qu'elle en avait donc un besoin tout aussi vital.

La seule ombre au tableau de cette croisière idyllique, c'est sa main qui l'a portée : où qu'elle se trouve sur le bateau, je la voyais écarter son pouce et son index droits pour mesurer tout ce qui se présentait, une rambarde, une table, un plateau, une porte, n'importe quoi. Sa main devenait pince, patte palmée, et arpentait systématiquement toutes les surfaces. C'était saisissant, on ne pouvait plus regarder ailleurs. Sur ses lèvres, je la voyais qui comptait les unités parcourues en pure perte puisqu'il n'y avait aucun terme à atteindre, aucune échelle de mesure prédéterminée. C'était un décompte sans avenir, qui n'établissait rien, ni barème, ni classement, ni même opérations. Elle mesurait l'espace comme on compte le temps, seconde après seconde. On a dû vaguement en parler, elle a dû vaguement dire que ça l'aidait à réfléchir, mais on n'a pas creusé. Après tout, ce n'était pas plus étonnant que ça, une matheuse avec ce réflexe de géomètre qui battait la mesure de l'infini sur ses dix doigts. Au temps des pharaons, l'instrument de mesure privilégié, c'était la corde, au temps des cathédrales aussi.

Lors des repas sur le bateau, on avait remarqué une petite fille. Elle voyageait avec un couple assez âgé, sans doute ses grands-parents, qui, comme nous, s'asseyaient toujours à la même table. Elle était mignonne et tranquille, la fillette, très tranquille même, une petite blonde à barrettes qui mangeait tout ce qu'on lui servait, hochait doucement la tête, ne parlait jamais, ne s'exprimait que par de légers froncements de sourcils et un sourire quasi constant. Tu vois, a dit Adèle, c'est le genre de petite fille toute mignonne, toute gentille, qui un jour explosera, une bombe à retardement qui fomente ses mauvais coups. Quels mauvais coups ? Je ne sais pas, tout plaquer, tuer ses parents, se jeter par la fenêtre, va savoir. J'étais moyennement convaincue mais je me suis mise à regarder la petite comme le personnage d'un film d'épouvante. Une nuit, j'ai même rêvé qu'on la retrouvait pendue à l'un des lustres de la salle à manger, avec ses barrettes pailletées. Encore un rêve que j'ai dû garder pour moi.

Cette croisière aura été une chose parfaite et fermée, ronde et suspendue au zénith de notre vingtième année, comme prévu. Je m'en souviens surtout comme du lieu qui m'a révélé la part d'innocence qu'il devait y avoir dans notre soif de savoir : comme nous l'avions établi pour la beauté, le savoir devait fendre les eaux avec une puissance qui emprunte certes au muscle, au cerveau, mais avec une délicatesse suprême. Une délicatesse où il y avait deux choses, une découverte fine, fragile, comme une peau, une membrane, et de l'innocence, un élan d'innocence qui déjoue les ruses de la compétition, qui ne cherche pas à impressionner, seulement à trouver quelque chose. C'était ce qui avait rendu cette première fusion si intensément réjouissante. Mais nous étions des filles, nous avions des preuves à fournir, et les fictions de la compétition avaient commencé dans l'enfance, la dangereuse fiction qui consiste à se croire la meilleure, toujours loin devant les autres, la première, la seule, l'unique. Pour moi, par devoir dynastique, pour Adèle, parce que les maths commencent toujours comme ça. Aux premiers jours de notre amitié, j'avais bien été obligée de demander à Adèle d'où ça lui venait tout ça. Il y avait son père, bien sûr, mais pas seulement. On fait des maths parce que c'est difficile et qu'on veut braver la difficulté mieux que les autres. On fait des maths pour se détacher du groupe. Petite, ajoutait-elle, j'adorais les nombres mais je détestais les prix et les félicitations. Pas par modestie, non, mais par gêne pour les autres car elle se mettait à leur place et elle souffrait pour eux. Elle souffrait pour eux parce qu'elle était qui elle était, une fille qui n'aurait pas supporté de ne pas rafler la mise. Ces confidences ont eu lieu dans ma chambre, un soir d'hiver, on n'avait pas allumé les lumières. J'entendais sa voix fouiller l'obscurité. Je l'entendais presque remuer ses pensées, pousser celles qui ne convenaient pas, palper, chercher, attraper les autres. Ma gêne était impure, elle a tourné, disait-elle, elle a mal tourné et s'est muée en esprit de compétition. J'étais forte mais j'avais un ego fragile. Quand on est trop différent, on devient fragile, c'est comme ça, tu le sais, et, chez moi, cette fragilité, c'est devenu de l'arrogance.

Adèle avait treize ans quand elle a murmuré ces propos dans le noir. Ils ne me reviennent qu'aujourd'hui, je ne sais pas ce que j'en ai fait pendant trente-trois ans. Je l'ai souvent entendue dire par la suite que les mathématiciens n'avaient pas la mégalomanie des physiciens, qui, eux, se mesuraient à l'univers, aux mystères du cosmos. Je sais aujourd'hui comme c'est faux, comme en matière de mégalomanie, c'est vraiment l'hôpital qui se fout de la charité. En réalité, je crois que cette vision, elle ne pouvait l'avoir qu'au sortir de l'enfance, quand les sensations étaient encore fraîches, mais qu'avec les années, elle s'est estompée, puis carrément effacée. Darwin explique que les petits poissons qui se mettent toujours au centre du banc pour être mieux protégés suscitent le rejet des plus grands qui finissent par les regarder comme des créatures égoïstes, déloyales, et par ne plus les protéger du tout. C'est comme ça qu'une faiblesse dépitée se mue en arrogance. Si j'avais pu, j'aurais travaillé sur Darwin. J'adorais Darwin, je trouvais qu'il expliquait notre existence mieux que tous les romans du monde. Mais les littéraires n'aiment pas Darwin et n'aiment pas qu'on aime Darwin, ils trouvent que c'est une vision du monde qui manque de douceur et de vertu.

En quittant le bateau, j'ai senti que, comme toutes les choses délicates, l'innocence pouvait disparaître, ne plus jamais affleurer, sombrer au fond de la mer gelée, mais je me trompais. Des fusions comme ça, nous en aurions d'autres. Adèle avait eu raison de les numéroter. Mon réflexe à moi aurait été de mettre une lettre majuscule, mais un chiffre, c'était plus ouvert, plus porteur d'infini. De nous deux, l'optimiste, décidément, c'était elle.

Dans les allées du cimetière, je n'arrivais plus à lâcher Nicolas. Les autres ont avancé. Luc s'est retourné plusieurs fois mais il nous a laissés. Je crois qu'il était content que quelqu'un d'autre absorbe la peine de son fils qui sanglotait contre mon épaule en répétant des « Où est maman ? » tout pleins de bave et de larmes. Nicolas répétait aussi qu'il lui avait parlé la veille, qu'ils avaient même rigolé au téléphone, qu'il lui avait dessiné un fjord. J'ai repensé à la petite fille du bateau, celle qui fomentait ses coups sous ses barrettes roses.

J'en voulais à Adèle. Se pendre, ce n'était pas seulement mourir, c'était chuter et entraîner les autres dans sa chute, c'était pendre aussi à jamais dans leur mémoire, créer une scène quasi religieuse qui forçait à douter de tout, à se dégoûter de tout. Son fils quand il le saurait allait vivre avec la défiance, le dégoût et ces trous qu'il passerait sa vie à scruter. Des gouffres, des cratères sans fond où tomberaient les questions, quelques échos diffractés en retour, des hypothèses banales, insuffisantes, des visions éculées.

Adèle n'avait jamais supporté les films qui montraient les mathématiciens comme de pauvres hères en proie à la folie. Ce qu'on avait fait de ce malheureux Gödel, par exemple, avec ses anges, ses démons, sa hantise des poisons, c'était abject. Elle supportait encore moins quand on disait d'eux qu'ils passaient à côté de leur vie, de tout ce qui donnait soi-disant de la valeur à une vie. Les gens qui colportent ça n'ont même pas essayé de comprendre, ou peut-être que si mais ils ne le peuvent pas, disait-elle, comme ils aiment prendre l'apéro, ils en concluent que c'est ça, la vraie vie. Je ne sais pas qui sera celle ou celui qui racontera bien cette histoire, disait-elle en souriant, mais j'espère qu'un jour, quelqu'un expliquera ce qui se passe vraiment, primo, dans la tête d'un mathématicien, deuzio, dans celle d'un mathématicien désespéré. Son sourire me laissait penser que ce quelqu'un pourrait être moi, et c'était intimidant. Maintenant qu'elle était morte, je n'avais plus le choix. Les sanglots de Nicolas ne me donnaient plus le choix. Je devais essayer de faire comme Conan Doyle quand il avait inventé le Dr Watson. C'est grâce à lui qu'on suit chaque étape des raisonnements de Sherlock Holmes, qui, s'il n'avait pas été détective, aurait été mathématicien, c'est certain. Doyle, encore un Anglais, a écrit dans ses papiers qu'il voulait construire un homme autour du noyau déduction-induction-observation. Comme Watson, je devais donner à comprendre ce qu'il y avait dans la tête d'Adèle, cette tête que la corde avait coupée de son corps. En commençant par la pendaison qui avait peut-être une intention précise : isoler, punir, dénoncer l'hypertrophie de la tête justement, en finir avec l'alambic qui distillait lentement pensées et conjectures, tandis qu'au-dehors le monde pulsait, accélérait. Adèle n'aurait certainement pas imaginé qu'à la place de sa tête, je mette une queue de sirène clouée au plafond, alors pour chasser ma vision, j'ai desserré mon étreinte. J'ai longuement regardé le beau visage de Nicolas. Il avait les mêmes yeux tristes et bleus qu'Adèle, et ce jour-là, comme les siens, ils sont définitivement tombés par les côtés. J'ai prié pour que l'enfant qu'il était ne perçoive rien de mon Mister Freeze, qu'il soit jaune, vert ou vermillon. F comme Freeze, Adèle.

Je l'ai pris par la main et on s'est dépêchés de rejoindre les autres.

Dans l'avion qui nous ramenait d'Oslo, je n'ai pas quitté des yeux le ciel. Si j'en ai fait l'asile des grands oiseaux, je sais bien qu'aucun ne peut voler si haut. À la place, je scrute les gros nuages joufflus ou les stries filandreuses, tout me va, j'aime contempler le seul azur à disposition. Je me demande toujours pourquoi les gens en avion n'en profitent pas plus, pourquoi ils passent leur temps à lire, dormir ou regarder des films, toutes choses qu'on peut faire sur terre, alors que l'azur sur terre, allez le trouver. Peu après le décollage, Adèle s'est penchée et elle a regardé avec moi.

Ça me rappelle la piscine, a-t-elle dit, quand les nageurs crawlent, ils fouillent l'eau comme un amas de tissus mous, de textiles doux. Leurs bras s'enfoncent, ils fourragent, ils séparent, ils soulèvent. On dirait qu'ils cherchent quelque chose dans un tas mais qu'ils ne le trouvent pas. Quand j'y allais, je restais quelquefois au bord pour les regarder, mais quand tu nages avec eux, c'est encore mieux, tu vois les corps en transparence dans les autres lignes, il n'y a ni chocs ni impacts, le monde n'est que ça, des corps qui flottent, des gestes amortis, de l'eau bleue. C'est gai, c'est enfantin, c'est un peu l'azur aussi. Je lui ai dit qu'elle ferait bien d'y retourner, à la piscine, si c'était ça, mais elle ne supportait plus tout ce chlore, elle faisait des allergies. Autant dire que notre vol a été bucolique, édénique même, mais la Norvège est un pays duquel il ne faut jamais rentrer.

Quand nous avons atterri, Luc nous attendait. Il souriait mais il avait l'air terrifié. Il s'est avancé vers Adèle et il lui a dit que sa mère avait eu un malaise cette nuit, une rupture d'anévrisme, on n'avait rien pu faire. Machinalement, j'ai regardé une pendule dans le hall, il était midi. Notre piscine d'azur s'est vidée d'un seul coup, on aurait pu entendre la bonde s'étrangler. Adèle a tourné la tête vers moi mais je ne suis pas certaine qu'elle m'ait vue. Luc a pris sa main et ils sont partis. Luc s'est retourné d'un air désolé. Je lui ai dit de ne pas s'en faire. Elle me plantait là, j'aurais peut-être fait la même chose si on était venu m'annoncer la mort de ma mère, je ne pouvais pas lui en vouloir.

Les jours passaient, elle ne me donnait aucune nouvelle. Luc non plus ne répondait pas à mes appels. Quant au téléphone de M. Prinker, il sonnait dans le vide. L'enterrement devait avoir eu lieu sans qu'on m'y convie et je n'avais pour m'y relier qu'une image qui revenait faire gondoler mes pensées, la main d'Adèle qui se posait sur le cercueil en bois de sa mère pour prendre ses mesures compulsives.

Je devenais folle. J'oscillais entre craindre pour la vie de ma mère et lui en vouloir d'être toujours en vie, alors qu'honnêtement, Mme Prinker ne me manquerait pas. Comme elle ne manquerait sûrement pas à Adèleetsonpère qui allaient enfin pouvoir se déployer à leur aise, sans obstacle, sans frein, ou si jamais elle venait à leur manquer, ce serait justement pour ça, pour les bordures qu'ils n'auraient plus et qui les avaient toujours poussés à se fondre et à s'étendre. Adèle avait dit une fois que le problème des hommes, c'est qu'ils avaient toujours une femme sur le dos et qu'elle aurait détesté ça. Au moins là, c'était réglé, M. Prinker n'aurait plus de femme sur le dos, seulement sa fille chérie contre son cœur. Pauvre Mme Prinker. Personne ne l'avait jamais considérée, mais à vrai dire je ne suis pas sûre que la considération et l'amour coïncident. Je doutais qu'Adèle soit viscéralement attachée à sa mère, à l'odeur de sa peau, à sa voix, à tout ce qui nous sangle aux corps contre lesquels on a grandi, qu'elle sache en atteindre et palper le moelleux. Quand j'allais chez eux, je ne sentais rien de tel mais j'étais bien placée pour savoir qu'Adèle était pudique. En revanche, j'avais mille fois aperçu les gestes furtifs de sa mère, une main sur les cheveux de sa fille, sa nuque, sa paume qui effleurait son dos quand elle travaillait. C'était d'ailleurs la même chose avec Luc, on ne voyait que ses gestes à lui, jamais ceux d'Adèle, mais comme il l'adorait, il n'avait pas l'air d'en souffrir. Bref, je sondais les profondeurs du chagrin. Je n'en finissais pas de chercher son mobile comme dans un crime, pourvu qu'on m'explique la raison d'un abattement si massif qu'il m'éjecte du tableau. J'étais meurtrie, mortifiée, de nouveau menacée de me transformer en statue de sel, ça faisait longtemps. J'ai définitivement congédié Julien, comme s'il fallait enchaîner une rupture inexpliquée à une autre rupture inexpliquée. C'était une piètre vengeance. J'ai écrit plusieurs lettres-fleuves à Adèle sans lui en envoyer aucune. Je n'étais certainement pas la plus à plaindre, il y avait Luc, sauf qu'Adèle ne l'avait pas éjecté, et que, lui, il saurait sans doute puiser dans cette nouvelle donne une concurrence bénéfique à son adoration : il devenait le rival déclaré de M. Prinker. J'ai fini par lui envoyer un mot qui aurait pu se résumer à « pourquoi ? ». Il m'a répondu qu'il ne savait pas, que ça ressemblait à une mauvaise association, à un concours d'événements malheureux, ne cherche pas à comprendre, ça passera, écrivait-il. Pour un peu, il aurait pu invoquer le mauvais trip. De la part d'un être aussi rationnel, c'était pathétique. Mais mon éviction n'était peut-être pas non plus pour lui déplaire.

Quand on est jeune, on prend tout pour soi, qui plus est quand on se sent un ver de terre à côté d'une étoile. Si Adèle m'avait évincée, c'est qu'elle se rendait enfin compte que je n'avais pour elle aucun intérêt et qu'avec moi, elle perdait son temps. Ne m'est venue que bien plus tard et incidemment l'idée d'une culpabilité massive à l'égard d'une mère qu'elle avait trop négligée. C'était fugitif, incertain, mais ça m'a aidée de penser qu'Adèle comblait une lacune par une vidange, que c'était une sorte de réglage, d'arbitrage purement mécanique qui n'avait rien à voir avec ma personne.

Tout ça nous a encore amenées à la veille de l'été, comme lors de notre première rupture, si bien que je me suis organisée pour aller passer dès la rentrée un semestre en Angleterre. À vrai dire, il me manquait une expérience de terrain et c'était l'occasion de faire enfin jouer à ce pays son rôle de salut.

Lors de mes premières semaines à Cambridge, j'avais de perpétuelles bouffées de bonheur. Quoi que je fasse, je me prenais pour Virginia. Je devais être aussi exaltée qu'elle la première fois qu'elle vient y rendre visite à ses frères. Je passe sur le charme, la majesté, les grandes salles à manger, les bibliothèques, les tourelles. Je passe sur le faste, le fantasme de l'élite anglaise qui m'accueillait en son sein. Ce sur quoi je ne passe pas en revanche, c'est sur l'union du vert pelouse et du rouge brique que je traquais partout où j'allais parce que j'y voyais l'épiphanie de l'Angleterre, cet accord vif et profond qui ne fait rêver personne parce qu'on le sent fouetté par une pluie drue, mais qui tapisse en moi les parois d'un lieu intime et crucial. Un lieu secret dont aujourd'hui encore je n'ai pas toutes les clés, que je dois certes à mon arrière-grand-mère et à Byron, mais dont l'ampleur alors me dépassait, me dépasse encore, comme s'il chiffrait un destin à accomplir, une origine à rejoindre, bref un truc vital et difficile. Rien ne m'électrisait plus que l'idée qu'on m'imagine une ascendance anglaise, ou mieux, qu'on me prenne, grâce à un accent que je travaillais pour qu'il soit parfait et à mes manières de caméléon, tout simplement pour une Anglaise. Les très rares Français que je côtoyais brandissaient aussitôt leur drapeau, alors je les fuyais pour continuer à être subjuguée.

J'avais de nouveaux amis, des Anglais, et je me disais que cette fois, entre Adèle et moi, c'était la bonne, la der des ders, puisque je ne pourrais jamais lui pardonner de m'avoir ainsi écartée. Je me libérais, j'enchaînais les aventures, ne serait-ce que pour le plaisir de prononcer tous ces prénoms de garçons, Alastair, Stephen, David, Damian, Rupert, Edward, etc., toutes ces dentales, ces diphtongues qui vous élèvent illico. Parler l'anglais d'Angleterre, même quand on s'affaisse, ça vous redresse de l'intérieur, ça vous oblige à vous tenir, plus qu'une tutelle, c'est un tuteur.

J'étais heureuse, j'étais légère jusqu'à ce jour de mars où j'ai vu cette silhouette jaune surgir dans mon écrin rouge et vert. J'ai d'abord pensé que c'était impossible, une hallucination, que Virginia commençait à exercer trop d'influence sur moi. Je regardais la tache jaune comme un tissu boit la couleur, je priais pour qu'elle disparaisse. J'ai vacillé, perdu pied, et je suis tombée de tout mon long sur une pelouse interdite où j'avais si souvent rêvé de marcher. Un comble.

Et si même l'Angleterre me lâchait ? Et puis je l'ai vue.

La première chose que j'ai pensée, c'est que tout ce jaune, ses cheveux, le ciré, ça n'allait pas, et que si nous avions encore été amies, je le lui aurais dit. Et pendant que le petit attroupement qui s'était formé me mitraillait de questions, est-ce que je me sentais mieux ? est-ce que je voulais de l'eau ? un biscuit ? m'asseoir sur un banc ? elle me fixait sans rien dire, vaguement navrée. Quand je me suis ressaisie, tout le monde est parti et elle m'a offert son bras.

Je m'étais préparée mille fois à l'envoyer promener si je la croisais, c'est fini, Adèle, je ne veux plus d'une amitié pareille, mais ma pauvre petite phrase a fondu comme neige au soleil, et à la place, j'ai dit que des blondes comme nous ne devraient jamais porter de ciré jaune, une vraie mayonnaise pour les yeux. Elle a souri, il n'y a vraiment que toi pour trouver des images pareilles. On a longé une, deux, trois pelouses, on ne les a pas comptées, ça défilait, tout ce vert vif, les prairies d'un rêve.

Ce n'était pas le hasard si elle était là. Quand elle avait su que j'étais partie, elle s'était débrouillée pour venir elle aussi dans un labo de Cambridge. Elle y était depuis un mois, Luc la rejoignait parfois le week-end, ils allaient se marier en juillet, vingt et un ans, c'était jeune mais ils étaient sûrs, et puis, comme ça, ce serait fait. Voudrais-je être son témoin ? Je n'étais pas obligée d'accepter, mais j'ai foncé, j'ai accepté.

Pour fêter ça, je lui ai offert une « Ninety-Nine », un cône de glace à la vanille typiquement anglais, il n'existe pas d'autres parfums possibles, avec une barre en chocolat plantée au milieu. Je trouvais que c'était la glace idéale, celle qui résolvait tous les problèmes d'indécision. Une « 99 » ? répétait Adèle hilare, je n'avais encore jamais mangé les nombres mais c'est délicieux ! On a parlé de son père à qui elle avait offert un chien, il l'a appelé Albert, comme Einstein, si tu le voyais, il le cajole tout le temps. J'ai pensé à la Dalloway de Virginia qui ne câline jamais personne sauf son gros chien hirsute, mais j'y ai aussi vu le signe qu'Adèle n'avait peut-être pas été avalée tout entière par la place vacante de sa mère, où, astucieusement, elle avait calé ledit Albert. Comme quoi Luc avait dû bien lutter. J'attendais justement qu'elle m'en parle, de sa mère, mais je n'ai rien brusqué, et quelques jours plus tard, sous la pluie, elle l'a fait. Elle ne lui manquait pas, c'était autre chose, quoi ? elle ne savait pas.

— Tout ce que je suis, je le dois à mon père, tu sais bien, ma mère nous a seulement regardés vivre.

— Quand même…

— J'aimerais bien découvrir un secret du genre que ma mère n'est pas ma mère, mais bon, ça, ça n'arrive jamais.

— Quand même tu lui ressembles…

— Je ressemble à mon père.

— Quand même, tes yeux…

J'enchaînais les *quand même* pour voir affleurer chez elle un affect, un souvenir tendre, mais rien ne venait. Pourtant c'était vrai, ses grands yeux un peu tombants, c'étaient clairement ceux de Mme Prinker.

— La pauvre, elle a dû souffrir, je crois que je ne l'ai jamais appelée maman, il me manque une case, Rachel.

J'ai failli lui demander comment elle l'appelait, alors, mais je me suis souvenue qu'elle ne l'appelait jamais. Ça m'a fait froid dans le dos, qu'est-ce qu'un enfant qui n'appelle pas sa mère ?

— Je n'ai pas pleuré à son enterrement, Rachel. J'étais dure, j'étais froide, un glaçon tout du long.

C'était peut-être pour ça qu'elle ne m'avait pas conviée. Pour que je ne voie pas ça, mais je n'ai rien demandé. De même qu'elle ne m'aurait peut-être pas conviée à son propre enterrement, parce qu'elle avait compris depuis longtemps que moi aussi, tout près du cœur, je stockais des Mister Freeze tout bien droits, tout bien rangés, comme les bambous d'une flûte de Pan. Son esprit d'exactitude en aurait peut-être même deviné la couleur à moins que son indécision ne l'ait reprise pour hésiter entre un vert pomme, un jaune citron et un rouge framboise.

Elle a redit *un glaçon*, et moi, un *quand même* absurde. Et là, soudain, ses grands yeux se sont remplis d'eau, on aurait dit des groseilles vertes, toutes gorgées, toutes nervurées. Il s'est mis à pleuvoir plus fort, ça tombait bien.

— Tu vois, je suis comme Marcel, a-t-elle dit, moi aussi, mon chagrin, je l'ai plus tard.

J'ai cru que j'allais encore tomber à la renverse.

— Qu'est-ce que tu crois ? a repris Adèle, pendant tout ce temps, moi aussi, je suis restée collée à toi.

Je recevais beaucoup trop d'informations d'un seul coup : elle n'avait pas pleuré à l'enterrement de sa mère, elle avait lu la *Recherche*, je lui avais manqué, elle m'avait attendue pour pleurer. C'était trop, je n'ai pas trié, je n'ai rien dissocié, j'ai pris le bloc, et moi aussi, j'ai senti mes yeux se remplir. En fait, Adèle et moi, on ne pleurait pas, c'étaient nos larmes qui coulaient, c'est différent, ça se faisait sans nous. À force de ne pas vouloir être des filles comme les autres, on devait avoir endommagé certaines commandes cérébrales. Nos joues ruisselaient, la pluie se mélangeait à nos pleurs comme des cendres à la terre, que d'effusion, mais bon, voilà, ce n'était pas sentimental, c'était notre F2. On est restées debout sous l'averse comme dans une comédie romantique, sauf qu'on n'a pas fini par s'embrasser. Je voyais ses cheveux blonds graisser contre son crâne, devenir tout marron. Elle devait voir la même chose.

Elle allait donc se marier quand moi je batifolais d'un Anglais à l'autre, et je ne savais quoi en penser : était-ce la preuve d'une saine vitalité ou celle que moi, j'avais du temps à perdre puisque je n'avais pas d'œuvre à accomplir ? Mais on n'est pas écrivain au même âge qu'on est mathématicien. Les maths restent un jeu de jeune homme, a young man's game, disait-on là-bas, et comme Adèle était une fille, c'était encore pire : elle devait donner le meilleur d'elle-même en moins de temps encore.

Mais en Angleterre, on y était enfin, et pour quelques mois seulement, on ne pouvait pas passer à côté. C'est moi qui ai donné le *la* : travailler un peu moins et parachever une symétrie parfaite entre les sciences et les lettres. Nous devions former des bandes distinctes mais alliées, façon années 1930 avec Keynes, Moore et Russell d'un côté pour les sciences, et de l'autre, Woolf, Bell et Strachey, un savoir divisé mais solidaire, totalement complémentaire. Je ne savais pas où mettre Wittgenstein, il se baladait entre les deux. Des bandes qui se compléteraient à la condition que de tous les membres, on exige du « spin ». C'était l'un de mes amants qui m'avait inculqué ça.

Le spin, c'était cette façon de lancer la balle de cricket en lui imprimant une rotation particulière pour empêcher l'adversaire de la renvoyer convenablement. Un art de la déviation auquel des soirées entières je m'étais entraînée avec mes amis littéraires, et, pour ce qui est de l'ironie, des bons mots et des attaques obliques, dans les chambrées de Cambridge, ça vrillait, ça y allait. Il fallait suivre, mais en m'accrochant, j'ai suivi. Cette façon qu'avaient les Anglais de mettre tous les affects à distance me convenait parfaitement. Adèle m'a emboîté le pas, elle a évalué le rythme, capté le tempo, et en un temps record, elle s'est acoquinée avec tout le gratin des étudiants scientifiques. Je crois que ça lui avait manqué de bigarrer. En Angleterre, c'était plus que de la bigarrure, car en plus d'être lettrés, les intellectuels étaient excentriques, et cette excentricité l'enthousiasmait. Elle savait très bien qu'en restant trop longtemps avec Luc, Peter et tous ses matheux qui couraient après le modèle, l'échelle, la vitesse, elle prenait le risque de se couper de certaines sensations. J'interceptais parfois dans son œil une pointe d'envie pour tous ces garçons déliés, extravertis, dont je m'entourais, la nuit, le jour, par tous les temps, et qui tranchaient avec ses androïdes pâles et gentils, de grands enfants distraits, d'éternels fistons sommés de trouver la solution, comme elle, restée la fille de son papa. Elle ne m'avait jamais vue aussi délurée que lors de ce printemps anglais. À la fin de sa vie, Darwin dit qu'il devient une machine à moudre des lois générales mais qu'il a perdu le goût de l'art, des sensations de l'air, de la couleur, et que cette perte est une perte de bonheur.

Évidemment, c'était déséquilibré. Adèle était la seule fille de son groupe quand le mien en comptait beaucoup. Trop. Pour écrémer, j'ai modifié mes critères de sélection, gardé une ou deux filles à mes côtés, mais, comme Adèle, j'aimais qu'on ne soit que quelques élues, idéalement deux, elle et moi. On se retrouvait dans une chambre ou un pub, jamais à plus de dix, et nos discussions commençaient.

De nos échanges, je me souviens avec une précision maniaque. Allez savoir pourquoi, sur fond de briques et de pelouses, c'était comme si, incrustés, sertis dedans, ils scintillaient. Au hasard, il y a eu : est-ce que les objets mathématiques comme les personnages de roman existent en dehors de l'esprit de ceux qui les créent ? Les nombres premiers et les Dalloway, n'était-ce pas la même chose ? Est-ce qu'ils existent pour eux-mêmes ? Y a-t-il quelque part une Mme Bovary ? Admettons qu'ils n'existent pas, ça n'empêche personne d'écrire et de spéculer sur eux, n'est-ce pas ? L'analogie était parfaite, l'équité totale. Oui, mais on pouvait dire, par exemple, que Clarissa Dalloway a marché dans Victoria Street un mercredi de juin 1923 ou que Richard Dalloway a déjeuné dans une maison de Brook Street le même jour.

— Les personnages fictifs, eux, traversent parfois notre espace-temps, ai-je dit en français.

C'est sorti comme ça, dans l'élan de la conversation. Sans doute à cause de trop de spin, de la fatigue, mais aussi pour nous détacher du groupe et nous retrouver seules.

Adèle a enchaîné en français :

— Ce qui n'arrive jamais, strictement jamais avec les nombres.

— Fin de l'analogie, ai-je dit.

Les Anglais ont décroché. Ils répétaient sur tous les tons, our French blondes are drifting away, our French blondes are drifting away… J'ai tiqué car je détestais qu'on me prenne pour une Française, mais d'un autre côté, notre dérive avait du panache, l'image était flatteuse. Un peu comme les retraités sur le bateau de Norvège lorsqu'ils s'extasiaient devant nous, nous amalgamaient aussi dans un *French blondes*, mais quand c'était un œil extérieur qui nous fusionnait, on n'atteignait pas le même degré d'intensité. C'était à nous et seulement à nous de provoquer la fusion de l'intérieur.

Adèle rayonnait quand même. Ces moments-là lui créaient une joie intense, m'a-t-elle dit en partant, car malgré l'ancrage que Luc lui assurait, je restais sa caution sensitive et émotionnelle. Elle a prononcé ces mots incroyables, je m'en souviens très bien, car, sur le moment, je n'ai pas su comment les prendre. Quand on vit avec des androïdes, si votre émotion est un gage d'humanité, c'est aussi le risque d'un câblage computationnel moins serré dont ils ne voudraient pour rien au monde : certes vous êtes plus humain, plus sensible, plus empathique, mais comme leur idéal, c'est la machine, vous êtes plus faible. Adèle tournait les choses autrement : elle disait que c'était le fait d'avoir une tête qui nous faisait penser que notre cerveau était limité, parce que l'infini, ça n'entre pas dans un crâne, or c'était faux, quand elle faisait des maths, c'était ça qu'elle aimait le plus, sentir cette infinité d'états possibles, et sans les maths, on n'y avait pas accès. Sans compter, ajoutait-elle, que les neurobiologistes te diront tous que le cerveau, ça ressemble à un gros fromage blanc et qu'il faut électriser tout ça sinon... Je connaissais certes des expériences similaires avec la littérature, la peinture, l'exaltation, le sublime, mais mes sensations à moi, elle les connaissait, alors qu'à l'entendre, les siennes, c'était autre chose. Cet idéal de la machine, je l'avais approché avec Peter mais ça n'avait pas été concluant du tout. Je n'avais toujours pas réussi mon accès à cette espèce de transcendance carénée.

On pourrait expliquer nos intermittences par nos différences, ce serait simple et sans chichis. Adèle et moi, nous ne partagions pas les mathématiques, soit, pourtant deux principes fondamentaux nous liaient : ne jamais s'en tenir à l'anecdote pour chaque fois extraire la structure d'une histoire ; travailler à l'économie, avec le moins d'hypothèses possible pour elle, et pour moi, le moins d'effets, ce qui revenait au même puisqu'il fallait toujours que la structure affleure. Ce qui nous semblait beau et fort, invariablement, c'était ce précieux face à face avec la structure, l'idée d'une matière qui se retire pour faire place à la vérité. Je nous vois ensemble dans une pièce vaste et obscure tourner autour d'une grande structure phosphorescente comme des enfants autour d'un squelette de dinosaure. Mais hélas ça ne s'arrêtait jamais là pour moi, car aussitôt que j'y étais, dans cette pièce obscure, mon esprit se prenait les pieds dans ses toiles d'araignée et ça recommençait, si Adèle le voulait, elle comprendrait tout ce que j'écrirais, quand moi, même en le voulant, je ne comprendrais jamais rien et patati et patata. Dans le ciel des idées, nous ne logerions jamais au même étage, et chaque fois elle me le signifierait avec brutalité, sauf justement lors de ces quelques mois à Cambridge.

Dans les allées du cimetière, on me regardait comme l'amie de toujours, l'amie intime d'Adèle, celle qui, en dehors de son père, tenait le fil de presque toute sa vie, mais les gens ne soupçonnaient pas toutes les brisures, et à bien y réfléchir, notre amitié se sera déroulée comme un film de cinéma : les spectateurs croient à une durée ininterrompue, ils n'entendent pas qu'après chaque scène, on crie Coupez ! Ils ne voient pas derrière le tournage en mille morceaux, les séquences sans liant, le montage, le contraire du temps qui s'écoule, et s'ils l'entrevoient, ils sont déçus, dans l'obligation d'accommoder.

Dans la voiture, j'ai pris Nicolas sur mes genoux. Il était un peu grand pour ça mais il n'a pas regimbé, et j'avais encore besoin de le serrer contre moi. M. Prinker était à l'avant. Luc a démarré.

Il y a eu un long silence, puis Nicolas a cessé de sangloter et il a dit :

— De toute façon, je la reverrai, maman. Sinon à quoi ça sert de donner à quelqu'un autant d'intelligence si c'est pour qu'il n'en réalise pas le millième et meure et puis c'est tout ? Il doit forcément y avoir une autre vie. Donc je suis sûr que je la reverrai, maman, sinon tout ça, ça sert vraiment à rien, et si ça sert à rien, autant passer mon temps à jouer au foot avec mes copains.

J'ai trouvé sa remarque étonnante mais je me suis demandé deux choses : si l'intelligence d'Adèle lui avait été, comme il disait, *donnée*, si c'était bien le mot, et comment Nicolas, à dix ans, avait conçu cette histoire de possibilités à *réaliser*. Ce n'était pas une idée d'enfant mais je n'allais pas commencer à spéculer. Nous devions garder à Adèle une sorte d'enveloppement délicat, du papier de soie, ne déverser sur elle ni concepts ni débat, alors quand Luc a dit que Nicolas exprimait la même idée que le grand Gödel, je n'ai pas relevé. Nicolas n'a pas demandé qui était Gödel et M. Prinker non plus n'a pas réagi. J'ai serré Nicolas plus fort. Le Mister Freeze qui avait fondu et laissé sa flaque vermillon dans le cimetière, c'était comme des eaux que j'avais perdues. Ça me dégoûtait un peu mais je le pensais : si Nicolas n'avait plus sa maman, il m'avait moi. Ce qui m'a soulagée, c'est que Vera le dise quand on est arrivé en bas de l'immeuble, heureusement qu'il vous a, vous, heureusement… Ce que Vera ne pouvait pas savoir, c'est qu'en plus d'être un recours, un tiers affectif pour Nicolas, j'étais aussi un tiers disons cognitif ou intellectuel. De même que Mme Prinker avait incarné l'autre rive pour sa fille, le monde sans les maths, à sa mort, j'étais devenue cette autre rive pour Adèle, et à la mort d'Adèle, pour le fils d'Adèle, l'autre branche de ce qu'il désignait par « tout ça », tout ce qui n'était pas les maths. Enfin, perspicace comme elle était, Vera le savait peut-être ; elle avait compris que c'était aussi son rôle dans la maison d'Adèle. Lorsqu'elle y faisait le ménage, elle s'agitait aux côtés d'une femme qui passait son temps entre un ordinateur et un tableau blanc, et c'est bien elle qui la reliait à l'autre rive. Elle se moquait souvent d'Adèle en lui disant que ses formules sur son tableau, c'était comme des fourmis dans son cerveau. Ça la prenait parfois d'avoir envie de tout effacer, ouste, du balai ! Adèle répondait tantôt mais Vera, vous êtes folle, tantôt allez, Vera, chiche ?

C'est moi qui ai couché Nicolas le soir de l'enterrement. Luc buvait des whiskys au salon. Au moment où j'ai éteint sa lampe de chevet, il a dit :

— Finalement, maman est morte au même âge que sa mère, moi aussi je mourrai à quarante-six ans ?

J'ai répondu qu'on ne pouvait jamais savoir ces choses-là. Il a dit que peut-être on naissait tous avec un certain nombre d'années à vivre. Il avait vraiment raison de penser qu'il la retrouverait un jour, sa mère.

Avec le printemps, à mon écrin en deux dimensions est venu s'ajouter le ciel bleu de Cambridge, d'un bleu plus intense cette année-là, tout le monde le remarquait, un cobalt immobile, dense, inaltérable. Avec Adèle, on avait mis au point un rituel : on sortait à l'aube, quand il n'y avait encore personne dehors, et on foulait les grandes pelouses en marchant ou en courant. On y allait en t-shirt exprès pour être saisies par le froid, la rosée, les pieds crottés, puis on rentrait se doucher, on buvait du thé brûlant et on travaillait. On appelait ça nos chocs thermiques. Ces moments-là nous reliaient au ciel et à la terre, ils nous donnaient accès à un autre infini, pas celui qu'on fixe d'un grand œil raide sans pouvoir lui donner forme ou couleur, non, l'autre, celui qui déploie sa matière visible et illimitée. Entre les deux, cependant, on ne choisissait pas, loin de là : comme d'habitude, Adèle et moi, on voulait tous les ciels.

Dans la foulée d'un de ces élans-là, un matin,

elle m'a avoué que Proust l'avait subjuguée. Elle avait été si suffoquée par la beauté et l'intelligence du texte qu'elle était parfois obligée de s'arrêter pour reprendre son souffle. Elle avait même songé à plaquer les maths, c'est dire. Je ne l'ai pas crue. Si, si, elle voyait bien sûr que les matheux réfléchissaient plus vite que les autres, que les concepts, les opérations de l'esprit, chez eux, ça fusait, mais finalement pour faire quoi ? Des algorithmes ? Elle prononçait toujours ce mot en faisant onduler ses bras comme des serpents ou comme s'ils provenaient d'un monde parallèle rempli d'algues géantes. Tu sais, ajoutait-elle, les matheux manquent tellement de finesse dans la vie. On ne peut pas être à tous les endroits à la fois, disais-je pour les défendre, comprendre les choses et les gens, bref, le couplet habituel.

— Si, on peut, toi et moi, on peut.

Je n'avais pas le cœur de lui dire non, Adèle, justement non, tu te trompes, on ne peut pas.

Dans les allées, on croisait parfois Jim, un employé du campus qui avait toujours un outil à la main. Il disait à peine bonjour mais il hochait la tête avec une assurance folle, sans doute sa carrure, sa taille immense. Il souriait quand il nous voyait grelotter sous la pluie. Devant lui, nous avions l'air de deux oiseaux chétifs et absurdes. On s'était mises à l'appeler Lord Jim. Un matin, comme nous avions perdu nos clés en courant, Lord Jim nous a proposé de boire un thé dans sa remise, le temps de nous trouver un double. Il a allumé le radiateur au maximum, nous a tendu des couvertures un peu miteuses. On s'est contorsionnées pour enlever nos vêtements trempés et on s'est enveloppées dans les toiles rêches. Lord Jim bougeait lentement dans l'espace exigu, nous tournions à peine la tête pour suivre ses mouvements amples qui, peu à peu, de ses grands bras, nous rapprochaient, nous ramenaient à un souffle les uns des autres. Adèle était mal à l'aise, agacée, alors que moi, je me détendais. Bon, Rachel, on y va ? Non, non, attends. Attends quoi ? Attends un peu, tu ne vois pas ? C'est notre homme des bois. Elle m'a regardée sans comprendre, elle n'avait pas lu D.H. Lawrence. Elle a repoussé la couverture, s'est rhabillée en vitesse, et elle est partie en claquant la porte. Je suis restée seule avec Lord Jim ce matin-là et j'y suis même retournée. Je disparaissais sous lui sans avoir peur, au contraire, je devenais un petit point de lumière dans la grande obscurité. Parfois j'imaginais qu'Adèle était avec moi sur les couvertures rêches, que Lord Jim nous avalait l'une après l'autre indifféremment, que, sous son grand corps, nous trouvions asile et substance au même endroit, presque en même temps. J'entendais les soupirs d'Adèle, elle entendait les miens, ça tuait toutes les hontes, comme dans un conte avec un géant, une forêt, une clé, un refuge et, au milieu, un péché délicieux. Mais bon, c'était un songe et Adèle n'est jamais venue partager nos ébats. Elle ne m'a jamais posé la moindre question, et quand on a appris que Lord Jim avait été envoyé sur un autre campus, j'ai même pensé qu'elle avait provoqué sa mutation. Je n'ai pas pleuré mon homme des bois, je n'ai pas essayé de le revoir. Tout ce qui m'importait, c'était d'explorer sans m'attacher puisque ma principale attache, c'était elle et qu'elle était là.

Cambridge s'est clôturé sur un karaoké, la grande mode à cette époque. Il y avait des tas d'endroits dont un en particulier qui poussait le zèle jusqu'à fournir des accessoires pour des performances plus vraies que nature. Et sans savoir comment, un soir, je me suis retrouvée sur scène en perfecto jaune et legging noir, un pied de micro scié à la main.

*Bohemian Rhapsody.*

La chanson est longue, si bien que j'alternais entre des moments debout à empoigner le micro, jambes tendues, écartées, et d'autres, assise au piano, et, chaque fois que je disais *Mamaaa*, je regardais Adèle. Tous mes *Mamaaa* étaient pour elle et, sans me vanter, ils étaient spécialement poignants. Il savait y faire, le Freddie. À cause de l'ambiance et des spots, je ne pouvais pas voir si Adèle était émue, mais quand je suis revenue m'asseoir, tout le monde m'a félicitée, j'étais surprenante, tellement à l'aise, une vraie bête de scène, such a rock star, etc.

Adèle, elle, m'a carrément prise par les épaules pour m'embrasser à pleine bouche. Elle sentait la vodka mais tout de même, cette fois on y était vraiment chez les invertis des années 1920, les deux pieds dedans grâce au legato de Freddie qui donnait envie de franchir le gué, d'être homme et femme à la fois, grâce à l'alcool, et peut-être aussi grâce à Proust. J'ai dissimulé mon trouble, *shivers down my spine*, c'eût été déplacé au milieu d'une telle liesse. On a proposé à Adèle de monter sur scène à son tour mais alors qu'elle aurait dû accepter, m'emboîter le pas et doubler la mise, là non plus, elle ne l'a pas fait.

Le lendemain matin, elle s'est contentée de dire que, pour elle, Freddie et Marcel, c'était pareil, les deux faces d'une même figure. À moi, d'ailleurs, il n'avait manqué que la moustache, a-t-elle ajouté. J'ai pensé qu'elle allait encore me faire faux bond, disparaître, mais non, elle noyait le poisson, elle ensevelissait son baiser sous une image, une touche de burlesque, et c'était efficace, mon trouble s'est pris dans la glace. En revanche, sa main a recommencé à mesurer tout ce qui se présentait. Ma mémoire a vrillé pour immortaliser la veste jaune sur laquelle mes cheveux devaient s'étaler eux aussi comme une mayonnaise avec cette main dessus, noire comme une pince de homard.

On a quitté Cambridge ensemble. J'étais infiniment triste, je venais d'y vivre une série de métamorphoses extraordinaires. Rien ne m'avait déçue, pas de cœur brisé, rien que de l'amitié vive, du soufre juste ce qu'il fallait. J'avais surtout expérimenté la symétrie dont je rêvais, sciences et lettres, sans tentative d'annexion ni intimidation, et pour la première fois, j'exerçais un charisme frais, grisant, qui, comme on le dit de la gloire au XVII^e^ siècle, exhaussait mon coefficient d'existence. En un mot, je n'avais jamais été plus heureuse. Et puis parler dans une langue qui n'est pas maternelle affaiblit vos défenses, vous empêche de décocher vos flèches et suture le moindre épanchement d'amertume en vous. Ainsi Adèle avait-elle dû se montrer plus douce, moins brutale. Moi aussi. Ou bien était-ce l'alchimie Cambridge qui ne portait pas ses coups au même endroit ? Je ne sais pas. Est-ce que Keynes méprisait Virginia Woolf ? Y a-t-il de la condescendance chez Russell quand il lui dit qu'il est trop vieux pour faire des mathématiques, tout juste bon à faire de la philosophie, alors que ses ambitions à elle ne dépassent même pas la littérature ? Impossible de savoir. Dans le doute, je préférais miser sur les bienfaits de l'Angleterre et sur la probabilité qu'on ait mûri. C'était rassurant, on avait vingt et un ans.

On a choisi de rentrer à l'ancienne. On a pris le train puis le ferry jusqu'à Calais, pour que ça dure plus longtemps. En voyant la côte anglaise s'éloigner, j'ai pensé qu'on aurait dû mourir ensemble à Cambridge tellement c'était formidable, puis j'ai tourné la tête et j'ai fixé l'horizon : on était fin juin, et de nouveau, on était sur le pont d'un bateau, deux petites Françaises et le continent.

Adèle allait se marier, et moi, j'allais reprendre une vie itinérante qui ne m'inquiétait plus, au contraire. Je trouvais qu'elle entrait au couvent, mais chaque fois qu'on en discutait, elle me disait que c'était pour le mieux, qu'elle avait besoin de ce nid pour travailler et que, de toute façon, à part Luc, personne ne la supporterait. C'est sûr, je pourrais rester seule avec mon père, vivre avec lui même, mais non, je préfère encore me marier, disait-elle. Si un jour Luc la quittait, c'est ce qu'elle ferait, rentrer chez son père, et ce serait la fin de tout, mais bon, Luc ne la quitterait jamais, Luc l'adorait, je l'ai déjà dit. Quand, plus tard, j'ai découvert les films d'Ozu, j'y ai entendu les paroles qu'Adèle et son père ne s'étaient jamais adressées, parce qu'en Occident, on ne peut plus les dire comme ça, a-t-on jamais pu, aussi simplement, mais au fond, Adèle, c'était la jeune fille de *Printemps tardif*, celle qui aurait voulu passer toute sa vie auprès de son papa. Comme Perelman, le génie des maths reparti vivre chez sa vieille mère à quarante ans.

Adèle rendait visite à son père plusieurs fois par semaine et lui confiait probablement ce dont elle ne parlait presque plus jamais à personne, même à Luc. À moi, n'en parlons pas. Ce secret, c'était un dilemme, une fourche où s'opposaient la recherche fondamentale et une carrière d'ingénieur, un dilemme qui la reprenait régulièrement, sans doute en surface, pas vraiment, pas profondément, juste pour la forme, une sorte de gymnastique mentale, de gesticulation morale, qui lui permettait de se repositionner en permanence et de n'en pas finir de calibrer son avenir. Mille fois, son père a dû lui répéter que non, non et non, dans une entreprise, elle se gâcherait, il ne la laisserait pas faire la même erreur que lui, elle était faite pour passer sa vie devant un tableau blanc, pas dans une salle de réunion. Qu'à défaut, elle en crèverait, comme lui, mais ça, il n'a pas dû le lui dire. J'imagine que dans la tête de M. Prinker, il y avait ce soleil qui chaque fois se levait, l'idée qu'il avait engendré une fille si exceptionnelle qu'elle décrocherait les mêmes médailles que les hommes, à condition qu'elle ne cède pas au chant des sirènes. Il n'avait pas lu Homère mais le chant des sirènes, ça lui plaisait parce qu'entre eux, ça avait une résonance spéciale, ça poussait loin ses échos. Avec le temps, cette fourche s'est démultipliée car au sein même de la recherche, on pouvait encore hésiter entre les maths pures et les maths appliquées, et dans chaque domaine, entre des tas d'autres branches encore. Adèle aura passé sa vie à gravir les ramures d'une forêt infinie.

Le soir du mariage, je suis venue m'asseoir près de M. Prinker, après son discours que j'avais trouvé émouvant avec ses jeux de mots faciles sur sa *sirène si reine*. Pour me mettre à côté du vieux Rodgeur, il m'en avait fallu de la grande occasion, alors que pour lui, mariage ou pas, ça ne changeait presque rien, il disait quand même ce qu'il avait à dire. Il m'a mitraillée de questions sur mon travail, le choix de mon sujet, le poste que je visais, etc. On est resté un moment sur les scientifiques de Cambridge dans les années 1920, un bon vivier, en effet, mais il était nerveux, rien ne paraissait le détendre. Il m'a demandé si moi aussi je comptais me marier, et quand j'ai dit non, il a dit, si seulement tu avais pu convaincre Adèle. J'ai répondu qu'on en avait discuté mais qu'elle avait ses raisons. Oh je les connais, ses raisons, mais elle est si jeune, elle voudra des enfants, elle fera comme vous autres femmes vous faites depuis toujours, arbitrer entre deux vies possibles, c'est normal, soupeser vos ambitions, le dedans, le dehors, c'est normal. Il répétait, c'est normal, avec une certaine douceur pour une fois, quelque chose de compréhensif et de fataliste, je dirais même avec une pointe d'affection. Il en était presque attendrissant. Je lui ai rappelé qu'Adèle n'avait pas du tout l'intention d'avoir des enfants pour l'instant. Quant à moi, je pensais que je n'en aurais jamais. Mais ça viendra, disait-il, c'est normal, elle en voudra, tu en voudras, les femmes veulent des enfants. Je disais non, il n'entendait pas. Je disais quand bien même, il y a de grandes mathématiciennes qui ont des familles nombreuses, il n'entendait pas ou alors il disait, oui, mais pas Adèle, pas Adèle. Il avait dû vitupérer contre la vie de famille, tonner même contre cette chose qui empêche les gens, surtout les femmes, de se consacrer entièrement à leur œuvre sous peine de passer pour des ingrats ou des salauds, à moins que l'enfant ne devienne l'œuvre, comme Adèle était devenue son chef-d'œuvre. Il était en boucle, alors pour couper court, avec un sérieux de tragédienne, tout à trac, j'ai dit que je voulais devenir écrivain. Écrivain ? Vraiment ? Il ne savait pas quoi faire de ce mot qu'il semblait tenir du bout des doigts, l'air vaguement dégoûté. Pour lui, il n'y avait que la science, ce n'était pas nouveau, mais j'avoue qu'il incarnait cette préférence avec une candeur brutale que même Adèle avait, à mon contact, appris à modérer. Lui, non. Il se posait là, Rodgeur Prinkeur, dont désormais je moquais le nom en le prononçant à l'anglaise voire à l'américaine comme celui d'un caïd de cartoon, un éléphant dans notre magasin de porcelaine à nous autres littéraires qui regardions nos bibelots comme les seules merveilles du monde. Rodgeur Prinkeur, qui, là, avec son air médusé, a dégradé mon bel aveu en disant que je voulais *faire écrivain* comme il aurait dit faire hôtesse de l'air ou faire comptable, sans un égard pour la grandeur ou la vocation. J'ai vidé ma coupe de champagne d'une traite, je n'arriverais décidément jamais à rien avec ce vieux schnock qui était à deux doigts de me dire que me priver d'une vie de famille pour ça n'en valait pas la peine. You old prick, ai-je grommelé en quittant sa table. Et puis la voix de Freddie a envahi tout l'espace. Pas son requiem qui avait ouvert le bal, mais les grands tubes de Queen. Adèle est venue me chercher et, ensemble, on a sauté, dansé, chanté sur *Don't Stop Me Now*, sans un regard pour les autres, avec ces percussions, ces boum boum dans le corps, *no stopping*, *no stopping*, qui, en un instant, ne nous vouaient plus qu'au désir, à la joie, à la vie éternelle.

Et puis vlan, après son mariage, Adèle a disparu. Oh, pas le lendemain, ni le surlendemain, mais graduellement, de semaine en semaine, et, quelques mois plus tard, j'ai reçu une lettre, une lettre où elle m'expliquait que pour faire ce qu'elle avait à faire, elle devait limiter ses relations, que, mariée désormais, elle pouvait s'offrir ce luxe puisque Luc était là, qu'il veillerait à tout. Elle ne pourrait plus consacrer de temps à l'amitié, en l'occurrence à moi, elle devait se dévouer à sa thèse, à son labo, à ses maths. C'était raide mais c'était présenté comme un pacte : étais-je d'accord pour qu'on se revoie d'ici quelques années ? Combien ? Elle ne le disait pas, le temps de finir nos thèses, d'avancer, chacune de son côté ? Elle ajoutait qu'elle me le proposait d'autant plus qu'elle nous en savait capables, puisque nous étions indestructibles. Malgré le coup, elle me flattait encore. Pas question pour moi de protester en arguant que nous pourrions nous voir moins, que nous saurions manquer d'espace, nous contenter d'interstices, nous faire toutes petites, etc. J'ai donc décidé que pour moi aussi le pacte tombait à pic et j'ai topé là ! Banco, Adèle, comme dit la chanson, rendez-vous dans dix ans.

Sur trente-trois ans d'amitié, dix ans, c'est un bail, plus qu'une banale éclipse qui venait s'ajouter à toutes les interruptions précédentes, de quoi définitivement prouver l'intermittence de nos cœurs. Si on avait dû élever une stèle à notre histoire, on y aurait gravé dessus les dates « 1988-2021 » avec un tiret trompeur qui en contenait plusieurs, mais tant de discontinuité révélait aussi un ciment : dans la distance et dans l'absence, Adèle et moi, on continuerait à se talonner, sur la terre comme au ciel.

Trois ans plus tard, elle a soutenu sa thèse, moi aussi. Elle a obtenu un poste dans une université française, moi aussi. Puis on lui a proposé le MIT et, avec Luc, ils sont partis vivre à Boston. Elle a dû hésiter à quitter la France à cause de son père qui restait là tout seul, mais le vieux Prinker a dû lui ordonner d'accepter : ni une ni deux, l'Amérique t'appelle, tu y vas, je l'entends d'ici, Rodgeur.

C'est peu après que les prix ont commencé, les distinctions, les médailles. Il y avait toujours quelqu'un pour me le signaler, et quand il n'y avait personne, il me suffisait de taper son nom pour savoir, son prénom toujours accolé à des séries de prénoms masculins, ses seuls partenaires possibles.

Il n'était pas question que je l'attende les bras croisés. Sauf que moi, j'ai dévié. J'ai endossé l'idée qu'en littérature, le talent ne peut s'en tenir au seul commentaire mais doit pousser les portes de la création et, à son tour, proposer de l'œuvre. Après ma thèse, j'ai publié un premier roman que j'ai appelé *Cambridge,* la moindre des choses. Trois ans plus tard, un deuxième, *Les Allégeances.* Je n'ai plus cessé d'écrire à raison d'un roman environ tous les trois ans qui ne défrayait pas toujours la chronique mais qui, comme on dit, m'inscrivait dans le champ : j'étais celle qui racontait toujours des histoires de scientifiques et de littéraires. À leur insu, tous ces matheux m'avaient ouvert des voies rares, ce qu'on appelle une niche. Chez les Deville, il y avait enfin un écrivain, et Adèle était loin. Ma mère était fière, mon père aux anges. Le temps des faire-valoir semblait terminé mais une question serpentait en silence : Adèle avait-elle seulement entendu parler de mes livres ? Et si oui, qu'en avait-elle pensé ?

S'il fallait qualifier mes romans, je dirais que les premiers étaient des contes cruels tout pleins d'adolescentes singulières exposées à de profonds périls. Mon père disait que j'étais l'héritière croisée de James et de Kafka, c'était flatteur, mais les compliments ne m'arrivaient jamais pleinement. Ils semblaient toujours entamés, mités, car Adèle, de là où elle était, regardait encore par-dessus mon épaule. Comparés à ses équations différentielles, mes énoncés à moi restaient simples. Si ce qui est beau est rare autant que difficile – c'était ma jauge –, ce qu'elle créait était donc plus beau. M'en suis-je jamais ouverte à mon père ? Je ne crois pas. Le cas échéant, qu'aurait-il trouvé à me répondre sinon que nos domaines n'étaient pas comparables et qu'on avait chacune ses contributions ? À force, je finissais par penser que ce n'était que ma névrose, pas la sienne, que ce devait être lié à mon enfance, à ma place dans la famille, à la façon dont ma mère y régnait trop brutalement, mais c'était oublier Adèle et sa brutalité.

À Victor, en revanche, je n'ai jamais pu en dire un seul mot. C'était impossible, c'était sous ma peau, logé à un endroit où personne d'autre n'allait que moi, l'endroit de l'envie et de la honte, celui qui ne se montre pas, mon plus mauvais jour, pas propice à l'amour. D'autant que Victor ne la connaissait pas, Adèle. Il l'avait aperçue à son mariage où il avait atterri par hasard, au bras d'une cousine de Luc qui, à la dernière minute, n'avait pas voulu y aller toute seule. D'ailleurs, j'allais partir quand j'ai croisé son regard chocolat, chocolat fondu. Ses yeux semblaient napper tout ce qu'ils trouvaient. Je me suis rassise, on a discuté. Son atout, c'était son air buté, mal rincé, son côté mauvais garçon au milieu de tous ces premiers de la classe, un cliché de magazine, je sais. Alors quand Adèle s'est avancée pour nous toiser, j'ai appuyé sur le champignon, en l'occurrence sur le genou de Victor où j'ai ostensiblement posé ma main. Était-ce là encore une manière de poursuivre la symétrie jusqu'à plus soif en me trouvant un mari à même son mariage, ou, au contraire, de jeter mon dévolu sur un parfait inconnu ? Je n'en sais rien, mais j'ai vu qu'Adèle n'a pas apprécié.

Victor était drôle, généreux, délié. À côté, tous les autres semblaient grouiller comme des insectes à mandibules. Il avait une moto, je me grisais, je me disais qu'avec lui, enfin, c'était la vraie vie. Chez les intellectuels, quels qu'ils soient, la vraie vie va rarement jusqu'à l'idéal de Rimbaud, elle consiste seulement à mettre certaines attitudes corporelles en tension, à les soumettre à des vitesses inhabituelles, pour secouer les routines de travail, la concentration, l'impression que tout se passe là-haut, que rien jamais ne descend. Sans compter que je prenais un autre tournant : je devenais plus romancière qu'universitaire.

Le problème, c'est que je me méfiais de mes nouveaux pairs, les écrivains. Leur sentiment d'importance, leurs poses, leurs pétitions et leurs cascades de vertu m'incommodaient et me rappelaient le salon de ma mère. Plus je les côtoyais, plus je remarquais qu'ils inventaient toutes sortes de mythes et de figures pour pourfendre, incriminer, s'indigner, sans la moindre connaissance ni en économie, ni en géopolitique, ni en rien de ce qui faisait réellement tourner le monde. Au réel, ils préféraient leurs cosmogonies où des dieux vils et sanguinaires se déchaînaient invariablement contre des peuples sans ressources.

Ça leur donnait une position, une chaire depuis laquelle juger, pérorer, proclamer l'existence du Bien et, par la même occasion, la leur. Et puis je n'aimais pas que la littérature devienne cette agora, cette tribune agitée alors que moi, j'étais venue pour le silence, le crissement de la plume sur le papier. Évidemment, c'est un peu pompeux de le dire comme ça à l'âge des claviers, mais même quand j'écris à l'ordinateur, j'aspire toujours à percevoir ce bruissement léger, à sentir que je me relie à tous ceux qui m'ont précédée. Un jour, Adèle m'avait dit, en maths, ce qui est génial, c'est qu'on peut tous s'asseoir autour d'une table pour tenter de résoudre un problème ancien. Pas en littérature. Résultat, une fois de plus, je n'étais plus ni là ni là, juste bonne à me plaindre dans les bras d'un Victor que tout ça n'intéressait que moyennement, mais quand je me noyais dans mes larmes, il se mettait à tempêter. Un artiste, c'était d'abord un ego surdimensionné, et si d'aventure il en arrivait un qui soit différent, c'était parce qu'il avait autre chose dans son ciel. Ce pouvait être Dieu, la richesse, ou toi, par exemple, toi, tu as Adèle, ça t'empêche de te faire trop mousser, mais des comme toi, il y en a peu, ma chérie, la plupart ne savent même pas que des intelligences pareilles existent, ou alors ils se disent que ça n'a rien à voir avec eux, alors que toi, c'est le contraire : tu te dis toujours que ça a *tout* à voir avec toi, même quand ce n'est pas le cas. Je me trompe ? Non, Victor ne se trompait pas.

Avec ses yeux chocolat en apparence trop onctueux pour me percer à jour, Victor visait dans le mille. Je n'avais même pas eu besoin de m'exprimer sur Adèle, il avait tout vu, les étages, le ciel, tout. Quand Victor me parlait comme ça, il avait beau être qui il était, un avocat mercenaire prompt à défendre les pires malfrats, je pensais que je pourrais passer ma vie avec lui. D'autant qu'au début de notre histoire, Adèle ne s'était pas gênée pour me faire douter, Rachel, tu es sûre ? Tu ne vas pas t'ennuyer ? De quoi allez-vous parler ? Il a l'air creux, tu mérites mieux. Elle anticipait les remarques de ma mère qui ne comprenait pas que je m'attache à quelqu'un d'aussi inculte. Il aurait pu ne pas l'être, car dans la famille, des avocats cultivés, il y en avait, mais il avait grandi dans les quartiers nord de Marseille où, s'il n'avait pas fait du droit, il aurait fait du deal. Quand on allait dîner chez mes parents, ma mère le testait mine de rien mais son verdict était toujours le même : en dehors de quelques grands procès historiques, ce garçon ne connaissait rien. Il connaît la loi, disais-je. Mieux vaut la connaître pour mieux la violer, cinglait-elle. Quant à mon père, il s'exprimait peu mais ses regards gênés en disaient long.

Je suis restée accrochée au bras de Victor jusqu'à ce qu'il me quitte parce qu'après des années à ne pas avoir voulu d'enfant, je ne pouvais effectivement pas en avoir et il en voulait. J'avais trente-cinq ans. J'aurais pu entreprendre des traitements médicaux mais j'ai préféré laisser filer et m'en tenir à mon premier destin : je serais un écrivain à l'ancienne, sans enfant, une artiste entièrement dévouée à son œuvre. Virginia continuait à avoir de l'influence sur moi, d'autant que mon dernier roman, *Troc*, était un succès, un gros succès.

À la minute où il m'a quittée, mes parents se sont mis à regretter Victor comme un prix Nobel. C'était comique, leur manière d'en parler, de vanter des mérites qu'ils n'avaient jamais vus avant, sa robustesse, sa beauté, sa lucidité, tout y est passé. De mon côté, succès ou pas, je me lamentais, je pleurais, mais comme on se mettait à traduire *Troc* dans le monde entier, ça compensait. Je voyais ma réputation s'étendre, mon nom apparaître sur des sites dans toutes les langues, c'était comme de suivre la trajectoire d'une autre. Je surveillais les traductions, j'exigeais des titres où il n'y ait jamais plus de deux syllabes comme *Swap*, *Trueque*, *Tausch*, *Scambio*, *Troca*, mais dans certaines langues, ça ne marchait pas, si bien que je passais du temps à discuter avec des Russes, des Coréens, des Danois, des Chinois, pour trouver la meilleure façon de concilier le sens et le son. Incidemment je me disais qu'avec les maths, le problème de la traduction ne se posait pas, qu'elles produisaient un langage parfaitement commun, sans déperdition, le seul qui soit apte à emmener toute l'humanité derrière lui, mais au moins, dans cette nouvelle ampleur géographique et linguistique, je me démultipliais, je m'éloignais de moi-même et c'était heureux. À la limite, j'aurais pu passer le reste de ma vie à m'occuper de traduire ce que j'avais déjà écrit mais l'art comptait plus que l'amour et je pressentais que le départ de Victor me donnerait la trame d'un grand roman à venir.

Durant toutes ces années, je ne sais pas comment Adèle a fait pour ignorer mes livres, surtout pour ne pas avoir envie de m'en dire un seul mot, car il lui aurait suffi d'une lecture en diagonale pour nous reconnaître partout et à tous les âges, à treize ans, à seize ans, en France, en Angleterre. Je n'aime pas imaginer que Luc ait tout fait pour les mettre hors de sa vue, mais il est bien possible qu'elle le lui ait demandé, que ça ait fait partie de leur pacte, qu'il chasse les tentations, les distractions, tout, hormis les voyages pour venir voir son père. Ça, c'était certain, qu'elle s'était organisée pour venir souvent, ne pas le laisser tomber, le vieux Prinker. Je me demandais parfois ce qu'il devenait tout seul chez lui, avec son chien, si lui les avait vus passer, mes romans, s'il n'avait pour eux que dérision et mépris. Dans les avions, les aéroports, il y a toujours des journaux, des livres, mais je la connaissais, Adèle, je savais que même dans un long-courrier, elle restait concentrée. Je lui avais appris à regarder par le hublot, et le ciel immense était devenu pour elle le seul endroit de la terre où les objets mathématiques avaient une chance d'exister. C'est mieux qu'un tableau blanc pour réfléchir, disait-elle. Elle m'avait d'ailleurs expliqué que jusqu'aux années 1970, il revenait aux professeurs de maths d'enseigner la cosmographie, les mouvements de la Lune, les étoiles, les éclipses. Dommage qu'on ne le fasse plus, disait-elle, car pour les enfants, ce serait l'occasion d'observer et de décrire des lignes, des sphères ou des ellipses bien réelles, leur seule chance de situer les maths quelque part, de leur donner une forme, un corps. Avait-elle eu le temps de le faire avec son fils ? J'imaginais déjà la scène ; de toute beauté. Alors vraiment, lire des magazines dans un avion, qui plus est les pages littéraires ? Adèle avait mieux à faire.

Un matin, j'ai trouvé, glissée sous ma porte, une petite enveloppe jaune. Je l'ai d'abord toisée sans me baisser, j'ai savouré l'idée que Victor puisse regretter, m'écrire pour revenir. Victor n'était pas homme à billet, mais tout arrivait, et il s'était fendu d'aller acheter du matériel de correspondance dans une papeterie pour mes beaux yeux, de choisir entre plusieurs couleurs, oh, je ne le voyais pas hésiter comme nous devant un étal de glaces, il avait dû opter pour le jaune en deux secondes. Victor, qui n'écrivait jamais à personne, était lui-même venu dans la nuit ou au petit matin, il s'était baissé pour glisser sa missive sous ma porte, à genoux sur mon paillasson, car oui, tout de même, il regrettait, mon nouveau succès l'impressionnait, mon cœur chavirait.

Altière, fière, une géante sur son palier, je toisais toujours l'enveloppe, ce minuscule rectangle jaune sur le point de changer ma vie. Je me souviens comme si c'était hier de ma voisine qui a ouvert sa porte au même moment en me demandant ce qui se passait, avais-je vu un mort ? j'étais si pâle, étais-je malade ? voulais-je un café ? J'ai dû me ressaisir et me baisser pour attraper l'enveloppe du bout des doigts, comme si elle était en feu. Ma voisine a souri, rassurée, puis a dévalé l'escalier.

Quelques instants encore, j'ai attendu avec la lettre qui tremblait sur ma paume, le cœur battant au diapason des pas de ma voisine dans l'escalier. Heureusement que ce jour-là, elle n'a rien oublié qui l'oblige à remonter, car je ne sais pas de quelle couleur elle m'aurait trouvée une fois l'enveloppe décachetée.

« Revoyons-nous.

Comme dans ton dernier livre. »

Hélas, ce n'était pas Victor, non, c'était Adèle qui, après quinze ans d'absence, revenait dans ma vie. Adèle, c'était moins bien que Victor mais c'était mieux que rien. À quelque chose malheur est bon, et comme cette réapparition se faisait sur fond de cruelle déception, ça la minimisait d'emblée. N'étant qu'une compensation, elle perdait de sa valeur, le risque était moindre. Tout de même, après quinze ans, j'aurais dû tomber à la renverse, mais non, ce matin-là, Adèle, c'était seulement mieux que rien, je n'aurais jamais cru. J'ai d'abord pensé qu'elle avait lu *Troc*, mais je butais sur *dernier*, ton *dernier* livre, et j'ai compris que mes livres, elle les avait tous lus, bouche cousue.

*Troc* racontait justement l'histoire de deux amies qui s'étaient perdues de vue et qui se retrouvaient par le truchement d'un dépôt-vente. Chacune venait y vendre des vêtements que, par hasard, l'autre achetait systématiquement. Dans les deux sens. Après des mois de ce manège involontaire, la vendeuse finit par signaler à ses deux clientes que leurs garde-robes s'attirent comme des aimants. Vous êtes mes clientes jumelles, leur dit-elle, même style, même taille, quand l'une se lasse, l'autre s'emballe, mais vous avez les mêmes goûts. Avec une harmonie pareille, vous devriez vous rencontrer. La vendeuse organise finalement la rencontre, mais elle est aussi déçue qu'une marieuse devant deux ex, sauf qu'en l'occurrence, à part la vendeuse qui déchante, les deux amies, elles, sont enchantées. Ça, c'est pour la prémonition, le rêve que je profilais dans cette histoire qui recousait des pans d'amitié, leur redonnait charme et vigueur, mais dans la réalité, ce n'est pas exactement ce qui s'est passé.

En la revoyant, j'ai eu deux pensées, enfin disons deux et demie :

– elle a monté mes quatre étages dans cet état,

– elle ne m'aura jamais connue en couple avec Victor, c'est malheureux,

puis, aussitôt,

– c'est heureux.

Toutes les sensations me sont revenues : je souriais mais j'étais furieuse, elle entrait dans la pièce et c'était une menace, j'éclatais de rire mais j'aurais voulu qu'elle s'en aille sur-le-champ, elle racontait quelque chose de drôle, mon rire tonitruait, ma gaieté tonitruait, mais tout était faux, amplifié, plein d'échos contraires. Je rêvais d'un truc douillet qui n'arriverait jamais, une amitié complice et paresseuse où on pourrait passer du temps à faire des choses sans importance, badines, futiles, ridicules, mais de toute façon, moi non plus je ne faisais rien pour que ça arrive, je trouvais ça indigne. Je rêvais du jour où nous aurions une explication, où je déverserais tous mes griefs sur la table, au milieu des restes, des assiettes, pour faire un tas, une montagne, où mes griefs grouilleraient comme des vers, agglutinés par milliers, puissants de s'être agités en secret, bridés tant d'années. Bref, j'avais dans la tête une forêt qui cachait ce que je ne voulais surtout pas voir, le monstre de cette forêt, l'alien, le ventre d'Adèle.

Quand elle s'est assise, il a momentanément disparu sous la table du café. Huit mois et demi, elle a dit, elle pouvait perdre les eaux à tout moment. Je voyais déjà la flaque sous sa chaise, jaune très clair. Au moment de sa rupture avec Clarissa Dalloway près de la fontaine de Bourton, Peter Walsh évoque la mousse vert vif du rebord, auquel, quand j'y pense, j'ajoute toujours ma propre touche, c'est comme ça avec les couleurs, c'est comme ça avec tout, on ajoute sa touche, et ce vert vif devient pour moi plus acide, citron vert, *lime*, disent les Anglais. Finalement on pourrait dessiner ma vie sous la forme d'un champ de lueurs verticales, une collection de Mister Freeze suspendus qui brilleraient dans le noir sans fondre, forêt de néons éphémères.

Ils étaient rentrés de Boston un mois plus tôt, ils se réinstallaient en France. Aux États-Unis, elle avait fini par abandonner les maths pures pour faire des maths appliquées. Elle avait rencontré de nouveaux chercheurs, on lui avait fait des propositions, de l'argent certes, mais pas seulement. Au grand dam de son père, mais comme il était loin elle avait pu. De la géométrie différentielle – son grand truc, c'était la courbure de Ricci, qui pour moi coïncidait avec le tombé de ses yeux – elle avait évolué vers des applications à la physique via le principe d'entropie, mais je t'expliquerai un autre jour, a-t-elle dit. Du Adèle tout craché, ces ellipses, ces tournants décisifs mentionnés en passant, ils attendaient un petit garçon.

— J'ai trente-six ans, il était temps, et toi ?

— Je n'en veux pas.

Ses yeux se sont légèrement arrondis mais, calme et polie, elle a poursuivi.

La nuit, elle avait peur, elle comptait ses angoisses, ses oreillers étaient pleins de chiffres : les bons jours, ça n'excédait pas trois, les mauvais, ça pouvait aller jusqu'à neuf. Elle disait tout ça avec une placidité sidérante, je me demandais si c'était l'Amérique qui rendait si placide. Par ordre décroissant, elle avait peur :

qu'il meure,
qu'il soit anormal,
qu'on la sépare de son enfant,
qu'il soit bête,
qu'il soit laid,
que le monde soit envahi de virus,
que Luc la quitte,
que son père meure,
que son fils n'aime pas les maths.

Ça ne variait jamais mais parfois les six dernières craintes pouvaient ne pas s'afficher. Les maths venaient en dernier, ça m'étonnait, mais bon, après quinze ans, je n'allais pas commencer à pinailler. D'autant que oui, elle semblait calme et polie, l'expression est revenue me percuter, ça me frappait, son visage rond comme un galet, légèrement mat, un peu affadi sous ses cheveux légèrement moins blonds, plus ternes. Calme et polie. C'était peut-être la grossesse. Je l'écoutais parler en guettant la flaque, je fixais le carrelage gris béton en me demandant ce que donnerait dessus un liquide jaune clair, ça me distrayait. Je pensais aussi à cette photo de Diane Arbus, le géant juif dans le salon de ses tout petits parents. Arbus disait que cette photo traduisait la peur qu'elle avait eue d'accoucher d'un monstre quand elle était enceinte, qu'on voyait cette peur sur le visage de la mère. Malgré tout, j'arborais un air ravi, posé, et quand Adèle a dit, à toi, je me suis mise à parler de Victor, de son départ, de mon chagrin, du succès de *Troc* grâce auquel j'allais faire le tour du monde, ça tombait bien, ça me changerait les idées. Et là, Adèle a commencé à m'en raconter l'histoire comme si ce n'était pas moi qui l'avais écrite, puis celle de tous mes livres, comme si je ne les avais pas écrits non plus. Elle me donnait sa version de chaque intrigue et me prouvait qu'elle ne m'avait pas quittée d'une semelle ou du moins qu'elle savait lire entre mes lignes. J'avais oublié que c'était une habitude chez elle, cette précision maniaque, cette manière de tétaniser la curiosité par la mémoire.

À quinze ans, quand Adèle avait découvert la littérature grâce à moi et à ma famille, elle s'était mise à lire beaucoup mais surtout à nous raconter l'histoire des romans qu'elle dévorait avec des milliers de détails que moi, je négligeais. Ça m'ennuyait mais j'étais bien obligée de constater que c'était impressionnant cette capacité à faire lever dans l'espace de la parole et au profit de tous des aventures enroulées dans le plat du papier. De toute façon, avait dit ma mère, avec une mémoire comme la sienne, elle ne pouvait pas faire autrement, il fallait qu'elle s'exerce et attrape tout dans ses filets. Elle ajoutait que ça faisait toute la différence entre ses étudiants, l'hypermnésie était la condition du génie. Je me souviens du jour où elle a prononcé cette phrase, dans le salon de notre maison du Perche, Adèle était là, ruisselante de ses nouvelles lectures, toute perlée de détails, et ma mère a prononcé ce mot d'*hypermnésie* qui s'est mis à bouger sur le tapis comme un animal, une bête fabuleuse, une licorne, un truc insensé d'une blondeur presque blanche, toute poudrée de magnésie. L'hypermnésie a même éclipsé le génie. Ce monstre, c'était la mémoire d'Adèle, l'énorme mémoire d'Adèle qui nous coupait la route, nous taillait des queues de poisson à nous autres Deville auxquels elle damait le pion sur leur propre terrain. Enfin, je crois qu'à part moi, ça n'a agacé personne, même pas ma mère qui y voyait la preuve de notre influence et la certitude qu'Adèle nous admirait assez pour avoir envie de garder tout ce qu'on lui donnait. Sans compter qu'elle partageait avec elle un zèle vorace et une réticence à la modestie. Ma mère, je l'ai déjà dit, a toujours joué un drôle de jeu avec Adèle car je crois que, comme moi, elle ne savait pas sur quel pied danser, tantôt conquise et aimante, tantôt vigilante et prête au coup de griffe. Une autre fois, dans le même salon, quelqu'un a dit, certainement l'un de mes oncles, qu'Adèle n'était pas une sirène, mais plutôt une pêcheuse de perles comme il y en a au Japon, à cause justement de tout ce qu'elle faisait remonter comme détails. Entre la magnésie et la nacre, de toute façon, c'était beau, blanc et rare, et ça reluisait dans le noir. Mais là, devant moi, ce monstre, ce n'était plus ni sa mémoire ni son intelligence, c'était son ventre, ce petit garçon dans son ventre.

Nous parlions, nous parlions, mais c'était poussif, ça ne coulait pas de source et je me disais, cette fois, c'est bon, c'est grippé, c'est plié, trop de temps s'est écoulé.

Après cette première fois, nous ne nous sommes pas revues, mais quelques semaines plus tard, j'ai reçu un appel : elle avait accouché, et, comme dans un rêve, dès la scène suivante, j'étais à la maternité, devant son lit, le petit corps de Nicolas entre mes bras.

Je ne sais pas comment je me suis retrouvée là mais j'y étais, avec cette boule de chair tiède, ce pochon de douceur que je posais tantôt sur mon cœur tantôt contre mon épaule et qui épousait aussitôt la forme de mon corps. Je me disais des choses étranges, par exemple, que ce bébé, s'il avait eu un jumeau, des deux, c'est lui que j'aurais préféré. En vertu de quoi ? Je ne sais pas. Cette pensée me tirait loin en avant, elle me projetait dans un futur où je voyais ce lien grandir, fructifier, s'affubler de responsabilités, et si ça faisait de moi une tante, une marraine, une mère par défaut, à tout prendre, c'était mieux que de contempler une place vacante. Après le départ de Victor, cette place était devenue la sienne et celle de l'enfant que je n'avais pas eu et que je me représentai désormais comme celui que je n'aurais jamais. Je n'avais pas vu Adèle pendant des années, mais ce nourrisson arrivait à point nommé, et devant son lit, le petit contre moi, j'ai déclaré, comme ça, d'une voix froide, tu sais, ce petit, je vais l'aimer comme mon fils. On s'est regardées longuement, elle et moi, je crois que ses yeux ont brillé. C'était la fusion qu'on n'attendait plus, un miracle qui écrasait tous les récits, toutes les années, les faits, celle qui venait juste après Cambridge mais quinze ans plus tard, et c'est elle qui l'a dit, voilà, c'est notre F3. Nicolas arrivait et suturait tous les bords qui s'étaient éloignés. Une autre mère aurait peut-être tiqué, mais elle, elle a souri. Aujourd'hui, je ne peux m'empêcher de penser qu'Adèle a entrevu autre chose dans ma déclaration, la garantie que je serais toujours là pour Nicolas. Il y avait Luc et il y avait moi.

Elle n'aurait jamais pu avoir de fille. Ce genre de certitude est indéfendable, scientifiquement indémontrable, mais il n'empêche, j'en ai l'intime conviction. Ce que son père a fait avec elle, elle l'aurait sans doute fait avec sa propre fille, mais c'était plus risqué, plus aléatoire comme transmission, il aurait fallu redoubler d'efforts. Pour des femmes tendues vers l'autre sexe comme elle l'était, un garçon, c'est l'horizon, et après toutes ses années de lutte, il était normal qu'elle y accède enfin. Comme dans les contes anciens, à la naissance de Nicolas, malgré les échographies, tout le monde a poussé le même soupir de soulagement. À commencer par le vieux Prinker que j'ai croisé dans le couloir de la maternité et qui irradiait à l'idée que tout recommence avec son petit-fils, les maths, les énigmes, les échecs, mais cette fois sans avoir à perpétuellement chasser hors de la maison le diable en tutu rose. Son seul bémol, c'était que le petit ne porte pas son nom car Adèle tenait à ce que son fils porte le nom de Luc et le nom de Luc seulement. Elle n'en avait rien à faire de tous ces affichages féministes, prendre le nom de la mère et tout le tintouin, c'était de la gesticulation pour elle, ça arrangeait bien les femmes de se considérer toujours lésées, toujours bafouées, pour ne pas se donner à fond, déjouer l'ambition, un nouveau cheval de bataille chez elle, mais pour cette histoire de nom, elle avait peut-être une autre raison, encore un indice qui m'avait échappé.

Au milieu de tout ce qui m'arrivait, la notoriété, l'argent, ce qui s'appelle la gloire, Nicolas était ce que j'avais de plus douillet. En plein milieu d'une interview, il m'arrivait de penser à son tout petit visage, à sa fontanelle, au duvet blond sur ses tempes qui poudroyait comme une pluie d'or.

— Pluie d'or, pluie d'or ? disait Adèle, ce n'est pas ce qu'on nous disait sur le bateau ?

— Si, si.

— Évidemment, toi, tu n'as pas les angoisses, tu vas, tu viens, tu n'as pas les nuits, tu n'as pas les cris, toi, tu ne vois que l'or qui scintille…

Dans les semaines qui ont suivi la naissance de Nicolas, Adèle a cédé à des paniques. Rien ni personne ne les contrait. Même le flegme de Luc. Son seul moyen de lutter, c'était ce pli placide pris aux États-Unis, faire des listes, ranger ses angoisses par ordre décroissant puis croissant, puis de nouveau décroissant, mais leur nombre augmentait, certains jours, il excédait la douzaine. C'était verbal, cérébral, ça ne descendait pas dans son corps.

Trois mois après l'accouchement, elle s'est mise à craindre que son cerveau ne fonde. Elle n'avait plus peur pour Nicolas, elle avait sérieusement peur pour elle. Elle était en boucle, on se serait cru dans un tableau de Dalí : à l'écouter, son cerveau coulait comme une cire jaune sous un grand ciel bleu. Ça m'exaspérait, je préférais encore qu'elle ait peur pour le petit et, du tac au tac, je répondais, arrête, ton cerveau n'est pas une boule de glace. À son tour, pour m'agacer, elle répliquait, et si ça l'était, d'ailleurs, ce serait quel parfum ? Fraise ? Citron ? Mangue ? Non, non, pas un sorbet, plutôt caramel ou noisette… Ou alors un truc plus doucereux… Vanille, voilà, oui, vanille, comme les filles ! Par pitié, Adèle, arrête ! Quelles que soient mes réponses ou ma colère, ses angoisses l'assaillaient, ça me rappelait les divergences Bergotte-Cottard, c'était toujours la même histoire, un vrai syndrome. Je ne comprenais pas, disait-elle, la fatigue, ça vous ramollit de partout, je n'ai pas peur pour mon ventre ou mes fesses, mais mon cerveau ne va pas s'en remettre, répétait-elle, cet épuisement, ces nuits sans dormir, c'était prouvé… Elle ne finissait pas ses phrases, elle aurait vite insinué sinon que je ne pouvais pas savoir de quoi elle parlait et elle aurait eu raison. Je me raidissais, c'était une enfant gâtée, elle était comblée et elle n'avait pas le droit de se plaindre. Il m'est aussi arrivé de penser que toutes ses peurs paniques où la mort de son enfant venait souvent rôder, cette expérience de mammifère, finalement, ça ne pouvait pas lui faire de mal. Au fond, c'était peut-être la première.

Le succès de *Troc* ne se démentait pas. On m'invitait partout à parler d'amitié féminine, de rupture et de retrouvailles. Toute cette exposition, moi, ça m'obligeait à transiger, à m'acoquiner avec des gens qui n'étaient pas toujours des flèches, mais je m'y faisais, ça me redonnait confiance, je remontais la pente du chagrin. Quand je venais voir Nicolas, je racontais mes histoires à Adèle, les rencontres, les dîners, toutes ces nouvelles têtes que je croisais. Évidemment, à ses yeux, tout ce succès ne valait pas qu'on se brade autant.

— Je ne sais pas comment tu fais, disait-elle.

— Comment je fais quoi ?

— Comment tu fais pour raconter tes histoires aux premiers venus.

— Mais toi, quand tu as eu tes prix, tes médailles, tu ne l'as pas eu ton lot de dîners, de flatteries, de gens inutiles ? Je suis sûre que oui mais tu as oublié.

— Non, jamais, et je n'ai rien oublié, j'ai même refusé des choses pour éviter ces dîners.

— Donc tu es parfaite !

— Rachel, je te rappelle que nous avons des

choses à faire, n'oublie jamais, concentre-toi sur l'essentiel.

— Je sais, je sais, mais l'essentiel est déprimant Adèle, j'ai besoin de distractions.

— C'est juste que dans ton monde, tu dois redoubler d'attention.

Une fois de plus, elle me signifiait que dans son monde à elle, il y avait beaucoup moins de crétins, parce que les sciences triaient sur le volet, même pour un dîner, alors que chez les littéraires, les fausses valeurs, évidemment, ça courait les rues. Un quart d'heure de gloire était vraiment donné à n'importe qui n'importe comment et pour n'importe quoi. Pourvu qu'on ait du style, disait-elle, ou une mère folle, un grand-père formidable, que sais-je. Elle n'avait pas tort mais c'était vexant. Elle ne me visait pas moi, elle visait le monde dans lequel j'évoluais, mais comme c'était celui qui me consacrait, ça revenait presque au même. Cette fois pourtant j'étais vissée, je ne pourrais plus jamais m'éloigner, j'avais Nicolas. Et puis honnêtement, ça ne m'affectait plus comme avant, je la laissais parler, juger, car j'aimais bien cette nouvelle vie, les invitations, les voyages, les compliments, je n'y aurais renoncé pour rien au monde, même pas pour éviter son mépris.

J'avais pourtant mes dénivelés. Je caracolais au sommet de nouvelles idées de roman, du pouvoir de la littérature, de tout ce que le champ de la création défrichait, pour, l'heure d'après, tomber dans de puissants découragements. La technologie m'affolait parce qu'elle faisait avancer le monde à grands pas et qu'au fond, je n'y comprenais rien, juste le minimum. Aux empoignades des littéraires qui m'entouraient, s'opposait le silence des scientifiques qui, du fond de leurs laboratoires, fomentaient leurs découvertes et menaient le progrès du monde. Alors que les artistes passaient leur temps à s'écharper sur le sens et sur l'influence de leurs œuvres, les scientifiques, eux, desserraient à peine les mâchoires pour susurrer leurs oracles. Je n'avais plus besoin du vieux Prinker pour y penser. J'avais parfois des réflexes de luddite mais ça ne durait jamais. Je voyais bien que si les intellectuels avaient tenu le haut du pavé au XXe siècle, ce n'était plus le cas désormais. On déplorait leur corruption médiatique, leur affaiblissement, leur disparition, mais n'était-ce pas là les effets d'une décote plus radicale ? Moins consciente ou moins avouable ? J'en touchais parfois un mot à Adèle qui répondait qu'un monde sans création artistique s'assécherait, que l'art était une sève et notre besoin de fiction intarissable. Elle allait même plus loin et déclarait que, sans fiction, on renonçait à articuler le langage et l'action, ce qui nous constituait fondamentalement. Je dois dire qu'avec de telles paroles, je repartais pour un tour, confiante et rassurée, mais elle était aussi capable d'aggraver mon désarroi : le livre ne sera peut-être plus le vecteur privilégié de la fiction, disait-elle, ou encore, dans un style différent, vous, les écrivains, vous piquez toujours des trucs dans la vie des autres, c'est même votre nourriture quotidienne, tu ne me voleras rien que tu ne te voles à toi-même, hein, Rachel ? Certes, dans mes premiers livres, elle nous avait reconnues, comment ne pas le faire, mais je m'étais volé des choses autant qu'à elle, on était quittes, d'autant qu'à force, on apprend à transformer et plus personne ne reconnaît plus personne, ça fait partie du métier. Tu ne me voleras rien que tu ne te voles à toi-même, ça sonnait comme un avertissement, un commandement, car maintenant, elle avait peur que je lui vole des choses que je n'avais pas, pas seulement la science ou les maths, mais son mari, son enfant, ses angoisses de mère, je ne sais pas, elle ne détaillait pas. Je jurais donc mes grands dieux que non. Quel écrivain admettra qu'il vole leur vie à ses amis ? De toute façon, cette notion de vol est discutable ; ce qui dérange le plus, ce n'est pas tant qu'on vole mais qu'on voie ce qu'on vole, que ça se sache, comme dans l'adultère qui n'est jamais plus cuisant que lorsqu'on vous désigne à la face du monde comme celle qu'on ne préfère plus. Je me suis souvent dit ça des triangles amoureux, que le tiers certes est un rival mais surtout le plus importun des témoins. Il faut donc toujours veiller à ce que ça ne se voie pas, contingenter strictement les choses dans l'espace d'une lecture étroite comme une tranchée. Quand, quelques mois plus tard, j'ai appris que Victor avait une autre femme dans sa vie et qu'elle était enceinte, je les ai imaginés pavoiser dans la ville avec cet étendard, ce pavillon glorieux. J'aurais pu me jeter sur le ventre et gratter jusqu'au sang si je les avais croisés, mais heureusement, ça ne s'est pas passé, et puis maintenant, je l'ai déjà dit, j'avais Nicolas.

Dès que je pouvais, je passais, parfois sans prévenir. Même pour une demi-heure. Quand j'avais plus de temps, je proposais à Adèle d'en profiter pour faire ce qu'elle avait à faire, de travailler ou de dormir pendant que j'étais là. Normalement, c'était Vera, la gardienne, qui s'en chargeait, elles avaient mis au point un système souple, subtil, Adèle l'appelait, Vera arrivait, redescendait chez elle avec le bébé, ni vu ni connu, le temps qu'il fallait. Quand elle me l'avait décrit, j'avais visualisé des poulies, une corde, et un panier qui montait ou descendait d'un étage à l'autre comme dans les rues de Naples.

L'Amérique et sa placidité s'éloignaient. Un soir, je l'ai trouvée qui frissonnait. Je ne l'avais jamais vue comme ça, aussi frêle, aussi agitée. Je garde l'image du biberon qui tremble dans sa main et de moi en face, solide, d'autant plus forte, d'autant plus ancrée, que je la regarde trembler et que je devine en moi qui coule une pitié qui me glace.

Un autre soir, vers sept heures, je sonne. Personne. J'entends Nicolas pleurer mais personne pour m'ouvrir. J'appelle Adèle mille fois, rien. Luc, rien non plus. Je descends chez Vera. On remonte en vitesse, elle ouvre avec sa clé. Adèle est en train de donner son bain au petit qui pleure tout ce qu'il peut. Sous nos regards ahuris, elle retire tranquillement ses boules Quies en expliquant que ces derniers temps, Nicolas pleure trop et trop fort, elle ne comprend pas pourquoi. Vera en reste bouche bée, comme moi, mais je préfère que ce soit elle qui proteste. Elle dit qu'on ne peut pas faire ça avec un petit, que c'est dangereux. Adèle se défend, elle ne le fait jamais quand Nicolas n'est pas sous ses yeux ou derrière les barreaux de son lit.

— Quoi ? Vous mettez vos boules quand il est dans son lit ? s'étrangle Vera.

— Oui, je ne supporte pas les cris, je vous dis, Vera, ça me vrille le cerveau.

— Ça ne va pas, madame, dit Vera, les bébés, ça pleure et ça crie, c'est comme ça…

Moi, je me tais. Je me demande si Luc sait, puis me reviennent ses séances en piscine, cette surdité dont elle avait autrefois besoin pour faire tourner ses moteurs. Adèle n'épilogue pas, elle sort le petit de son bain, l'enveloppe dans une serviette et me le colle dans les bras. Tiens, prends-le. Vera se crispe, Nicolas cesse de pleurer.

En fait, Luc savait qu'Adèle mettait parfois des boules Quies, il en riait même, c'était le petit grain qu'il aimait chez sa femme. Ça m'avait frappée de constater qu'à leur retour des États-Unis, il employait désormais ce mot pour parler d'elle, Adèle a un grain, disait-il, mais c'était tendre, c'était une autre façon de désigner son génie, ça ne prêtait nullement à conséquence. Je crois qu'il n'aurait quand même pas du tout supporté que ce grain menace la vie de son fils, autrement dit qu'elle mette des boules Quies quand elle était seule avec lui. Quand le génie se transforme en grain, ce ne sont pas seulement deux lettres qui changent, mais tout. Hollywood raffole de ce genre d'histoires, ça permet de laisser penser au grand public qu'un esprit sain vaut mieux que le génie si c'est pour finir à l'asile. On a beau être fasciné, tout le monde préfère la vie normale et la santé mentale. Gödel, Post, Nash, Grothendieck, Perelman, les exemples ne manquent pas. Chez les mathématiciens, on dit que les plus fous, ce sont les logiciens. C'est John Nash qui dit ça, c'est fort de café quand on pense au cas psychiatrique qu'il était. Mais ce n'est pas l'histoire d'Adèle, Adèle n'était pas folle. Elle s'est suicidée sans être folle, c'est l'énigme de sa mort qui est folle. Tandis qu'elle était seule chez elle, que Luc et Nicolas étaient en Norvège, elle est montée sur le bureau, elle a attaché la corde à un anneau qui normalement retenait le plafonnier qu'elle avait pris soin de retirer, elle a passé cette corde autour de son cou et elle s'est lancée dans le vide. Il a dû y avoir un étranglement, un bruit court et sec. Il paraît qu'elle était en chaussettes quand on l'a trouvée. J'ai lu que d'habitude, les gens se pendent plutôt pieds nus, je ne sais pas à quoi ça tient, peut-être au fait de traîner chez soi, mais Adèle a dû penser qu'en chaussettes, ça glisserait mieux.

Nicolas est devenu exemplaire, Adèle aussi, avec désormais cette petite supériorité de mère sur sa couvée, ce point de vue de femme capable d'engendrer un homme, ce pouvoir ultime, celui que les hommes n'auront jamais alors qu'avec les maths, elle, elle avait conquis tous les leurs. Quand elle allait au labo et se retrouvait face à tous ces gaillards absorbés, elle pouvait toujours se dire qu'elle avait ça mais aussi ça, autrement dit le pouvoir de mettre au monde des corps et des cerveaux. Je l'imagine en train de materner ce grand dadais de Peter, pleine et dense de tout ce qu'elle avait vécu physiquement et qu'eux n'auraient jamais, la grossesse, l'accouchement, le sang, les cris, les larmes. Mais elle n'aurait pas d'autre enfant, un, ça suffisait avec tout ce qu'elle avait encore à faire pour lui et pour elle. Dans trois ans, elle aurait quarante ans, elle n'avait plus une minute à perdre. Pour nous, il y a une limite d'âge, disait-elle, comme pour les sportifs ou les danseurs, mathematics is a young man's game, la phrase de G.H. Hardy qu'avant, elle citait avec l'accent pur de Cambridge, mais là, c'était avec la gouaille et la rondeur de l'accent américain comme pour y insinuer une touche goguenarde, un peu désabusée. Je protestais, c'était faux, c'était de l'histoire ancienne, aujourd'hui, on pouvait faire des maths bien au-delà de quarante ans, tout était différent, l'espérance de vie, les conditions d'apprentissage, l'état de la science, tout, mais je ne la convainquais pas. La ménopause, c'est la ménopause, il n'y a rien à faire, Rachel, passé un certain âge, on calcule moins vite, on perd de la mémoire, ce n'est pas comme chez vous, a-t-elle ajouté, où plus on accumule de l'expérience, plus on s'améliore. Cette fois, au lieu de prendre ça pour une pique de sa part, je m'estimais heureuse, heureuse que l'écriture, elle, se bonifie avec le temps. Elle a redit la phrase de Hardy et j'ai senti qu'un nerf se détendait en moi, sur le mot *man* précisément, qu'une tension lâchait, et j'ai entrevu que ce serait pour toujours.

Notre amitié a atteint une vitesse de croisière. Soudain, plus de turbulences, ce qui était au centre, ce n'était plus nous deux, elle et moi, mais Nicolas. Adèle s'est mise à restreindre encore son monde, comme après son mariage mais cette fois mine de rien, car sur leur grande table basse, on trouvait toujours de tout, des livres de maths, d'astrophysique, des bouquins d'histoire, des romans, *Mrs Dalloway* en anglais – ça, c'était pour me faire plaisir –, des livres sur la peinture italienne, Giotto, l'architecture. Mais à vrai dire, cette table n'était qu'un vestige du passé : malgré les apparences, moi, je savais qu'Adèle n'ouvrait plus jamais aucun de ces livres, que c'était terminé cette époque où elle dévorait tout, où elle était même capable de m'éclairer sur ce que j'étais censée mieux connaître qu'elle. À moins que ses doigts ne continuent à en arpenter les couvertures de temps à autre. Préférais-je qu'elle sillonne le monde avec moi ou qu'elle s'enfonce dans son puits de maths ? Je n'en savais rien, tout ce qui comptait pour moi, c'était Nicolas, ses premiers pas, ses premiers mots, ses jeux, sa beauté, cette intelligence en éveil. Quand je la voyais le prendre sur ses genoux et lui caresser la nuque, je me disais que tout n'était pas perdu. Et puis le temps des échanges était revenu, nous parlions, il pouvait même nous arriver de nous retrouver au parc, toujours sur le même banc, le petit endormi dans sa poussette.

— Comment te viennent les idées, tes idées de livre, je veux dire ?

On me posait souvent la question, je faisais des réponses évasives et imprécises la plupart du temps, mais là, je ne pouvais pas. Je regardais Nicolas dormir, je fouillais en moi-même tandis qu'Adèle continuait.

— Henri Poincaré parle d'illuminations, un peu comme Rimbaud, d'ailleurs ils sont nés la même année. Il émet plusieurs hypothèses, par exemple, il dit que quand le cerveau est au repos, quand il se retire, l'inconscient peut énoncer ses propositions.

— Oui, quand je me réveille, les yeux encore fermés, j'ai souvent des idées, ça remue beaucoup, ça foisonne, si l'inspiration existe, je ne vois que ça, ce flux gris, tout brumeux, très rapide.

— Poincaré dit que c'est une incubation, un long travail qui a dû précéder tout ça, ça ne surgit pas de nulle part, pas du tout.

— Oui mais je ne parlerais pas d'illumination,

pour moi, ce sont plutôt des ombres qui se profilent, sans flash.

J'étais sincère, je vivais désormais les états de veille de Kafka dont m'avait souvent parlé mon père. Nicolas a chouiné. On a continué sur l'idéation, cette vieille lune autrefois prisée par la logique et la philosophie, un truc désuet, j'ai dit, mais Poincaré, génial comme il était, a renchéri Adèle, attachait beaucoup d'importance à ce truc désuet, et d'ailleurs elle aussi, surtout ces temps-ci. Dans mon monde, le sacro-saint antagonisme entre l'inspiration et le travail réduisait toutes les questions car une fois qu'on a dit ça, on n'a presque rien dit. Se met-on à scruter tous ces processus quand on a peur qu'ils se tarissent, quand on en sent la fin venir, quand on craint de rester échoué sur la grève à regretter ses vieilles idées ? Ça me réjouissait de voir cohabiter les noms de Poincaré, Rimbaud et Kafka, de même que parler d'idéation sur ce banc alors qu'on aurait dû parler layette, même si de layette, on n'a jamais parlé. Et puisqu'on y était, moi aussi, je l'ai cuisinée.

— Est-ce que tu penses avec des mots quand tu conçois tes suites de nombres ? Pour toi, un signe, comme *plus* ou *moins*, c'est un mot ou seulement un signe ? Et si oui, c'est le signe de quoi ? Quand tu prononces le mot *infini*, le mot *droite*, le mot *ensemble*, qu'est-ce que tu vois, Adèle ? Tu vois le signe ou tu vois la chose ?

L'une comme l'autre, ce qu'on cherchait, c'était poser une idée à elle sur une idée à moi et vice versa, voir si ça coïncidait, comme un décalque, ou si ça dépassait.

Nicolas a commencé à remuer devant nous, mais elle aussi, elle était lancée.

— Attends, prenons, par exemple, les nombres premiers. Pour moi ils se détachent tout de suite des autres. Où qu'ils soient, je les vois, c'est comme ça, 17, 29, 31, 47, même loin, 61, 89, 97, 103, etc. Ils ont une épaisseur, une existence spécifique, je crois que ce sont des choses.

— Pareil pour moi, certains mots sont des choses, au point que les images ne viennent plus se poser dessus. Pour qu'il y ait image, il faut du flou, de l'instabilité, mais certaines images viennent couper la pensée, un peu comme l'eau coupe le vin…

— Et là, avec ton image, Rachel, tu viens de couper la pensée, attention…

Nicolas s'agitait de plus en plus. D'ici quelques secondes, il allait pleurer. Elle avait raison, les images, c'était notre truc à nous, les littéraires, certes elles étaient belles, certes elles rassemblaient, mais parfois elles tétanisaient la pensée. Je l'avais constaté plusieurs fois. Nicolas pleurait maintenant carrément.

La science aussi recourait aux images, surtout pour s'adresser aux littéraires, Adèle elle-même autrefois l'avait souvent fait avec moi. Je trouvais ça toujours poétique quand on m'expliquait, par exemple, que depuis la relativité d'Einstein, un corps qui chutait ne tombait pas tout droit à la verticale mais plutôt sur un grand toboggan courbe, et c'était ça, la distorsion de l'espace-temps.

— Les images ont un pouvoir de séduction qui peut nuire à la clarté, a dit Adèle, je crois que c'est Voltaire qui a dit ça, sans doute sous l'influence d'Émilie du Châtelet.

Nicolas pleurait de plus en plus fort. Je me suis levée, je l'ai pris dans mes bras et, après un moment, nous sommes reparties. Adèle a voulu passer chez le glacier, elle tenait absolument à ce que Nicolas goûte sa première glace, quelque chose de doux, pas trop sucré, elle a opté pour un anis vert tendre. Nicolas avait six mois, son âge était devenu mon système de datation.

Des échanges comme celui-là, intenses et coupés, on en a eu quelques-uns ces dernières années, mais rien d'assez tenu pour faire office de fusion, et il y avait toujours Nicolas dans un coin de la scène si bien qu'on était trois, enfin, deux femmes qui fouillaient leurs cerveaux devant un bébé, ça avait quand même plus de gueule que les pelotes de Pénélope. Naïvement, je trouvais ça encore mieux que les fusions, car il y avait tout là-dedans, l'esprit, le corps, l'espèce. Et surtout, une solidarité à toute épreuve, pure, intacte, comme si dans le dur, l'orgueil cessait de gesticuler, cédait à une intelligence désintéressée. Il fallait qu'on sache, qu'on comprenne, point barre. Ces moments-là, c'était le nectar, le caviar, plus rares que rares. À la limite, on aurait pu réduire les choses à une seule question :

quand tu dis F de nous, Adèle, tu dis quoi au juste ? Et cette seule question aurait pu devenir un idéal.

Les amitiés, c'est comme les crashs aériens, on n'en retrouve pas toujours les boîtes noires, sauf peut-être quand elles s'ouvrent d'elles-mêmes au chevet de l'un des deux amis quand il meurt, mais dans notre cas, de chevet, il n'y en a pas eu. Tout juste aurait-il pu y avoir quelques départs de conversation qui seraient morts dans l'œuf, comme dans les films américains, quand deux amis essaient de s'expliquer, crever l'abcès, mais soudain c'est trop humiliant et la discussion avorte. On a vu cette scène mille fois, l'un des deux bredouille, *I can't do this, I really can't,* puis se lève et s'en va. C'est un cliché de cinéma, au moins nous l'aurons évité.

Pour les deux ans de Nicolas, Luc a organisé un déjeuner. Il y avait le vieux Prinker, la famille de Luc, sa mère, son frère, et moi. Eh bien, ce jour-là, en entendant les premières phrases de son petit-fils, pas des mots, des phrases, Rodgeur est sorti du bois, il a fait sa tirade, il est revenu en détail sur l'enfance d'Adèle ou plutôt sur l'éducation qu'il lui avait donnée, il a même dit, l'enfance, l'enfance, ça n'existe pas, seule compte l'éducation, il a énoncé les principes, les habitudes, les injonctions, la nécessité de ne pas se disperser en bavardages mais de discuter, d'argumenter, de raisonner, raisonner, raisonner. Tout le plaisir des familles vient de là et seulement de là, disait-il. Ça m'a fait doucement rigoler, car en matière de plaisir et de famille, ce n'était pas aux Prinker qu'on pensait en premier. Et Rodgeur de raconter les merveilles d'Adèle à deux ans, à cinq ans, à sept ans, à onze ans, une vraie toise, toutes ces années où je n'étais pas là pour voir, ses trouvailles, ses traits de génie, au point qu'on ne savait pas s'il racontait ça pour valoriser l'héritage de Nicolas ou pour signifier que jamais il n'égalerait sa mère, ce qui, comme père, lui donnait toujours l'avantage sur Luc. Et tout comme Adèle m'avait raconté son amphi de mécanique, Rodgeur a décrit la cour de l'école où, à huit ans, elle s'était retrouvée toute seule. On s'attendait à une histoire d'abandon et de détresse, mais non, détrompez-vous, après une leçon de géométrie, Adèle avait juste voulu mesurer la cour, de ses petites mains, mesurer la cour ! Magnifique, non ? L'institutrice m'a convoqué, elle était pantoise ! s'exclamait Rodgeur tandis que je me demandais si ce n'était pas ce jour-là qu'Adèle avait commencé à ouvrir et à fourbir le compas de ses doigts. Toujours est-il que tout le monde écoutait et s'émerveillait car, une fois n'était pas coutume, il y mettait du sien, le vieux Rodgeur, facétieux comme jamais, à nous donner le bon repère, à imiter la bonne moue, la voix naïve de l'enfant prodige, bref, à devenir ce qu'il n'avait jamais été, un type à l'aise en société, le roi du déjeuner, le père prodigieux devant lequel Adèle dodelinait sa reconnaissance éperdue. Moi, j'étais éberluée : non seulement on nous livrait enfin le mode d'emploi, mais au-delà, on nous déballait tout, le carnet de route, la conscience, le projet, la volonté qui avait organisé le prodige. Jamais je ne l'avais vu si fier, le père Prinker.

Chez les Deville, on n'élevait pas les enfants comme ça. L'explication est simple : nous, nous n'avions besoin de crever aucun plafond, nous devions juste tenir notre rang, et comme il était déjà haut, nous n'avions qu'à perpétuer une tradition sans avoir à faire ni bond ni prouesse. C'est certes de la sociologie de comptoir, mais devant son déballage, ça me sautait au visage. D'autant que nous avions du style, nous, les Deville, et, comme disait souvent ma mère, le style fait tout.

Lors d'un week-end avec nous, Adèle avait rongé cette phrase jusqu'à l'os en passant des heures à en décliner les attributs. Avoir du style, c'est ceci, je l'entends encore, avoir du style, c'est cela, *ad nauseam*, j'avais fini par lui demander de se taire. Non seulement elle essorait l'idée dans tous les sens, mais elle cherchait à comprendre ce qui lui manquait, à elle, à son père, ce que n'auraient jamais les Prinker malgré leur extraordinaire puissance de calcul, de la même façon qu'elle pourfendait les bavardages de salon, nos conversations trop futiles, jusqu'à ce que mon oncle, ténor du barreau, lui explique que le style se forge justement là, dans les basses eaux, quand il n'y a pas beaucoup de fond et qu'on peut ciseler ses reparties. Les mots d'esprit se font toujours en surface, insistait-il, la surface, c'est tout un art. Elle l'écoutait avec une réticence visible mais elle comprenait, oui, oui, opinait-elle, tout en mesurant l'écart, ce qu'il y avait entre ce genre d'attitude et elle. Je me demande même si sa main palmée n'a pas joint le geste à la parole, si je n'ai pas vu son pouce et son index arpenter discrètement le bord de la table pendant que mon oncle pérorait.

Nicolas a grandi. Il est devenu plus blond que nous deux, d'une blondeur aryenne, comme jamais nous n'avons été blondes ; une blondeur que je pouvais contempler sans me lasser pendant des heures et qui me bouleversait. Intense, abrasive, chimique, une blondeur plus gaz que terre, qui, pour un peu, cuirait la pellicule, l'insolerait, une blondeur qui, aux tempes, s'ajourait, s'amenuisait à l'extrême, poudroyait, devenait grain, chair, comme si toutes les composantes de son enveloppe, peau, poils, cheveux, puisaient à une matière homogène, à une source précieuse et délicate. Sur le crâne de Nicolas, je suivais la trajectoire de chacun de ses cheveux piqué de la racine à la pointe, de la pointe à la racine. Chaque cheveu semblait émaner distinctement de la chair, toute la créature émerger du même matériau sans hiatus ni discontinuité. La lumière y avait planté ses picots droits et drus avec une telle application qu'on pouvait même les compter. Un jour, je l'ai fait remarquer à Adèle mais je m'en suis mordu les doigts car évidemment elle s'est mise à compter les cheveux de son fils un à un. Elle ne pouvait plus le prendre dans ses bras sans se mettre à compter, elle le bloquait même pour qu'il ne bouge pas, qu'il ne lui brouille pas ses comptes. C'est devenu pour elle une manière de compter le temps. Une fois, elle est arrivée à 7292, son record. À raison de 3600 secondes par heure, 7292, ça voulait dire que Nicolas était resté immobile pendant deux heures environ, ce qui est énorme pour un enfant, mais peut-être était-il malade, fiévreux ou simplement complaisant, prêt à tout pour que sa mère le garde serré contre elle. 7292, c'est à peine dix pour cent de sa chevelure, enfin même pas, a dit Adèle, puisqu'il est blond et que les cheveux blonds sont plus fins que les autres, c'est connu. Nicolas devait en avoir au moins deux cent mille, des cheveux, soit vingt-sept fois plus, en gros si elle passait un mois dans cette position, elle en aurait épuisé la totalité. L'image d'une Pietà qui aurait tout le loisir de compter les cheveux de son fils mort m'a traversée.

Depuis j'ai compris que si la blondeur de Nicolas me bouleversait tant, c'est parce que l'innocence immaculée finit toujours par être souillée, que la pureté appelle le saccage. Avec le suicide de sa mère, la lumière qui nimbait l'enfant a subi une éclipse sévère. Son visage s'est vidé comme une bonde, une bonde par laquelle tout l'or de sa peau, de ses cheveux, s'est évacué. À grand bruit.

Je n'étais pas là quand Luc l'a dit à son fils, je ne sais même pas quels mots il a employés pour le lui annoncer. Je sais juste qu'il ne lui a pas donné le détail de la méthode utilisée. Le connaissant, il a dû assez vite le presser contre lui pour ne pas avoir à fixer trop longtemps ses yeux hagards, mais, dans son dos, les sanglots rauques et râpeux ont continué et il a dû prier pour qu'ils cessent, oui, que cessent les hoquets de la bonde.

Adèle avait une passion pour son fils. Il était son prolongement et son idéal, le fils qu'elle n'avait pas été pour son père, celui qu'elle avait réussi à faire, bref son trésor jaloux, absolu. Une créature issue de deux patrimoines génétiques exceptionnels, mieux qu'à son image, à condition, bien sûr, que cette créature, on la dresse dès le début, comme on l'avait dressée. Résultat, à six ans, Nicolas m'expliquait l'infinité des nombres premiers. Son père venait de lui en apprendre la démonstration, il voulait à la fois s'entraîner et, naturellement, m'impressionner. Mais Nicolas pouvait tout me demander. Je l'écoutais, je me concentrais, de temps en temps je posais une question, et de voir ses petites mains serrer le crayon pour écrire des choses comme 2, 3, 5, 7…, puis P, puis $Q = (2 \times 3 \times 5 \times 7 \ldots P) + 1$ en se retenant de rire quand il disait Q, moi, ça me faisait fondre. Il aurait pu me visser à ma chaise pour enchaîner les démonstrations comme d'autres enchaînent les tours de magie.

Parfois il montait sur un tabouret et utilisait le grand tableau blanc de sa mère. Je regardais ce petit bonhomme se lancer dans l'immensité sans faillir, sans se laisser aspirer, du feutre rouge bleu vert plein les doigts. Encore aujourd'hui je me demande ce que ça fait de se savoir là, juché sur des échasses, aux avant-postes du monde, seul, à peine rejoint par quelques-uns. Au bout d'un moment, Adèle finissait par lui demander d'arrêter, d'aller jouer dans sa chambre. Bien sûr qu'elle voulait que Nicolas grandisse comme elle avait grandi, mais elle n'avait pas prévu l'infatigable zèle de Luc.

À la naissance de Nicolas, Luc avait changé. Alors que des deux, il avait jusque-là semblé le plus coulant, il s'était rué sur son fils comme sur l'œuvre à accomplir et ne l'avait plus lâché, au point que je me demandais s'il n'avait pas juste choisi Adèle pour ça, s'il ne l'adorait pas surtout pour ses gènes fabuleux. Je sais, comme adoration, il y a plus romantique, mais je suis certaine qu'on peut tomber amoureux de gènes et les voir resplendir comme des joyaux dans le corps de l'autre.

Qu'il se repose, qu'il joue ! disait Adèle, mais quand Nicolas jouait trop longtemps, Luc arrivait tout serré, tout nerveux, et il lui demandait de le suivre, viens, fiston, lançait-il, lèvres pincées, sûr de son fait, souverain. Ça me fendait le cœur mais je ne disais rien, je ne croisais pas les yeux du petit. En revanche, dans ceux d'Adèle, je décelais parfois un mélange de fatalité et de nécessité désolée. Il a besoin de se détendre, protestait-elle, et Luc de se rengorger, ah oui, c'est vrai, j'oubliais, la reine de la récré, Adèle Prinker qu'à dessein il prononçait Prinké pour que ça rime. Ou bien, Prinker, la papesse du plein air, en insistant aussi sur l'allitération en *p*. Ça faisait rire tout le monde, même lui. Tu ne crois pas si bien dire, moi, je passais mon temps à la piscine, continuait Adèle, demande à Rachel ! Hein, Rachel ? Dis-le-lui que je passais ma vie sous l'eau ! J'acquiesçais mais j'étais fascinée par tous ces faux dilemmes, par la place qu'ils prenaient ou plutôt par l'air qu'ils brassaient, parce que j'avais bien vu que pour l'un comme pour l'autre la prédestination était imparable, qu'une fois monté sur la bête, on n'en redescend plus, c'est comme ça. On gesticule, on se débat, mais on ne redescend pas.

Nicolas me donnait l'occasion d'arriver dès le début du film. Ma compassion était sans limites, rétroactive, dynastique même : Adèle n'avait pas eu le choix, Nicolas n'aurait pas le choix, sans doute que Luc non plus ne l'avait pas eu, je ne sais pas. Aimer les maths, ça commençait toujours comme ça : on conçoit des choses difficiles et avec le temps on augmente cette difficulté pour ne jamais cesser de se hisser, fendre les nuages et arriver là-haut, dans la couche de bleu qui brosse un désert blanc, puisque vous êtes quasiment seul à comprendre ce que vous faites, ce que m'avait parfois dit Adèle, tantôt exaltée par cette élection, tantôt abattue par cette solitude. Pour autant, personne ne vous dira jamais qu'il préfère voler plus bas, avec la foule, quitter cet azur vif et pur.

Pourquoi à l'âge que j'ai en suis-je encore à me torturer devant ces visions de neurones agiles et véloces ? Pourquoi me les figurer comme des herbes à la fois sauvages et peignées, souples et solides, aptes à plier sous le vent sans jamais casser ? Je les aurais eus, ces neurones, que je ne les aurais plus, ce sont ceux de jeunes cerveaux, mais je pousse le vice jusqu'à me lamenter de ne les avoir jamais eus. Je sais, c'est ridicule mais c'est un idéal qui ne mollit pas, une façon de placer l'intelligence au centre ou au sommet comme d'autres y placent l'art ou l'argent. Me voilà toujours à rêver de prodiges et de rareté quand je vois bien qu'Adèle a chuté dans le vide, quand je ne lui ai jamais posé la seule bonne question, la seule qui vaille, la seule que j'aurais jamais dû lui poser, dis, Adèle, si c'était à refaire, tu referais tout pareil ? Je ne la lui ai pas posée mais je suis à peu près certaine qu'elle dirait oui puisque son fils lui donnait précisément l'occasion de tout refaire et qu'elle la saisissait.

Quand il a eu six ans, ce soleil joueur et bondissant qu'était Nicolas s'est mis à disparaître dans la maison. On le cherchait partout jusqu'à ce qu'on le retrouve dans un placard, sous un lit ou un bureau, ou sous le piano noir de son père tout au fond de l'appartement. C'était bizarre de mettre ce piano tout au fond, mais Luc ne jouait plus beaucoup, et quand il s'y mettait, ça dérangeait tellement Adèle qu'il lui avait même concédé de ne pas en faire faire à son fils, une concession exorbitante. Sans doute avait-il dû planquer l'objet tabou aussi loin que possible pour éviter d'y penser. Mais Nicolas était attiré. Ce piano est devenu un nid, une planque, surtout quand il venait de faire un gros calcul.

Un jour, je me suis même carapatée dessous avec lui, à murmurer derrière nos genoux gros comme des montagnes. Je voulais comprendre pourquoi il se cachait comme ça, il a essayé de m'expliquer :

— J'ai honte, j'ai honte, répétait-il.

— Honte de quoi ?

— Honte d'aller plus vite que les autres, honte de les écraser, et puis si je les écrase, ils ne m'aimeront pas.

— Mais papa et maman t'adorent et tu ne les écrases pas, eux.

— Oui, mais à l'école, tous mes copains, je les écrase.

— Mais là, aujourd'hui, ils ne sont pas à la maison, tes copains, alors pourquoi tu te caches ?

— Parce que j'y pense tout le temps, et puis toi, tu es là, et toi aussi, je t'écrase.

Si j'avais pu, j'aurais creusé un trou sous le piano pour m'y enfoncer mais je suis restée calme : d'un côté, il y avait cette franchise, cette sincérité adorable, sans malice, et de l'autre, cette vérité difficile à entendre. Dans sa bouche, le verbe *écraser* avait surtout des connotations physiques. Penaud sous le piano, Nicolas, du haut de ses six ans, confirmait l'intuition qui me minait depuis l'adolescence : le monde est coupé en deux, ils le savent depuis leur plus tendre enfance, ils le savent d'autant plus qu'ils ne l'oublient jamais parce que de tout leur poids, leur moitié écrase l'autre moitié.

J'ai pris une grande inspiration et j'ai dit à Nicolas de ne pas s'en faire, dans d'autres domaines, il ne m'écrasait pas du tout, et là, il a eu cette réponse incroyable : il suffirait que je m'y mette pour que là aussi je t'écrase, non ? Allez répondre à ça. J'ai senti la discussion familiale pousser derrière, l'enfant qui avait dû entendre ses parents ou qui leur avait carrément posé la question, et eux qui, sans l'ombre d'un doute, confirmaient l'intuition. J'ai surtout vu pointer le vieux rêve d'être partout à la fois : Nicolas reprendrait le flambeau de notre deal et, à lui seul, réussirait à couvrir tout le spectre. De nous trois, l'enfant parfait, ce serait lui.

— Pour faire ce que je fais moi, il ne suffit pas d'être intelligent, Nicolas, il faut avoir d'autres qualités.

— Mais si je m'entraînais, je pourrais les avoir aussi, tu ne crois pas ?

— C'est possible mais ce n'est pas garanti.

— Mais tu es d'accord, c'est possible ?

— Oui, mais certaines de ces qualités sont incompatibles avec les maths.

— Ah bon ? Lesquelles ?

J'avançais à tâtons sous le piano. Je m'accrochais mollement à l'idée de la singularité dont s'occupait la littérature, mais il faut bien dire que je n'y croyais pas moi-même. À défaut d'arguments solides, ma fameuse incompatibilité, c'était surtout un problème de temps qu'on consacre à l'un ou l'autre des deux domaines, de choix qu'on fait au départ : on n'a pas le temps de tout faire ni de tout être, Nicolas, point final. Ma démonstration était pitoyable, mais Nicolas ne me mettait jamais dans l'embarras. D'ailleurs il s'est blotti contre moi d'un air soulagé et nous avons reparu au milieu du salon.

Il n'empêche, ses questions visaient dans le mille, ça a dû se voir sur mon visage, car malgré mon sourire, Luc m'a dit que j'étais blême et qu'il ne fallait surtout pas me mettre dans des états pareils pour un gamin qui n'allait jamais bien loin. Mais ce que cherchait Nicolas n'avait rien à avoir avec la distance ; ce qu'il voulait, c'était une profondeur, une niche, une chose sous laquelle couler sa honte et sa solitude, un lit, un meuble, un piano, des masses d'eau, les jupes de sa mère quand elles étaient longues, et, à la différence de Luc, Adèle, elle, le comprenait parfaitement. Moi aussi car nous avions ça en commun, elle et moi, chevillée au corps, cette manière d'être seule comme seul un enfant sait l'être, enseveli et sans musique. Je lui ai rapporté ce que m'avait confié Nicolas et elle a fini par convaincre Luc que le sport avait cette vertu : apprendre à gagner sans craindre d'écraser justement, ou plutôt écraser sans culpabiliser, seulement parce que c'est le jeu. Luc l'a admis et, l'année suivante, Nicolas a commencé la natation.

Au début, Adèle l'accompagnait à la piscine, elle nageait même avec lui, mais le plaisir, l'apnée, ça ne revenait pas, et surtout, elle ressortait avec des plaques rouges sur tout le corps. Avec une combinaison de sirène, on ne verrait rien, lui disais-je en souriant, mais elle souriait à peine, le bassin, les gradins, tout ça, pour elle, ça formait un tout, elle ne supportait plus, c'était le passé. Avec les années, donc ça aussi, elle l'a laissé à Luc. Et à moi. C'était bizarre de me retrouver là, à encourager, féliciter le petit comme si c'était mon fils, notre fils à Luc et à moi.

Au fil des compétitions, la honte de Nicolas s'est diluée dans le chlore. Il ne partait plus se cacher sous le piano, mais Adèle a continué à dire à Vera de ne pas oublier de bien y passer l'aspirateur, les rechutes étant toujours possibles. Et Vera d'astiquer les coins et les recoins juste au cas où.

Les autres mères de la piscine ont dû souvent se demander qui j'étais, mais comme désormais on voyait ma photo dans les journaux, elles n'osaient pas poser trop de questions, et moi, je faisais comme si tout était normal. Je criais, j'applaudissais, je voulais du mal aux adversaires de Nicolas, j'avais tous les gestes de l'amour maternel pour un enfant qui n'était pas le mien mais que je partageais sans modération. Un journaliste anglais qui m'interviewait s'étonnait qu'on écrive si bien sur la maternité quand on n'était pas mère soi-même. Il m'aurait suffi de lui expliquer que c'était ça être écrivain, écrire sur des choses qu'on a observées sans forcément les vivre, mais non, j'ai fait ma maligne, j'ai inventé un mot pour la circonstance, je lui ai dit que je pratiquais le child-sharing, je lui ai parlé de Nicolas, trop contente d'être un peu la mère d'un enfant si prodigieux. So you are just an aunt of sorts ? a conclu l'Anglais, does he call you Aunt Rachel ? J'ai souri bêtement, je me rendais compte que des femmes comme moi, des tatas, des taties et autres voleuses d'enfants sous cape, c'était banal, pathétique et j'ai rougi. Je ne pouvais pas lui en dire plus. Je ne pouvais pas lui avouer qu'outre ma tendresse, Nicolas me servait aussi à faire des expériences cognitives : en me prêtant à ses petites démonstrations, je n'en finissais pas de m'interroger sur les efforts de mon propre cerveau, les nœuds qui s'y formaient instantanément puisque devant lui, je me fichais bien d'échouer. Comme il n'était pas question de compétition, j'avais tout le loisir d'observer ce que les maths pouvaient faire, par exemple, quand votre esprit s'empare d'un théorème ou plutôt quand un théorème accapare votre esprit, vous ne pensez plus à rien d'autre, tout fond, tout autour, plus rien n'existe et, quelques instants, vous n'êtes plus rien ni personne, juste un cerveau qui cogne aux parois d'un crâne. Lycéenne, j'avais connu cette sensation sur des théorèmes simples, mais grâce à Nicolas, je trempais à nouveau la pointe du pied dans la vaste mer, je renouais avec la sensation du froid piquant et surtout avec celle qui suivait, celle d'avoir compris, vaincu, celle de savourer, de planer au-dessus de la mêlée, où j'étais déjà, mais plus haut encore, la mêlée au-dessus de la mêlée. À cet endroit où Nicolas, même à son âge, était capable de dire d'une démonstration qu'elle était belle, profonde. Je lui vouais une drôle de gratitude. Contrairement à la nausée qui me prenait parfois quand discutaient ses parents qui ferraillaient toujours pour avoir l'argument le plus fin, le plus décisif, ils n'y pouvaient rien, c'était leur tournure d'esprit, Nicolas suscitait en moi une observation presque tranquille, celle qui consiste à regarder un processus remarquable, à scruter une croissance, s'émerveiller d'une éclosion. Il ne m'agaçait strictement jamais. D'autres auraient pu le trouver un peu singe savant, mais moi non, je lui pardonnais tout car rien n'était sa faute. Je lui étais reconnaissante, il ne suscitait aucune amertume en moi, il me donnait une chance d'examiner le problème à la racine. Comme si ça m'avait renseignée… Le docteur Cottard n'aura jamais la bonne lunette pour examiner les affres de Bergotte, mais je n'y peux rien, comme lui, je persiste à vouloir entrer dans la tête d'Adèle, via celle de son fils, pour y faire mes relevés topographiques, suivre la trajectoire de ses intuitions, de ses inventions, les chemins par lesquels passent ses idées, remonter le courant de la plus noire d'entre elles. Un jour, je l'avais entendue dire que pour faire un discours, elle n'avait jamais de notes, elle préférait avoir tout *à l'esprit*, je crois que ça m'est venu de là de vouloir cartographier cet esprit, le déplier comme un plan. Mon rêve aurait même été d'y mener une étude comme celles des psychologues, de mettre en place des protocoles d'observation pour comprendre le surgissement, l'influence des heures de la journée, des repas ou de la température. Au début du XX^e^ siècle, on bâtissait des questionnaires précis et exhaustifs, j'en ai vu, entre vingt et trente questions avec des tas d'annexes, pour tenter d'attraper la chose, d'y mesurer le hasard, la part que prenaient les autres activités, le sommeil, le repos, la marche.

Aux dîners où je l'invitais rarement et où elle ne venait presque jamais, je présentais toujours Adèle comme mon amie de lycée alors qu'elle était devenue une mathématicienne de rang international, mais ça évitait que les gens ne se détournent. Si certains la situaient, la majorité se contentait de paraître impressionnée car ils sont rares les littéraires qui, comme moi, s'inclinent au passage des scientifiques hormis quand ils touchent à la matière comme les astrophysiciens ou les neurobiologistes, et encore. En général, ils se posent là, ne se poussent pas et ne voient pas le problème à couper le savoir en deux puisqu'ils sont certains d'être seuls à le détenir, ou disons à en détenir la meilleure part. À quelques-uns échappe parfois un rictus, la trace d'une anxiété ancienne que leur statut d'intellectuel enfouit aussitôt sous une morgue désinvolte.

Un soir donc, Adèle est venue, seule. Il y avait d'anciens collègues de l'université, d'autres écrivains, quelques critiques littéraires, beaucoup de femmes. Adèle était en robe, cheveux lâchés comme d'habitude, souriante. Depuis l'Amérique, elle n'abordait plus les gens de façon abrupte, elle ne fonçait plus dans le tas, à tout vouloir peser, évaluer en moins d'une minute. Je la surveillais du coin de l'œil en me disant que le succès et la maturité avaient fait leur œuvre, qu'on pouvait donc être géniale et gentille, avoir des idées et des manières, ça me réjouissait, mais plus je l'observais et plus je percevais chez elle quelque chose de spectral. Jusqu'à sa blondeur que je trouvais plus pâle, plus rare aussi l'or de ses bijoux. Quand elle parlait, je la voyais qui tissait la toile de ses arguments en les énonçant de manière classée, organisée, ça, c'était normal, mais, une fois lancée, elle en ajoutait d'autres et ainsi de suite sans prendre en compte ce qui se passait autour et devant elle, un peu comme ma mère qui devenait sourde et ne parvenait plus à moduler ses tirades en fonction de qui les écoutait, mais Adèle n'avait aucun problème d'audition. Au fond, je me suis très clairement dit ce soir-là que les autres ne l'intéressaient plus vraiment, que son monde était constitué, clos. À choisir, je préférais toujours ça au bulldozer Prinker.

Elle nous écoutait parler de féminisme, de la difficulté des femmes à peser en littérature, des contorsions de Virginia ou de George Eliot, l'ambition que les hommes entravent, le plafond de verre, elle acquiesçait de temps à autre, puis d'un coup, sa tête a cessé de bouger, elle ne s'est pas levée mais elle a parlé plus fort, et là, tout le monde s'est tu.

— Je viens d'avoir un enfant, il s'appelle Nicolas, il a neuf mois. Son âge correspond exactement au temps que je l'ai porté donc je peux comparer deux durées égales et qui n'ont rien à voir.

Je craignais le pire, d'autant que beaucoup de mes invités n'avaient, comme moi, pas d'enfants.

— Neuf, c'est aussi le nombre des angoisses qui m'assaillent la nuit. Peut-être ne connaissez-vous pas ce monstre à neuf pattes ou à neuf têtes, je ne sais pas. Il vous agrippe dès l'instant où vous mettez au monde un enfant, la peur de le voir disparaître, the biggest fear, disent les Américaines. Ce qui s'en rapproche le plus, c'est la peur qui vous attrape à six ou sept ans, celle de voir vos parents mourir, votre mère, vous devez vous en souvenir. Moi, c'était mon père, je ne voulais pas qu'il meure, je pleurais dans mon oreiller, je versais des larmes sur une éventualité qui surgissait dans le noir et vidait l'air de mes poumons. Mes poumons devenaient tout durs, comme des coraux, des éponges sèches, pleines d'arêtes coupantes, ça saignait dans ma poitrine, je sentais même que je baignais dans mon sang. Bref, ce que je veux dire, c'est que Nicolas, mon fils, je l'adore, je l'aime tellement que je pourrais tout abandonner pour lui, les maths, la recherche, les prix, toute ma vie. C'est l'ennemi juré de mon ambition alors je dois arbitrer en permanence parce que j'ai le choix entre cet amour et le travail. Peut-être que ce dilemme s'atténue avec les années, mais il n'a encore que quelques mois, il est tout à moi, si bien qu'avec lui, j'ai compris une chose : les femmes ont le choix entre deux voies et c'est pour ça qu'elles hésitent. C'est la raison pour laquelle c'est encore si compliqué d'avoir de l'ambition quand on est une femme, que l'ambition des filles reste un problème, c'est pour ça qu'elles n'y vont pas franco, parce qu'elles peuvent aussi décider de regarder un enfant grandir, de rester près de lui, de veiller sur lui. Elles ont ce choix faramineux et pervers qui peut ensuite leur faire dire quand les enfants ont grandi qu'elles n'ont pas pu s'accomplir à cause d'eux. À moins, bien sûr, de ne pas avoir d'enfant. Cet amour infini est l'alibi qu'aucun homme ne peut brandir et encore moins dénoncer de nos jours. Or moi, j'ai l'intime conviction que si la plupart des femmes n'y vont pas, ce n'est pas forcément parce que les hommes ne le veulent pas, évidemment, parfois, c'est le cas et je suis bien placée pour vous en parler car dans le monde des maths, les femmes sont très minoritaires, mais parce qu'elles restent en arrêt, comme pétrifiées devant ce choix, cette possibilité de ne rien préférer d'autre à ça : regarder grandir un enfant qui vous adore. Au cœur de leur ambition, il y a cette bonde, ce trou qui aspire tous les objectifs, tous les efforts, tous les combats, rester auprès de son bébé, avoir ce choix. C'est un choix maléfique, croyez-moi.

Elle a baissé les yeux, et moi, j'ai observé l'assemblée en retenant mon souffle.

En plus de son implacable logique, de ces unités de sens qui arrivaient toujours dans le bon ordre, ce qui frappait ce soir-là, c'était le ton, le style, ce qui faisait la différence entre une production d'énoncés et un vrai texte. Et devant tous ces gens de lettres, elle n'avait pas lésiné. À la limite, ma mère aurait pu parler comme ça ou mon oncle, c'était un style digne des Deville. Elle avait retenu la leçon, y avait mis des images fortes, de la pression, crescendo, cette histoire de bonde, jusqu'au verbatim des mères américaines qui avait fait son petit effet, et puis ce finale sur le maléfice.

Tout le monde a toussé, gigoté sur sa chaise. Aurions-nous entendu le plafond de verre craqueler au-dessus de nos têtes que nous n'en aurions pas été plus abasourdies. Personne n'a osé bondir ou seulement répliquer, ni même demander à Adèle le détail de ces angoisses, car ce qu'elle venait de dire, personne ne l'avait jamais entendu. Même pas moi, puisque je n'entendais plus rien que les antiennes de mon milieu, les mêmes litanies que soudain je trouvais pathétiques, tronquées.

Le temps des oracles était venu : Adèle parlait, on l'écoutait, point barre. Était-ce pour couper court à ce dilemme, à ce maléfice, qu'elle a décidé en mourant de nous laisser Nicolas, à son père et à moi ? Toujours est-il qu'elle était émue à la fin de sa diatribe, que naïve, moi, j'ai pensé que ce dîner lui avait fait du bien en lui permettant d'exprimer ce qui ne se dit jamais, d'autant que le lendemain, elle m'a envoyé un message plein de reconnaissance. Entre nous, cette soirée est restée sous le nom de *The biggest fear* avec cette manie d'estampiller les moments comme des hashtags avant l'heure. Peut-être était-ce en hommage à Big, dont on ne parlait plus trop puisque Adèle ne mettait plus les pieds au cinéma. Elle se contentait de dire que la cinéaste s'était noyée dans des océans de testostérone, que ce n'était pas la peine d'en faire autant, que c'était devenu un créneau commercial après avoir été un élan sincère. Je détestais quand Adèle déboulonnait nos idoles et je remerciais le ciel que Freddie soit mort jeune, elle aurait sûrement critiqué les tubes à trois sous qu'il n'aurait pas manqué de faire pour rester dans la course, ne pas quitter la scène. Je le comprenais d'autant mieux à présent que j'étais moi aussi dans la course, désormais soumise à une réputation, un box-office. À ma façon, je devenais un auteur à succès, mais comme disait Victor, moi, j'avais ma boussole : Adèle. Avec elle, impossible de se noyer, de s'égarer trop longtemps sans se retrouver flinguée en place publique.

Quelque temps après, on a fêté les soixante-dix ans de mon père dans la maison du Perche. Elle n'avait pas revu mes parents depuis des années, mais là encore, elle est venue seule, sans Nicolas ni Luc, je ne sais plus pourquoi. Il y avait tout le monde, mes oncles, mes tantes, des cousins, leurs enfants, beaucoup de jeunes filles. Adèle était debout, très civile, le coude sur la cheminée, on se serait cru chez Balzac. Comme d'habitude, les conversations tournaient autour de la politique, des pièces de théâtre qu'on avait vues, pas vues, des derniers livres lus, pas lus, et, bien sûr, des derniers tics de langage repérés ici et là. Ma mère a dû épingler ce jour-là la tendance des jeunes à ne plus accorder les adjectifs ou un truc similaire, en n'oubliant pas de porter un toast à la devise familiale, « Sur la langue plutôt que sous la langue », et là, sans qu'on la voie venir, Adèle s'est avancée.

— La langue, la langue, il est peut-être temps de passer à autre chose, non, madame Deville ?

Puis elle s'est tournée vers les jeunes filles, toutes massées dans le même coin :

— Autrefois, pour avoir du pouvoir dans le monde, il fallait maîtriser la langue, c'est vrai ! Mais aujourd'hui, les filles, c'est la science qu'il faut maîtriser. Les hommes le font depuis toujours, et, croyez-moi, ils entendent bien continuer. On a voué les femmes à scruter les mots et, sous les mots, l'intimité, même quand on les a poussées à faire des études, mais tant qu'elles privilégieront les carrières littéraires, le pouvoir ne changera pas de mains. Inutile d'écrire des romans, des pamphlets ou de tourner des films là-dessus, les filles, il ne faut pas dire, il ne faut pas gloser, il faut faire, il faut y aller ! En plus, les arts, la littérature, vous savez que c'est aléatoire, et, la plupart du temps, ça se monnaie faiblement. Bien sûr, il y a Rachel, oui, mais pour une Rachel, combien d'artistes, combien d'écrivains qui ne perceront jamais et qui crèveront la faim ? Et puis, je ne sais pas si vous savez, mais Rachel a fait beaucoup de maths et de physique quand elle était jeune, avec moi. Les filles, pour décrocher le véritable pouvoir, il faut viser l'échelle, une force de frappe à grande échelle. L'échelle, c'est l'obsession des scientifiques car c'est la seule façon d'avoir un impact et de changer le monde. Et vous savez ce qui fait changer d'échelle dans les sciences, eh bien, ce sont les maths ! Dans les murs de cette maison, il y a des maths. Dans la lumière, il y a des maths. Dans les trains que nous avons pris pour venir ici, il y a des maths. Dans les vêtements que vous portez, et je ne vous parle pas de vos téléphones ! Mais on continue de vous élever en vous serinant que ce qui compte, c'est l'autre, n'est-ce pas ? Les gens ? La relation ? L'humain ? La langue ? Et que ça, dans les maths, il n'y en a pas. Eh bien, vous savez quoi, c'est faux ! La géométrie est née de vouloir mesurer la terre, le calcul différentiel de toutes les variations que subissent les choses dans le temps, quand elles chauffent, quand elles bougent. C'est parce que les cartes de la terre étaient incohérentes qu'on a imaginé le concept de courbure, et je pourrais continuer longtemps comme ça. Bref, c'est la vie des hommes qui donne aux maths leurs impulsions. Arrêtez de penser qu'il y a d'un côté les maths et de l'autre le monde, c'est le contraire. Si vous choisissez de ne plus faire de maths, vous parlerez la langue des humains, mais vous ne parlerez plus jamais la langue du monde. Si vous ne savez pas ce qu'est une fonction dérivée, c'est fini ! Et puis, si un jour vous en avez marre des maths, vous pourrez toujours aller travailler, je ne sais pas moi, dans une banque, un fonds d'investissement, une usine, n'importe où, disait-elle, on vous déroulera le tapis rouge, et c'est important le tapis rouge pour les filles, et pas seulement quand elles sont belles. C'est un cliché de dire bleu pour les garçons, rose pour les filles, on ne dit rien quand on dit ça. Ce qu'il faudrait dire, c'est que sitôt qu'ils sont capables de tenir quelque chose, une petite voiture, une maison en Lego, n'importe quoi, on dit aux garçons, vas-y, mon gars, fais-la marcher, démonte-la, construis-la, ta maison, et si ça ne marche pas, comprends pourquoi. Or c'est ce qu'on m'a dit à moi et c'est ce que je vous dis à vous, c'est ce qu'il faut que je vous dise à vous.

Ensuite, elle a reposé son coude sur la cheminée.

Les Deville étaient stupéfaits. Ils n'avaient pas vu Adèle depuis des années et elle était là, dans leur salon, magistrale, à l'offensive sur leur propre terrain, un vrai maréchal d'Empire. Mes petites cousines ne savaient plus sur quel pied danser, les sciences, les maths, non, vraiment pas, quand d'autres se grisaient de « Je n'avais jamais vu les choses comme ça » ou « Elle a tellement raison ». Moi, j'étais agacée. Pas tant par le constat ou le propos, bien sûr, que par son militantisme éhonté. Il me semble qu'en toutes circonstances, l'inélégance suprême, c'est de vendre aux autres son propre modèle, et quand on m'invite à parler de mon métier devant des jeunes, je fais très attention à ne pas paraître trop publicitaire. Sur le fond, je savais qu'Adèle avait raison, il fallait pousser les filles vers les sciences, surtout les filles Deville toutes trop rivées aux anciennes gloires du clan, mais de là à les haranguer comme ça, les filles ceci, les filles cela. Quant à l'allusion à ma propre jeunesse maths-physique, je ne savais pas quoi en penser. Pendant qu'elle parlait, ma mère lui a glissé que ça ne m'avait pas fait que du bien, mais Adèle n'a pas relevé. Mon père a croisé mon regard perplexe. J'aurais pu la tacler, lui répondre qu'il fallait de tout pour faire un monde, mais je l'entendais déjà me répondre, ne t'inquiète pas, il restera toujours des tas de gens pour ne pas faire de sciences car, tu es bien placée pour le savoir, elles sont très sélectives. Là encore, les dialogues que j'imaginais étaient acides, cruels, ils minaient l'amitié, alors je n'ai rien dit, j'ai pris sur moi. De toute façon, ma nouvelle gloire était résolutoire. Elle m'enveloppait d'une pellicule de gras qui me faisait supporter toutes les températures, tous les froids, tous les changements de registre d'Adèle, qui passait sans prévenir de l'autisme à l'oracle. Je ne savais plus si je la préférais en pythie ou en robot, comme si de toute façon la femme normale, la femme vivante, elle, était à jamais perdue. Enfin, sur le moment, je ne me suis rien formulé de tout ça. Elle est venue vers moi, une coupe de champagne à la main et je lui ai dit qu'elle était mûre pour une conférence TED, puis, dans la foulée, ma mère est arrivée.

Elle nous a fixées longuement. Je ne sais ce qu'elle a vu mais il y avait de la tendresse dans ses yeux. Étions-nous encore pour elle deux jeunes filles blondes et intactes ? Ou se disait-elle que même nous, on avait fané avec les années ? Elle n'a pas précisé mais elle avait l'air plutôt heureuse.

— Ça fait combien de temps maintenant, vous deux ? Vingt ans ? Trente ans ?

— Vingt-cinq tout rond, a dit Adèle.

— Alors après tout ce temps, est-ce que vous êtes contentes ? Est-ce que vous êtes fières, tous ces succès, toutes ces médailles…

Ma mère y a mis toute la gourmandise dont elle était capable pour qu'on lui serve un oui massif, enthousiaste. La tirade, les différences, elle s'en fichait. J'ai tourné la tête vers Adèle qui souriait. Moi aussi j'ai souri. Ma mère avait raison, nous avions rempli le contrat, le deal qui nous liait, à nous deux sciences et lettres, les filles parfaites, et pourtant, sous cette réussite exemplaire, nous restions inertes. Sans son regard sur nous, sans ses questions flatteuses, nous n'avions accès à aucune joie commune, cette joie qu'elle insinuait et qui ne descendait pas dans nos corps, je veux dire le drôle de corps qu'ensemble nous formions depuis vingt-cinq ans. Dans l'instant, je nous ai imaginées à l'âge de ma mère justement, à trente ans de là, dans un café, chez un glacier, toutes fripées, peut-être encore à nous chercher, à nous mesurer. Sous les questions de ma mère, je me prenais encore à rêver d'une affection sans émulation, d'une amitié tendre, étale, bref d'une chose qui nous aurait certainement ennuyées, savonnées de nostalgies larmoyantes, et qui n'existait pas, qui n'existerait jamais.

Mais ma mère attendait et il a bien fallu lui répondre, alors j'ai dit oui. C'était un oui rond, débonnaire. Adèle m'a emboîté le pas, mais sa parole était encore plus vide que la mienne, plate, convenue, une hostie dans la conversation. Nous n'étions donc capables d'aucune plénitude commune. Si moi, j'éprouvais parfois du plaisir – ma gloire était résolutoire, je l'ai déjà dit –, dans la seconde où ma mère a posé sa question, dans l'instant de nos voix qui lui répondaient, ma sensation s'est perdue, envolée, comme si de sentir les doutes d'Adèle me retirait tout, me rendait brusquement entièrement cave à moi-même. Ce semblant de satisfaction n'avait plus aucun sens à ses côtés, c'était un faux pli qu'il fallait lisser. J'ai dû lui en vouloir sur le moment, ma mère aussi car elle a tourné les talons en disant une chose que je n'ai pas entendue et que je n'ai pas cherché à lui faire répéter. Sur quoi Adèle a dit :

— C'est vrai, ça, elle a raison, allez, réjouissons-nous ! À nos succès ! À l'avenir !

Arrive un âge où on peut rire à un dîner et au matin se supprimer. C'est stupéfiant, mais l'intéressé, si on pouvait l'interroger, vous dirait certainement, eh bien quoi, qu'est-ce qu'un bon moment peut changer à mon problème ? On apprend au fil des années à ne plus prévenir personne puisqu'on apprend à ne plus s'épancher auprès de personne, parce que ça ne sert à rien, l'autre ne vous apportant jamais que ses propres solutions et ne supportant plus la moindre jérémiade en plus des siennes propres, or on ne va quand même pas se mettre à empoisonner des oreilles plus jeunes.

À quarante-six ans, Adèle a décidé de se tuer un beau matin de juin, peut-être même au lendemain d'une soirée agréable, je ne sais pas. Si elle en avait eu vingt, j'aurais eu plus de mal à comprendre ce surcroît de brutalité. Je me serais retrouvée encore plus hébétée dans le vestibule des Prinker et je ne me serais certainement pas remise d'un coup de théâtre qui aurait jeté sur le reste de l'existence un doute assassin, sans compter que M. Prinker n'aurait pas vu sa fille rafler toutes ses médailles et se hisser au plus haut sommet, mais à vrai dire, je me demande ce qui est pire, qu'une fille de vingt ans se soit privée de prouesses ou qu'à quarante-six elle les ait accomplies sans s'en contenter ? Il n'empêche, Adèle s'est suicidée alors qu'elle avait tout pour être heureuse. Depuis je cherche à comprendre, comme on a voulu comprendre, par exemple, pourquoi le physicien Majorana avait si brusquement disparu. On a toujours l'espoir qu'il y ait une seule bonne raison alors qu'en général il en existe un faisceau, ça plus ça plus ça, or un faisceau de raisons ne satisfait jamais notre besoin de savoir qui préfère l'éclair, le choc, se taper sur le front plutôt que de se gaver d'hypothèses multiples. Enfin je dis ça sans conviction parce que je reste persuadée que quel que soit le maillage des possibles, il y en a toujours un qui contient l'accroc majeur.

En rejoignant la cohorte des prodiges malheureux, Adèle nous fait buter sur un autre obstacle : pour se supprimer, elle enjambe et l'amour qu'elle a pour son fils et la douleur qu'elle va lui causer. Or cet obstacle-là, on n'en trouve pas beaucoup d'exemples dans l'histoire des victimes de la science ni non plus parmi celles de l'art, comme Virginia, ma suicidée préférée, qui ne laisse aucun enfant derrière elle, surtout pas ce magnifique enfant de dix ans qu'est Nicolas, avec ses yeux bleu-gris, ses cheveux incandescents, sa voix rauque d'avoir trop frotté contre l'archet de ses pourquoi ? Là encore, Adèle crée l'événement et s'aligne sur les hommes qui se suicident en dépit de leurs enfants. On peut toujours citer le cas de la poétesse Sylvia Plath qui se tue après avoir préparé leur petit déjeuner, mais heureusement, elle ne fait pas école. Les enfants n'empêchent rien, disait Adèle, avec cette honnêteté qui ne la quittait jamais. Après tout, en France, les mathématiciennes ont souvent des familles nombreuses, donc Nicolas ne m'empêchera pas : si je n'y arrive pas, ce ne sera pas à cause de lui. Cette phrase me fait aujourd'hui froid dans le dos car m'en revient une autre, les mathématiciennes ont des médailles et elles meurent. Elle n'a pas dit, elles *en* meurent, mais aujourd'hui, moi, le pronom, je suis tentée de l'ajouter, à commencer par Ada Byron touchée à l'utérus ou Sophie Germain au sein, toutes ces femmes punies par où elles ont péché. Attention, Rachel ! gronderait Adèle, pas toi, Rachel ! Pitié, pas toi ! Ne tombe pas dans le panneau ! Le problème n'est pas là, et tu le sais ! Oui, Adèle, je sais, je sais, la mathématicienne sacrificielle, bien sûr, mais... Sa voix me réveille la nuit, je l'entends quand j'écris. Ou alors elle s'emporte et dit que si on en est là, c'est seulement parce que la science est inénarrable, que c'est ennuyeux d'en décrire les processus, il faut être dedans, ça ne peut pas se raconter à ceux qui n'en font pas ! Ou pire encore, elle dit que cette vision bouchée, c'est celle des littéraires justement, les cinéastes sont des littéraires, n'est-ce pas, alors ça les arrange bien de considérer la science comme ça, un crime, une folie, un sacrifice, ça consolide leur hégémonie.

— Leur hégémonie ?

— Bien sûr, le monde est à prendre, tout est rapports de force, tu sais bien, ne fais pas l'innocente.

Elle m'épuisait. Je faisais semblant d'être surprise, mais sa conviction, je la connaissais, je la partageais et je n'en pouvais plus. Je ne voulais plus de cette bataille permanente, j'aspirais à m'asseoir en tailleur en humant l'air les yeux fermés pour ne plus avoir à fixer d'horizon.

— Les littéraires se plaisent à nous noircir et à faire valoir que la subjectivité de l'art prime toujours la rationalité de la science ! C'est injuste, c'est scandaleux.

Avec son suicide pourtant, tous ces clichés qu'elle dénonçait, elle les revigore, elle les rend plus tentants que jamais, d'autant que j'oublie un détail.

La veille de sa mort, Adèle s'est coupé les cheveux, court, très court. Je dis la veille mais je ne l'ai pas vue la veille et c'est peut-être le matin même ou deux jours avant. Toute sa vie, elle a refusé d'y toucher, à ses longs cheveux, même ma coupe au carré l'avait indignée, parce que les filles qui font des maths finissent toujours par ressembler à des mecs, disait-elle. Elle s'est pendue les cheveux courts, sans doute pour éviter tout obstacle entre la corde et sa peau, ou pour qu'à l'arrivée ça ne fasse pas trop désordre tous ces cheveux partout. Durant toute sa carrière pourtant, y compris quand elle est montée chercher ses médailles sur les scènes du monde entier, Adèle a gardé ses cheveux non seulement longs mais détachés. Jamais le moindre chignon, la moindre queue-de-cheval, il fallait le faire. J'ai vu les photos, les vidéos de Luc, il y avait de quoi sourire en la voyant promener partout sa toison de midinette. Si on me coupe les cheveux, disait-elle à son père, qui trouvait quand même qu'elle exagérait de se pavaner de la sorte, on me coupe tout. Le vieux Prinker ne répliquait pas mais il levait les yeux au ciel. Elle ne croyait pas si bien dire.

Je me suis souvent mise à la place de Vera qui l'a découverte pendue, cheveux ras, façon Falconetti dans *Jeanne d'Arc*. Je suis contente de pouvoir garder l'image de sa chevelure d'actrice américaine. Est-ce qu'Adèle est allée chez le coiffeur ? Est-ce qu'elle a elle-même taillé dans ses mèches devant le miroir de sa salle de bains ? Ou peut-être sans se regarder justement ? Je ne sais pas, je n'ai pas fouillé ses poubelles, je n'ai rien demandé à la police qui a fait ses relevés, Vera est passée derrière, je ne le saurai jamais et c'est mieux comme ça. Je ne préfère pas imaginer son visage défait dans la glace, ses cheveux par terre, surtout que moi, à côté, j'aurais eu l'air de quoi ? Et là, ce n'est pas Dreyer qui me vient mais Bergman, les deux femmes de *Persona* en gros plan, les deux blondes, l'une cheveux courts et volubile, l'autre mutique sous sa couronne de cheveux longs, une fusion posthume face caméra, notre F4.

Décidément, dans notre géographie, en plus de l'Angleterre, tous les chemins mènent en Scandinavie, on dirait. Je ne sais pas d'où nous est venu un tropisme aussi nordique, nulle trace de Viking chez elle ou chez moi. Je crois que la rhétorique nazie a inventé le concept d'Aufnordung pour rendre plus nordique ce qui ne l'était pas assez. Était-ce notre façon à nous aussi d'aller puiser dans une terre primitive de la légende, un surcroît de puissance ? Allez savoir, mais les Vikings servent souvent à ça, y compris à des gens qui ne descendent pas d'eux.

Quarante ans, c'est fatidique en mathématiques. C'est l'âge limite pour tout un tas de prix, et les prix, c'est important quand, depuis toute petite, on vous dresse pour être devant les autres, et devant les garçons avec ça, excusez du peu. On les entend déjà les cris d'orfraie, « Quel état d'esprit puéril ! », « Mentalité atroce ! », surtout dans un milieu comme le mien toujours prêt à brandir son humanisme pour mieux cacher ses turpitudes, pourfendre tout ce qui ressemble à de la compétition, alors que chacun ne brigue au fond que sa petite gloire. Moi la première, tout augustinienne que je sois, ces cris, je les pousse, ils me laminent la gorge depuis plus de trente ans, depuis le premier jour de notre amitié, depuis l'instant où j'ai senti l'aiguillon d'une rivalité qui m'a fait honte et plaisir à la fois et qu'en vain j'ai souvent tenté d'arracher. J'ai entendu dire que les vieux amis avaient ça de bon qu'avec les années, ils devenaient surtout la mesure du temps franchi, qu'à leur contact, on prisait moins une qualité de relation qu'une façon de mesurer la distance, de poser sur le temps une main qui viendrait tendre au maximum l'arc entre le pouce et l'index, ainsi qu'Adèle avait commencé à le faire en Norvège. Mais on pourrait dire tout l'inverse, qu'en présence de vieux amis justement, le temps se rabat, s'avale, la main se replie, un canif, un compas, refermée d'un coup sec. Que l'instant *t* se confonde avec l'origine, que le temps n'existe pas.

Adèle avait déjà accumulé les récompenses les plus prestigieuses et elle en obtiendrait d'autres, mais cette médaille-là, elle la voulait pour elle, pour son père, être la fille qui décrocherait la Fields, évidemment, ça en jetait. Elle n'en parlait presque jamais mais elle devait y penser tout le temps.

Les informations sont tombées début juin et le 17, elle aurait quarante ans. Quand elle a su qu'ils avaient choisi un Hongrois, elle a dit, c'est bien pour la Hongrie, ils n'en ont jamais eu, puis on n'en a plus jamais parlé. La prochaine médaille serait dans quatre ans donc c'était plié, elle aurait dépassé la limite d'âge.

Dans la vie d'Adèle, un piquet a sauté, un morceau de tente s'est affaissé, ça tenait debout mais rien qu'à cause d'un petit pan de toile arraché, ça battait aux quatre vents. On pouvait ne pas voir, préférer oublier. Je me rappelle le long regard que Luc m'a jeté à travers le salon ce jour-là, tendu comme une main qui en cherche une autre. On s'est retrouvés dans la cuisine et, en un instant, on a décidé de le lui fêter, son anniversaire. On s'est mis en quatre pour tout organiser, Luc s'est chargé des invitations, moi du traiteur. Je voulais de vrais verres, de vraies assiettes, un buffet magnifique, pas un truc de chercheurs au rabais. Vera nous a aidés.

On lui a concocté une de ces fêtes comme on en voit dans les films, une sorte d'embuscade kitsch, pleine de cris et de bougies. Il fallait bien ça pour camoufler le drame. Adèle a joué le jeu, elle a simulé la surprise quand elle a ouvert la porte. Elle a dit « incroyable », elle a souri, mais je voyais bien qu'elle aurait préféré disparaître au fond d'un trou, allez hop ! sous le piano elle aussi, ne pas être le centre d'une fête qu'elle ne méritait pas.

Il y avait là le vieux Rodgeur, Nicolas, la famille de Luc, mais aussi des amis, Peter, des collègues de Boston, beaucoup d'hommes avec des femmes qu'Adèle ne considérait pour ainsi dire pas, un pli qu'elle avait pris depuis longtemps, des femmes à cheveux courts que la robe et la chevelure d'Adèle continuaient à narguer, allez-y, mesdames, coupez-vous les cheveux, ratiboisez-moi tout ça, je reste la seule femme. Enfin, moi qui avais l'œil exercé, je voyais bien que dans cette compagnie de spectres, elle se fondait davantage. Persistait toutefois dans les yeux de toutes ces femmes ce drôle de regard sur la créature qui serpentait entre les maris, qui, avec ses médailles et ses cheveux blonds, les vampait depuis des années, Fields ou pas Fields. Adèle à vingt ans, Adèle à quarante ans, Adèle et les garçons, Adèle et ses boys.

La phrase de Husserl m'est revenue, les sciences sont les habits du réel, dont d'ailleurs je me suis toujours demandé s'ils étaient seyants ou déformants, ces habits, mais là, soudain, tout le monde semblait nu. Il y avait plus à l'aise, plus souple, plus animal que tous ces vieux polards, mais bêtement, ce délestage, ce dépouillement, moi, ça m'attendrissait.

Adèle a dansé longtemps avec Nicolas puis me l'a confié pour inviter son père, et là, elle a créé cet hapax, cette image inédite que même à son mariage elle n'avait pas produite : Adèleetsonpère dans les bras l'un de l'autre, ce corps à deux têtes qui exhibait son tronc commun en chaloupant presque tendrement sur *Love of My Life*. Je n'aurais jamais cru une telle scène possible. Freddie, Adèle, le vieux Rodgeur, la synthèse parfaite. J'étais contente, oui, tout arrivait. Bien sûr, il manquait la Fields, mais on n'y voyait que du feu.

Grâce au succès de *Troc*, les invités de la fête venaient me questionner et je voyais bien au fond de tous ces regards normalement un peu ailleurs, un peu hautains, que mon statut d'écrivain célèbre, ça leur tournait quand même la tête. J'étais flattée et j'ai senti des ailes me pousser dans le dos quand un type m'a dit qu'il fallait œuvrer au rapprochement des scientifiques et des littéraires, que sinon le monde courait à sa perte en perpétuant les frontières, qu'avec ma notoriété, ce serait bien que je m'en occupe sérieusement. On ne peut plus entendre les littéraires dire autant de bêtises sur la science, par exemple, qu'elle ne pense pas, tout ça, dans la foulée de votre Heidegger, ou parler d'économie alors qu'ils ne savent même pas ce qu'est un taux d'intérêt, non, vraiment, faites quelque chose, Rachel ! Qui y a-t-il de mieux placé que vous ? Il me parlait comme si on se connaissait depuis toujours, mais honnêtement, on m'aurait missionnée pour faire la paix au Proche-Orient que je ne m'en serais pas sentie plus fière. Créez un nouveau Cercle de Vienne, un truc comme ça, poursuivait-il. Je dodelinais de la tête. J'ai commencé par répondre qu'Adèle avait toujours aimé penser que le monde se divisait en deux : le jour et la nuit, le chaud et le froid, puis, très loin derrière, ceux qui descendent les escaliers sans jamais prendre l'ascenseur et ceux qui le prennent toujours. Le type souriait, je poursuivais. Ou les garçons et les filles. Ou, pas très loin, les scientifiques et les littéraires, pour ne pas tout bonnement dire la science et l'art. Et puis, ai-je rectifié, ne dites pas *votre* Heidegger, s'il vous plaît !

— Bon, bon, mais il faut en sortir, je ne sais pas, moi, créez un collectif, un de ces machins interdisciplinaires, les ministères adorent ça.

Qu'on se tourne vers moi aujourd'hui, qu'on m'appelle au secours, il y avait de quoi s'étonner, être sur la défensive, d'autant que, si je le suivais, c'était un collègue de Luc, un ingénieur donc, le problème, c'étaient les littéraires, pas les scientifiques qui, une fois de plus, n'avaient rien à se reprocher. À peine un peu d'entre-soi et encore. Il n'avait pas tort puisque ce sont les littéraires qu'on entend toujours le plus, non pas qu'ils soient forcément ramenards, mais à tout le moins plus compréhensibles derrière des micros. J'ai dit qu'éventuellement je pourrais écrire un roman, j'y pensais depuis longtemps, mais de là à monter un collectif… Puis la musique s'est arrêtée net et Adèle a dit qu'elle voulait faire un petit discours.

Elle a remis ses cheveux en ordre, a bu un verre de vin et s'est mise à parler en balayant toute l'assemblée du regard, sans préambule, sans remerciements, sans rien, comme autrefois.

— Le grand physicien autrichien Mach disait que les jeunes esprits pouvaient être corrompus par trop d'abstraction. Il craignait que l'abstraction trame une toile d'araignée de pensées, une toile trop fragile pour qu'on s'y appuie, et trop compliquée pour qu'on ne s'y perde pas. Il faut être conscient de ce danger, s'entourer de personnes qui vous en préservent, et j'ai eu de la chance, moi, je les ai rencontrées, ces personnes. Par ordre d'apparition, il y a eu mes parents, mon cher père que je salue, Rachel, Luc. Et maintenant mon fils chéri, Nicolas. Grâce à eux, ma toile est plus solide, elle résiste aux intempéries. Avec chacun, j'ai trouvé de la stimulation et du réconfort, du partage et du soutien, car le plus dur dans cette histoire, vous le savez, c'est la solitude, la grande solitude. Bien sûr, il y a les coauteurs, les labos, on ne travaille pas seul, mais tout de même, la solitude est là. Aujourd'hui j'ai quarante ans. Je sais tous à quoi vous pensez, ne croyez pas que je n'y pense pas, mais profitons de cette fête aujourd'hui pour cesser d'y penser, justement. La vie m'a offert des tas de récompenses et de satisfactions, et même si je n'ai pas obtenu celle-là, d'autres m'attendent encore. Et, en un sens, vous savez quoi, je vous le dis, bon débarras !

Elle a bu un autre verre, a encore lissé ses

cheveux, et là, son regard n'a plus balayé le salon, il s'est fixé sur moi.

— Mon père me voulait scientifique car pour lui, seule la science peut modifier le monde, changer la vie des gens. Toute mon enfance et mon adolescence, il a milité contre ce qui pouvait m'éloigner de la science, comme l'art, la littérature, tu t'en souviens, n'est-ce pas ?

Elle n'a même pas eu besoin de dire mon prénom, j'ai acquiescé.

— Résultat, mes interlocuteurs dans le monde se comptent sur les doigts d'une main, et toi, Rachel, tu as des dizaines de milliers de lecteurs. Ce n'est évidemment pas comme ça qu'on évalue l'utilité des choses, et mon père, hein papa, dirait que ça ne fait que confirmer l'élitisme de la science, sa rareté, sa beauté. Quand j'étais jeune, il me disait, la célébrité, qu'est-ce que ça peut faire ? Ce n'est presque jamais une preuve de réussite ou de grandeur. Ma mère, elle, disait, oui mais quand même, on ne peut pas dire que ça compte pour rien. Elle avait raison, ça ne compte pas pour rien, c'est dur de vivre dans son trou.

Là, c'est la tête du vieux Rodgeur qui s'est mise à dodeliner mais c'est toujours moi qu'elle regardait. Mon sourire s'est figé sur le mot *trou* que je reconnaissais bien, un mot qu'adultes nous activions comme un signe de ralliement quand je l'appelais et qu'à mon « Ça va ? » elle répondait par « Encore au trou, et toi ? ». Qui mieux que moi pour savoir ce qu'était un terrier, mais avec mes derniers succès, j'en sortais de plus en plus. Du trou à la bonde et de la bonde à la corde, il n'y a pas loin.

— Bon, mais tout ça, ça n'a plus aucune importance, allez, musique, Luc !

Elle avait trop bu. Elle ne pouvait pas ne pas être meurtrie par la médaille qu'elle n'avait pas décrochée, mais mon regard a croisé celui de Luc qui paraissait rassuré. En revanche, j'ai évité celui de Rodgeur, on ne savait jamais avec lui. C'est lui qui s'est avancé et qui, dans le vacarme, m'a dit, pourquoi n'écririez-vous pas un livre ensemble, Adèle et toi ? Je n'étais pas sûre d'avoir bien entendu, j'ai hoché la tête en souriant bêtement. J'ai cru déceler de la tendresse dans sa voix, oui, vraiment, tout arrivait.

Il était tard, Nicolas dormait debout et je suis partie le coucher. Je suis restée longtemps à son chevet. Je caressais ses cheveux blonds tandis que j'entendais la musique et les voix. Je ne voulais pas y retourner, comme Mrs Dalloway quand elle se réfugie dans le petit salon désert alors que la réception bat son plein. Je pensais à ce que m'avait dit l'ami de Luc avant le discours d'Adèle, au Cercle de Vienne, au génie intense et sombre de Wittgenstein. Wittgenstein avec sa cabane en Norvège et son côté dominateur, ça collait parfaitement, Adèle pourrait jouer ce rôle. Je connaissais bien l'histoire de ce cercle. On y avait fait des sermons mathématiques, on y avait compté les morts et les psychodrames à cause des maths, ce n'était pas non plus la panacée.

J'ai fini par m'endormir aux côtés de Nicolas et quand je me suis réveillée, il n'y avait plus ni musique ni rien. Il était cinq heures du matin, la fête était finie depuis longtemps. Je suis sorti de la maison des savants en claquant la porte derrière moi, a dit Nietzsche quelque part, mais moi, je n'ai pas claqué la porte. J'ai marché dans les rues d'un pas gourd en pensant qu'Adèle avait réussi à se construire un vrai nid et que, dans le petit matin, je devais m'en arracher.

Je sais, il manque toujours la scène de crime. Il manque l'assassin, ou disons le mobile. Il manque les ciseaux qui coupent les longs cheveux, les cheveux blonds qui jonchent le sol, et cette bonde silencieuse qui aspire les toutes dernières forces d'Adèle. Cette bonde, on l'entend qui s'étrangle plusieurs fois dans nos vies, lors de nos deuils, de nos chagrins, de nos grands désespoirs. Y compris devant les guerres, la violence, l'état du monde, mais la plupart du temps, on a beau l'entendre, elle ne nous aspire pas vivants, à part peut-être quelques physiciens désespérés d'avoir mis entre les mains des hommes la bombe atomique, et encore, on se suicide rarement pour ça. Au contraire, s'il y avait eu un événement aussi grave que l'arrivée de Hitler au pouvoir, ça aurait peut-être relativisé les tourments d'Adèle, comme pour les scientifiques du Cercle de Vienne justement. Sans la catastrophe, le génie n'y aurait pas précipité aussi bien, comme quoi, la pensée exacte peut aussi tenir lieu de bouclier moral.

Quoi qu'il en soit, dans le cas d'Adèle, la bonde s'étrangle en silence. J'imagine qu'elle bouge à peine pour que les ciseaux puissent couper droit, qu'elle regarde le miroir droit devant elle alors qu'en son for intérieur, sa tête affolée cherche un point fixe qu'elle ne trouve pas, cherche depuis six ans, depuis que la médaille lui a échappé. Six ans, ça paraît long, le crime aurait dû avoir lieu plus tôt, mais alors pourquoi avoir tenu six ans et pas plus ? Six ans que ses jambes pédalent dans le vide, six ans qu'elle se laisse porter tous moteurs éteints, six ans que, la fatigue vaincue jour après jour, elle trouve toujours un ressort, un geste, une idée, une promenade, n'importe quoi, mais ce matin-là, alors qu'il fait un grand soleil, elle ne trouve rien. Si Luc et Nicolas avaient été à la maison, elle aurait trouvé, ça ne se serait pas passé, du moins pas ce jour-là, pas ce beau jour de juin.

Elle n'a appelé personne. Elle a réfléchi toute seule dans son coin à comment se tuer. Elle a dû procéder par élimination et décider que la pendaison était ce qui lui convenait le mieux. C'est très difficile de trouver sur internet des méthodes de suicide en bonne et due forme car les algorithmes vous entraînent vers des sites historiques, statistiques, mais jamais vers rien de très pratique. Enfin, telle que je la connais, elle a été plus rusée qu'eux et a fini par trouver ce qu'elle cherchait. Elle a considéré que personne ne pourrait l'aider à alléger ce poids au réveil. Elle a considéré que rien ne pouvait l'arracher à cet écheveau de promesses déçues, de possibilités caduques. Rien ni personne, ni Nicolas ni moi. Enfin, je dis écheveau, mais au fond, c'est souvent plus simple qu'on ne croit.

L'évidence ne me frappait que maintenant : Adèle ne m'a pas appelée. C'est la police qui m'a appelée, pas elle. Elle n'a pas jugé bon de m'appeler, elle n'a vu en moi aucun recours. Elle a dû penser que ce n'était pas digne de nous de m'appeler comme ça et de me déverser son désespoir. L'amitié baveuse des moments difficiles, c'est pour les films, de la glaire qui s'ajoute à des sanglots, pas pour nous. C'est un truc qui vient avec l'âge de ne plus pouvoir descendre si bas dans les étages, nos marécages. Ou alors elle a pensé que je ne comprendrais pas, que je serais encore et toujours comme Cottard devant Bergotte, à lui vanter les mérites de sa vie, les joies de l'avenir ou les bienfaits d'un voyage en mer.

Après le cimetière, Luc a tenu à ce que nous nous retrouvions tous chez eux autour d'un verre. Il était midi. Dos à la table, nous regardions les gens, en particulier la silhouette voûtée de Rodgeur qui buvait du vin à toutes petites gorgées, comme un convalescent, son chien à ses pieds. Nous ne nous disions rien, puis Luc s'est retourné et s'est mis à me parler très bas. J'ai continué à fixer la nuque du vieux Prinker, je préférais écouter Luc comme ça, à l'envers, tête-bêche, ça mettait une distance.

— Il y a dix ans, a-t-il commencé, Adèle avait figuré sur la dernière liste de lauréats potentiels de la Fields. Quelqu'un lui avait dit, on garde la liste, ce sera pour la prochaine fois, à coup sûr. Elle avait tout fait pour ne pas ruminer cette liste, cet « à coup sûr », elle voulait continuer à travailler, et de fait, elle y a réussi, elle a encore publié des choses importantes.

Luc s'en voulait, il avait vraiment cru possible qu'elle oublie, surtout avec la naissance de

Nicolas, le pic émotionnel. Évidemment ! C'est à ce moment-là qu'Adèle avait décidé d'avoir Nicolas, quatre ans avant ses quarante ans, pour substituer une attente à une autre, mais Nicolas n'avait rien comblé du tout, si bien qu'au moment où la dernière médaille avait été attribuée, Adèle avait chuté depuis une hauteur que personne ne soupçonnait, pas même elle qui avait cru son attente suffisamment diluée dans l'amour maternel. Luc encore moins. Oh, il avait cru sentir qu'elle s'isolait, il l'avait mise en garde, mais elle niait tout ce qu'elle pouvait.

Dos au buffet, je voyais des choses contradictoires : elle avait fait des efforts pour oublier, ne pas attendre, chasser l'idée, ne même plus entrevoir son nom sur la liste, ni même la trace de son nom crayonnée puis gommée, et à l'inverse, si elle avait eu la médaille, je voyais sa joie tout engourdie par la réserve, la retenue qu'il lui aurait fallu déployer pendant des années. Elle n'aurait même pas goûté l'instant de pur bonheur, la plénitude, et personne n'aurait compris pourquoi, pas même moi à qui elle n'avait rien dit. On lui serait tous tombé dessus à coup de « Réjouis-toi ! », « Tu n'es pas heureuse ? », moi la première, bête et méchante, plus Cottard que jamais devant Bergotte, elle avait raison. À moins que sa joie ne coule enfin devant son père, que, sous les yeux brillants du vieux Prinker qui, devant moi, se ratatinait de plus en plus sur sa chaise, ne s'ouvre enfin une vanne.

Je n'ai poussé ni cri ni soupir mais je me suis

retournée. Luc s'est remis face à la pièce, et moi, face à la table. J'ai eu l'intuition qu'il venait de me servir le mobile du crime sur un plateau mais que je ne pouvais pas rester avec devant tout le monde, c'était obscène. J'ai avalé un verre de vin, je suis allée m'asseoir. La déception d'Adèle, c'était l'arbre qui cachait la forêt, mais à cet instant, je n'ai vu que l'arbre, immense, griffu, épouvantable, et sur l'une de ses branches, son corps qui pendait.

C'était ça le saccage d'Adèle, cette conviction intime d'être aussi nulle que le premier cancre venu, que rien ne suffit jamais ; sous les cascades de panache, ce doute vorace qui réclame d'accumuler des preuves, encore et encore des preuves, lesquelles tombent les unes après les autres dans le puits sans fond où sombrent les médailles.

On n'a pas idée de la compétition qui anime le milieu des maths. On se la figure d'autant moins qu'elle anime des êtres hyperrationnels et apparemment sans affects, mais c'est traître, disait parfois Adèle, car on vit dans la terreur que quelqu'un trouve avant nous, ou qu'un autre labo prouve au monde entier que notre théorème est faux. Craindre l'erreur ou la vérité, c'est pareil, disait-elle encore, on s'accroche à ce qu'on a décrété vrai un jour, ça crée une sécurité et c'est dur d'y renoncer, alors que c'est la soif de connaître qui devrait toujours nous guider, mais voilà, on ne tient pas, c'est épuisant. Quand elle avait prononcé ce mot, l'épuisement était devenu une forme palpable, la silhouette d'un animal dans la pièce qui peu à peu perdait son volume, s'affaissait. Ce n'est pas comme ça en littérature ou en art, la vérité, vous vous en fichez, n'est-ce pas ? C'est vrai, nous autres, les écrivains, les artistes, on a beau invoquer la vérité, jamais nulle part nous n'en effleurons l'aile ou le danger, ce sont seulement des mots.

— L'art, c'est plus peinard !

J'avais ri, elle aussi.

Si fatalité il y avait, il n'empêche, je ne décolérais pas : à vingt ans passe encore de se laisser piéger par la compétition, mais à plus de quarante, Adèle, on apprend à tenir devant l'échec, nom de Dieu, sinon quoi ? C'est comme la passion, on peut décider qu'on est chez Racine, en mourir, ou bien quitter la maison, combattre le démon. Mais la pauvre, elle n'avait aucun entraînement. Et là, alors qu'on venait de l'enterrer, contre toute attente, j'ai aperçu sur la grande table basse, au-dessus d'une pile de livres, un magazine avec une blonde en couverture.

Je l'ai immédiatement reconnue, c'était Virginie Efira. Quelques semaines avant sa mort, Adèle m'avait parlé d'elle, comme ça, incidemment, tu vois, Efira est au sommet de sa gloire, et ça, c'est une gloire à l'état pur, on dirait même qu'elle la regarde bouillonner sous elle, une fontaine d'or, regarde comme elle jubile, elle est magnifique. À côté, on se sent vide et sèche, d'une espèce mal aimée, inférieure, tu ne trouves pas ? Et moi de ne pas en croire mes oreilles, de la traiter de midinette, de gogo, de lui dire qu'à ce niveau de célébrité, le narcissisme glorieux est aussi ravageur qu'un poison. Si désirable soit Efira, arrive toujours le moment où la vraie vie abîme le maquillage, non ? Adèle m'a répondu que j'étais rabat-joie, que je lui gâchais son plaisir, et a ajouté que pendant qu'elle regardait la belle Efira, moi, je la forçais à contempler *Le Désespoir* de Giotto. Je ne connaissais pas ce tableau mais c'était une bonne nouvelle qu'elle s'intéresse encore à la peinture et au cinéma, puis on a parlé d'autre chose.

Devant M. Prinker qui gardait les yeux clos, les doigts dans les poils de son chien Albert tout aussi tétanisé que lui, j'ai cherché *Le Désespoir* de Giotto dans mon téléphone, et quand je l'ai trouvé, j'ai plaqué ma main sur ma bouche pour ne pas crier.

— Qu'est-ce que tu as ? m'a demandé Nicolas qui s'approchait.

— Rien, rien.

Je ne pouvais pas lui dire que le désespoir, c'était une femme pendue, d'autant que personne ne lui avait dit que sa mère s'était pendue, personne ne voulait que sa rétine imprime ça. On lui a parlé de médicaments, d'une mort sans choc et sans à-coup. Adèle m'avait donc prévenue, et parce que je ne connaissais pas cette fresque du XIVe siècle, je n'avais rien entendu.

Quelques jours après l'enterrement, j'ai reçu un pli par la poste. Je n'ai pas eu besoin de l'ouvrir pour comprendre d'où il venait, j'ai reconnu l'écriture. C'était une petite enveloppe matelassée avec un carnet rouge à l'intérieur. Elle l'avait affranchi de façon à ce qu'il mette plusieurs jours à me parvenir. Elle avait tout prévu. J'ai dû m'asseoir. Mes doigts tournaient les premières pages comme on se brûle, puis j'ai feuilleté et j'ai vu les alinéas, les mots soulignés, il y en avait des dizaines et des dizaines.

Quand on fait des maths, on ne sait pas de quoi on parle, 5 + 3 quoi ? Égalent 8 quoi ?

Quelle est la différence entre compter des pommes et cesser de compter des choses pour seulement compter ? Que se passe-t-il dans mon cerveau quand l'opération se détache des choses ?

Quels sont ces objets invisibles et implicites qu'on compte lorsqu'on ne compte rien ? Ce sont ces présences silencieuses qui nous attirent, qu'on pourrait approximativement se figurer sous la forme de fantômes tapis mais pas tapis dans le noir. Tapis dans la lumière ? Non plus.

Le nombre est un objet presque totalement imaginaire, mais pas totalement.

Les mathématiques naissent dès l'instant où le nombre s'abstrait de la chose, dans ce mouvement d'abstraction fondamentale.

La deuxième opération du genre revient à Thalès qui un jour parle d'un cercle dans l'absolu, un cercle qui n'existe nulle part. Il crée la fiction du cercle.

Pourquoi l'abstraction est-elle tellement cause d'anxiété ?

Les mathématiciens vivent dans la terreur qu'on arrive et détruise leurs théorèmes et leurs preuves.

Le spectre du démenti crée l'angoisse permanente.

Pas de plus grande joie qu'une conjecture qui devient théorème, on fend la couche des nuages.

Que reste-t-il d'un théorème qu'on a considéré vrai des années voire des siècles et qui soudain ne l'est plus ?

Que se passerait-il si l'hypothèse de Riemann était finalement fausse ?

Que se passe-t-il dans l'esprit quand on va d'une addition à une multiplication ?

Les mathématiques travaillent sur des sphères parfaites qui n'existent nulle part. Et pourtant elles existent.

Les nombres qui codent ne sont pas des nombres qui comptent.

Est-ce que les nombres qu'on ne peut se représenter équivalent aux images mystérieuses de certains poèmes de Rimbaud ? L'irreprésentabilité est-elle de même nature ?

Faire des maths, c'est donner le même nom à des choses différentes, est-ce pareil en littérature malgré les apparences ?

Nicolas ne supporte pas les exceptions quand on les évoque. Il veut toujours sauver les théorèmes.

Il a raison. Il faut toujours sauver un théorème quand on le peut.

Plus un théorème est économe et sa portée grande, plus il est élégant. L'économie est une notion commune aux maths et à la littérature.

Les objets mathématiques n'existent pas en dehors de nous. Les opérations qui les créent sont la preuve que nous avons un esprit.
Descartes a fait de la réflexivité la preuve de l'existence, pourquoi n'a-t-il pas recouru à une opération de calcul ordinaire pour prouver le cogito ?

À la fin d'une démonstration, le fruit mûr se détache. S'il s'arrache, c'est moins bien, beaucoup moins bien.

Un théorème est profond quand il fait le lien entre deux domaines à première vue indépendants, qu'il les rend connexes. Comme en littérature, les métaphores.

Les mauvaises métaphores évitent de penser.

Quand le problème complexe se résout simplement, la joie est forte. La main de Dieu vous touche.

Les maths sont à la fois la bonne à tout faire et la reine des sciences.

J'aurais aimé disséquer un cerveau avec Rachel. À nous deux on aurait vu. Ou bien on aurait constaté ensemble le mirage de la conscience qui, dès qu'on l'approche, se dérobe.

Pour qu'un élément de réalité soit tel, il faut qu'il résiste à un changement de point de vue.

Il est regrettable que le cinéma ait fait d'une femme sous la douche une scène de crime. Moi, c'est sous la douche que mes idées ruissellent.

Concernant mes idées, je pense à des verbes liquides : flotter / ruisseler.

Si je me regarde en train de travailler, la nausée me prend. Je préférerais aller couper du bois.

Je ne vois rien de plus fort en matière de transmission qu'un parent qui pousse dans le dos un enfant à vélo et qui retire sa main quand l'enfant file.

Je voudrais tant que mon père perde la tête, qu'il oublie.

Je ne veux pas que Nicolas fasse des maths.
Je compte sur Rachel.

Il y en avait encore des pages et des pages. Les énoncés étaient simples, pour la plupart à ma mesure. D'ailleurs, elle en avait écrit certains en pensant à moi, c'était clair. À nous. À moi et à Nicolas. Je n'ai pas tout lu d'une traite, je devais attendre, doser.

Les deux derniers alinéas semblaient contradictoires. Cette main dans le dos, Adèle l'avait sentie quand elle était enfant et, à son tour, elle aurait dû la poser contre le dos de Nicolas, mais ce n'était pas le cas, ce n'était plus sa main qui poussait son fils, c'était celle de Luc. Finalement non, il n'y avait pas de contradiction.

J'ai tourné les phrases du carnet dans tous les sens. Je les ai regardées dans la lumière, entre chien et loup, dans la pénombre du rêve, mais certaines ne se sont pas ouvertes. Je n'ai jamais eu sur mes doigts que des éclats de compréhension, les grains d'une poussière scintillante, les paillettes d'une chose envolée.

Au terme de cette enquête dont le dénouement pend malgré tout dans le noir comme le corps d'Adèle dans le soleil de juin, on ne voit toujours pas ce que fixait précisément son esprit pour prendre une décision pareille. Et puis je suis revenue sur l'avant-dernier alinéa. Pourquoi voulait-elle donc que son père perde la tête ? Que voulait-elle qu'il *oublie* ? J'ai recoupé avec ce que m'avait dit Luc : si elle avait résolument enfoui la fameuse prédiction sous le tapis, elle ne l'avait peut-être pas fait assez vite et n'avait pas pu se retenir de dire à son père que dans quatre ans, la Fields, ce serait elle. Elle avait joué gros, mais le vieux Prinker avait déjà eu un infarctus et il vieillissait, elle ne pouvait pas prendre le risque qu'il s'en aille sans savoir. Je doute qu'ils en aient jamais reparlé mais je suis certaine que sa honte s'enkyste là, dans le sillon où elle aurait dû faire rouler jusqu'à lui le petit cercle de métal.

Je reprends la scène de crime : je vois le

miroir, les ciseaux, les cheveux courts, et j'y ajoute l'effroi de cette fille qui ne peut pas supporter de décevoir son père à ce point. Enfin, tout ça, c'est pour la logique, le raisonnement, mais l'eût-elle décrochée, cette médaille, qu'elle ne lui aurait encore pas suffi, qu'elle n'aurait eu d'yeux que pour une autre lune pleine, puis pour une autre et encore une autre, au point que je me demande ce qui dans une vie peut suffire.

D'autres l'ont dit avant moi, les relations humaines ont le chic pour assortir des personnes qui ne partagent apparemment pas grand-chose, mais, bien sûr, les apparences sont trompeuses. Dans notre cas, je dirais qu'on a partagé l'élan d'une force qui vous hisse mais qui peut aussi vous jeter dans le vide. Adèle a cédé à la tentation qu'à défaut j'appelle saccage, une tentation que moi, je n'ai pas. Ceux qui ramassent beaucoup en peu de temps, c'est-à-dire dans l'espace de leur vie propre, vivent avec la hantise de tout perdre, qu'on leur retire tout, et pour y couper court, parfois le font d'eux-mêmes.

Ma tentation diabolique à moi revêt d'autres formes. Je peux être tentée de considérer que mes livres sont maniérés, lourds et didactiques, très en deçà de ceux auxquels j'aspire, que la métaphore réussie est une chose aussi délicate qu'une montre suisse, que la plupart de celles que nous créons sont laborieuses, mal réglées, ou, quand elles sont justes, rendent un son trop coquet. On produit des métaphores pour éclairer des lois ou pour donner aux lecteurs les plus divers les moyens d'entrer, mais ne nous leurrons pas, pour un écrivain, une métaphore, c'est d'abord et avant tout un signal, attention, là, je vais faire mon double salto arrière, regardez-moi bien, écoutez, applaudissez ! C'est bien pour ça que Kafka les évite, mon père me l'a assez dit. J'ai souvent discuté de tout ça avec lui qui n'a cessé de s'étonner que tout contemporains qu'ils étaient, Proust et Kafka aient opté pour des positionnements diamétralement opposés. À eux deux, disait-il, on embrasse tout le spectre. À eux deux, à nous deux, Adèle, cette répartition aura été notre obsession comme devant un monde trop vaste pour ne pas être partagé et parcouru de frontières aussi sûres que des vérités révélées.

Outre les métaphores, ce qui reste le plus difficile – surtout pour une femme, car les femmes y sont plus sujettes, comme si elles restaient éternellement les petites chéries de leur papa –, c'est de trouver la voix juste, adulte, pas celle d'une fillette désemparée, espiègle ou émerveillée, un ton de voix qui soit sobre et posé, disons en place, comme pour chanter.

Dans mes très mauvais jours, je vais plus loin et c'est toute la littérature qui devient une chose dépassée puisque nos cerveaux sont trop modifiés pour lire longtemps. Ou bien je me dis que, comme en musique, les gens préfèrent s'en tenir à du Bach ou à du Schubert plutôt que d'écouter les compositeurs contemporains, que nous autres écrivains, nous devons donc emprunter des sentiers battus, or à quoi sert-il de créer si c'est pour imiter des prédécesseurs ? Les maths, elles, survivront à tout d'autant que, comme l'avait démontré Adèle à l'anniversaire de mon père, l'avenir sera scientifique ou ne sera pas. Ce n'est pas seulement la littérature qui est caduque, c'est toute l'histoire des Deville et moi tout entière. Comme *Vénus tout entière à sa proie attachée*, je me vois éperdue, condamnée. Toute morte qu'elle est, Adèle triomphe encore et ne le sait pas. Aussi bien, elle aurait pu se moquer et me dire d'un air goguenard que la littérature est une prima donna qui n'en finit pas de faire ses adieux, allons, allons, Rachel, tu vois bien que tu as le dernier mot et que mon histoire, c'est toi qui la porteras parce que toi, tu sais enregistrer les chocs de la vie, en rendre les plus infimes percussions et les faire entendre au reste du monde, toi, tu as ça que je n'ai pas.

Sa mort me laisse donc la possibilité de ne plus me comparer, de me réjouir de l'avoir connue elle et, grâce à elle, d'avoir fait entrer tous ces affluents du savoir dans ma bulle d'écriture à l'instar de Flaubert qui voulait faire aussi bien que le scalpel de son père, mais les Mister Freeze fondent et se reforment aussi sec, comme des stalagmites. Dans un film d'épouvante, quand on croit le démon terrassé, *in extremis*, on voit sa main qui sort de terre.

On peut certes toujours côtoyer plus beau, plus grand, mais on peut aussi cesser de battre son intelligence comme un vieux linge, et considérer qu'elle est comme tout dans la vie, une histoire particulière. Mais Adèle morte ou pas, ces choses-là, je me les suis dites cent fois. En vain. Non, ce qui aurait pu calmer le jeu, c'est que de son vivant ait eu lieu cette cène, ce dernier festin où tous autant qu'ils étaient, Luc, Peter, M. Prinker et Nicolas s'il avait été en âge, d'une seule et même voix, vantent les mérites de la littérature, avec le plus grand sérieux et sans la moindre complaisance, un dîner contraire à tous les autres, le contrepoint parfait, où j'aurais même crié, assez, assez, n'en jetez plus, me voilà rassurée. Oui, voilà qui m'aurait bien calmée, mais cette scène presque burlesque n'aura évidemment jamais lieu.

Deux mois après Adèle, le vieux Prinker a rendu l'âme.

La sainte trinité se reconstituait dans le désordre, la mère, la fille, le père. Il y avait très peu de monde autour de la tombe, Luc, Nicolas et moi, Vera et mon père qui avait tenu à venir, à peine plus que dans le caveau. Albert, le chien de Rodgeur, fixait tant le cercueil que Nicolas a fini par me glisser : Tu crois qu'il comprend ? Et lui, qu'est-ce qu'il comprenait ?

À la sortie du cimetière, je me suis retournée : sous le monticule de terre, j'ai imaginé les conciliabules, les démonstrations qui reprenaient devant une Mme Prinker plus ravie que bafouée. Je me suis arrêtée un instant comme pour tendre l'oreille. Je me suis dit que la vie était une piste d'atterrissage où les gens, tels des points lumineux, s'éteignent un à un, d'abord au loin, puis de plus en plus près, jusqu'au dernier, plus tendre et plus bleuté que tous les autres. Je me suis demandé qui serait ce point pour moi, mais je n'en étais pas là, et du moment qu'en quittant les cimetières, je voyais encore briller des points de couleur, c'est qu'il me restait de l'espoir.

— Tu les entends ? ai-je dit à Nicolas, ça y est, ils discutent, ils comparent leurs hypothèses, écoute…

## DE LA MÊME AUTRICE

MÈRE AGITÉE, Seuil, 2002 (Points Seuil nº 1093).

C'EST L'HISTOIRE D'UNE FEMME QUI A UN FRÈRE, Seuil, 2004.

LES MANIFESTATIONS, Seuil, 2005 (Folio nº 6127).

UNE ARDEUR INSENSÉE, Flammarion, 2009.

LES FILLES ONT GRANDI, Flammarion, 2010.

TITUS N'AIMAIT PAS BÉRÉNICE, P.O.L, 2015, Prix Médicis 2015 (Folio nº 6254).

J'AIME PAS MES CHEVEUX !, Albin Michel Jeunesse, 2017.

QUI VEUT AVOIR LES YEUX BLEUS ?, Gallimard Jeunesse, 2018.

LES SPECTATEURS, P.O.L, 2018 (Folio nº 6699).

SUR LES MAINS, Gallimard Jeunesse, 2019

CLIC-CLAC, P.O.L, 2019.

EN DÉCOUDRE, P.O.L, 2019.

JUVENIA, Stock, 2020 (Le Livre de Poche nº 36563).

OZU ET NOUS, avec Serge Toubiana, Arléa, 2021.

LA FILLE PARFAITE, P.O.L, 2022 (Folio nº 7259).

# COLLECTION FOLIO

*Dernières parutions*

| | | |
|---|---|---|
| 6813. | Albert Cossery | *Les affamés ne rêvent que de pain* |
| 6814. | Georges Rodenbach | *Bruges-la-Morte* |
| 6815. | Margaret Mitchell | *Autant en emporte le vent I* |
| 6816. | Margaret Mitchell | *Autant en emporte le vent II* |
| 6817. | George Eliot | *Felix Holt, le radical.* |
| 6818. | Goethe | *Les Années de voyage de Wilhelm Meister* |
| 6819. | Meryem Alaoui | *La vérité sort de la bouche du cheval* |
| 6820. | Unamuno | *Contes* |
| 6821. | Leïla Bouherrafa | *La dédicace.* |
| 6822. | Philippe Djian | *Les inéquitables* |
| 6823. | Carlos Fuentes | *La frontière de verre.* Roman en neuf récits |
| 6824. | Carlos Fuentes | *Les années avec Laura Díaz.* Nouvelle édition augmentée |
| 6825. | Paula Jacques | *Plutôt la fin du monde qu'une écorchure à mon doigt.* |
| 6826. | Pascal Quignard | *L'enfant d'Ingolstadt. Dernier royaume X* |
| 6827. | Raphaël Rupert | *Anatomie de l'amant de ma femme* |
| 6828. | Bernhard Schlink | *Olga* |
| 6829. | Marie Sizun | *Les sœurs aux yeux bleus* |
| 6830. | Graham Swift | *De l'Angleterre et des Anglais* |
| 6831. | Alexandre Dumas | *Le Comte de Monte-Cristo* |
| 6832. | Villon | *Œuvres complètes* |
| 6833. | Vénus Khoury-Ghata | *Marina Tsvétaïéva, mourir à Elabouga* |
| 6834. | Élisa Shua Dusapin | *Les billes du Pachinko* |

6835. Yannick Haenel — *La solitude Caravage*
6836. Alexis Jenni — *Féroces infirmes*
6837. Isabelle Mayault — *Une longue nuit mexicaine*
6838. Scholastique Mukasonga — *Un si beau diplôme !*
6839. Jean d'Ormesson — *Et moi, je vis toujours*
6840. Orhan Pamuk — *La femme aux cheveux roux*
6841. Joseph Ponthus — *À la ligne. Feuillets d'usine*
6842. Ron Rash — *Un silence brutal*
6843. Ron Rash — *Serena*
6844. Bénédicte Belpois — *Suiza*
6845. Erri De Luca — *Le tour de l'oie*
6846. Arthur H — *Fugues*
6847. Francesca Melandri — *Tous, sauf moi*
6848. Eshkol Nevo — *Trois étages*
6849. Daniel Pennac — *Mon frère*
6850. Maria Pourchet — *Les impatients*
6851. Atiq Rahimi — *Les porteurs d'eau*
6852. Jean Rolin — *Crac*
6853. Dai Sijie — *L'Évangile selon Yong Sheng*
6854. Sawako Ariyoshi — *Le crépuscule de Shigezo*
6855. Alexandre Dumas — *Les Compagnons de Jéhu*
6856. Bertrand Belin — *Grands carnivores*
6857. Christian Bobin — *La nuit du cœur*
6858. Dave Eggers — *Les héros de la Frontière*
6859. Dave Eggers — *Le Capitaine et la Gloire*
6860. Emmanuelle Lambert — *Giono, furioso*
6861. Danièle Sallenave — *L'églantine et le muguet*
6862. Martin Winckler — *L'École des soignantes*
6863. Zéno Bianu — *Petit éloge du bleu*
6864. Collectif — *Anthologie de la littérature grecque. De Troie à Byzance*
6865. Italo Calvino — *Monsieur Palomar*
6866. Auguste de Villiers de l'Isle-Adam — *Histoires insolites*
6867. Tahar Ben Jelloun — *L'insomniaque*
6868. Dominique Bona — *Mes vies secrètes*
6869. Arnaud Cathrine — *J'entends des regards que vous croyez muets*

| | |
|---|---|
| 6870. Élisabeth Filhol | *Doggerland* |
| 6871. Lisa Halliday | *Asymétrie* |
| 6872. Bruno Le Maire | *Paul. Une amitié* |
| 6873. Nathalie Léger | *La robe blanche* |
| 6874. Gilles Leroy | *Le diable emporte le fils rebelle* |
| 6875. Jacques Ferrandez / Jean Giono | *Le chant du monde* |
| 6876. Kazuo Ishiguro | *2 nouvelles musicales* |
| 6877. Collectif | *Fioretti. Légendes de saint François d'Assise* |
| 6878. Herta Müller | *La convocation* |
| 6879. Giosuè Calaciura | *Borgo Vecchio* |
| 6880. Marc Dugain | *Intérieur jour* |
| 6881. Marc Dugain | *Transparence* |
| 6882. Elena Ferrante | *Frantumaglia. L'écriture et ma vie* |
| 6883. Lilia Hassaine | *L'œil du paon* |
| 6884. Jon McGregor | *Réservoir 13* |
| 6885. Caroline Lamarche | *Nous sommes à la lisière* |
| 6886. Isabelle Sorente | *Le complexe de la sorcière* |
| 6887. Karine Tuil | *Les choses humaines* |
| 6888. Ovide | *Pénélope à Ulysse* et autres lettres d'amour de grandes héroïnes antiques |
| 6889. Louis Pergaud | *La tragique aventure de Goupil* et autres contes animaliers |
| 6890. Rainer Maria Rilke | *Notes sur la mélodie des choses* et autres textes |
| 6891. George Orwell | *Mil neuf cent quatre-vingt-quatre* |
| 6892. Jacques Casanova | *Histoire de ma vie* |
| 6893. Santiago H. Amigorena | *Le ghetto intérieur* |
| 6894. Dominique Barbéris | *Un dimanche à Ville-d'Avray* |
| 6895. Alessandro Baricco | *The Game* |
| 6896. Joffrine Donnadieu | *Une histoire de France* |
| 6897. Marie Nimier | *Les confidences* |
| 6898. Sylvain Ouillon | *Les jours* |
| 6899. Ludmila Oulitskaïa | *Médée et ses enfants* |

6900. Antoine Wauters — *Pense aux pierres sous tes pas*
6901. Franz-Olivier Giesbert — *Le schmock*
6902. Élisée Reclus — *La source* et autres histoires d'un ruisseau
6903. Simone Weil — *Étude pour une déclaration des obligations envers l'être humain* et autres textes
6904. Aurélien Bellanger — *Le continent de la douceur*
6905. Jean-Philippe Blondel — *La grande escapade*
6906. Astrid Éliard — *La dernière fois que j'ai vu Adèle*
6907. Lian Hearn — *Shikanoko, livres I et II*
6908. Lian Hearn — *Shikanoko, livres III et IV*
6909. Roy Jacobsen — *Mer blanche*
6910. Luc Lang — *La tentation*
6911. Jean-Baptiste Naudet — *La blessure*
6912. Erik Orsenna — *Briser en nous la mer gelée*
6913. Sylvain Prudhomme — *Par les routes*
6914. Vincent Raynaud — *Au tournant de la nuit*
6915. Kazuki Sakuraba — *La légende des filles rouges*
6916. Philippe Sollers — *Désir*
6917. Charles Baudelaire — *De l'essence du rire* et autres textes
6918. Marguerite Duras — *Madame Dodin*
6919. Madame de Genlis — *Mademoiselle de Clermont*
6920. Collectif — *La Commune des écrivains. Paris, 1871 : vivre et écrire l'insurrection*
6921. Jonathan Coe — *Le cœur de l'Angleterre*
6922. Yoann Barbereau — *Dans les geôles de Sibérie*
6923. Raphaël Confiant — *Grand café Martinique*
6924. Jérôme Garcin — *Le dernier hiver du Cid*
6925. Arnaud de La Grange — *Le huitième soir*
6926. Javier Marías — *Berta Isla*
6927. Fiona Mozley — *Elmet*
6928. Philip Pullman — *La Belle Sauvage. La trilogie de la Poussière, I*

| | |
|---|---|
| 6929. Jean-Christophe Rufin | *Les trois femmes du Consul. Les énigmes d'Aurel le Consul* |
| 6930. Collectif | *Haikus de printemps et d'été* |
| 6931. Épicure | *Lettre à Ménécée* et autres textes |
| 6932. Marcel Proust | *Le Mystérieux Correspondant* et autres nouvelles retrouvées |
| 6933. Nelly Alard | *La vie que tu t'étais imaginée* |
| 6934. Sophie Chauveau | *La fabrique des pervers* |
| 6935. Cecil Scott Forester | *L'heureux retour* |
| 6936. Cecil Scott Forester | *Un vaisseau de ligne* |
| 6937. Cecil Scott Forester | *Pavillon haut* |
| 6938. Pam Jenoff | *La parade des enfants perdus* |
| 6939. Maylis de Kerangal | *Ni fleurs ni couronnes* suivi de *Sous la cendre* |
| 6940. Michèle Lesbre | *Rendez-vous à Parme* |
| 6941. Akira Mizubayashi | *Âme brisée* |
| 6942. Arto Paasilinna | *Adam & Eve* |
| 6943. Leïla Slimani | *Le pays des autres* |
| 6944. Zadie Smith | *Indices* |
| 6945. Cesare Pavese | *La plage* |
| 6946. Rabindranath Tagore | *À quatre voix* |
| 6947. Jean de La Fontaine | *Les Amours de Psyché et de Cupidon* précédé d'*Adonis* et du *Songe de Vaux* |
| 6948. Bartabas | *D'un cheval l'autre* |
| 6949. Tonino Benacquista | *Toutes les histoires d'amour ont été racontées, sauf une* |
| 6950. François Cavanna | *Crève, Ducon !* |
| 6951. René Frégni | *Dernier arrêt avant l'automne* |
| 6952. Violaine Huisman | *Rose désert* |
| 6953. Alexandre Labruffe | *Chroniques d'une station-service* |
| 6954. Franck Maubert | *Avec Bacon* |
| 6955. Claire Messud | *Avant le bouleversement du monde* |
| 6956. Olivier Rolin | *Extérieur monde* |
| 6957. Karina Sainz Borgo | *La fille de l'Espagnole* |
| 6958. Julie Wolkenstein | *Et toujours en été* |

| | |
|---|---|
| 6959. James Fenimore Cooper | *Le Corsaire Rouge* |
| 6960. Jean-Baptiste Andrea | *Cent millions d'années et un jour* |
| 6961. Nino Haratischwili | *La huitième vie* |
| 6962. Fabrice Humbert | *Le monde n'existe pas* |
| 6963. Karl Ove Knausgaard | *Fin de combat. Mon combat - Livre VI* |
| 6964. Rebecca Lighieri | *Il est des hommes qui se perdront toujours* |
| 6965. Ian McEwan | *Une machine comme moi* |
| 6966. Alexandre Postel | *Un automne de Flaubert* |
| 6967. Anne Serre | *Au cœur d'un été tout en or* |
| 6968. Sylvain Tesson | *La panthère des neiges* |
| 6969. Maurice Leblanc | *Arsène Lupin, gentleman-cambrioleur* |
| 6970. Nathacha Appanah | *Le ciel par-dessus le toit* |
| 6971. Pierre Assouline | *Tu seras un homme, mon fils* |
| 6972. Maylis Besserie | *Le tiers temps* |
| 6973. Marie Darrieussecq | *La mer à l'envers* |
| 6974. Marie Gauthier | *Court vêtue* |
| 6975. Iegor Gran | *Les services compétents* |
| 6976. Patrick Modiano | *Encre sympathique* |
| 6977. Christophe Ono-dit-Biot et Adel Abdessemed | *Nuit espagnole* |
| 6978. Regina Porter | *Ce que l'on sème* |
| 6979. Yasmina Reza | *Anne-Marie la beauté* |
| 6980. Anne Sinclair | *La rafle des notables* |
| 6981. Maurice Leblanc | *Arsène Lupin contre Herlock Sholmès* |
| 6982. George Orwell | *La Ferme des animaux* |
| 6983. Jean-Pierre Siméon | *Petit éloge de la poésie* |
| 6984. Amos Oz | *Ne dis pas la nuit* |
| 6985. Belinda Cannone | *Petit éloge de l'embrassement* |
| 6986. Christian Bobin | *Pierre,* |
| 6987. Claire Castillon | *Marche blanche* |
| 6988. Christelle Dabos | *La Passe-miroir, Livre IV. La tempête des échos* |
| 6989. Hans Fallada | *Le cauchemar* |

6990. Pauline Guéna — *18.3. Une année à la PJ*
6991. Anna Hope — *Nos espérances*
6992. Elizabeth Jane Howard — *Étés anglais. La saga des Cazalet I*
6993. J.M.G. Le Clézio — *Alma*
6994. Irène Némirovsky — *L'ennemie*
6995. Marc Pautrel — *L'éternel printemps*
6996. Lucie Rico — *Le chant du poulet sous vide*
6997. Abdourahman A. Waberi — *Pourquoi tu danses quand tu marches ?*
6998. Sei Shônagon — *Choses qui rendent heureux* et autres notes de chevet
6999. Paul Valéry — *L'homme et la coquille* et autres textes
7000. Tracy Chevalier — *La brodeuse de Winchester*
7001. Collectif — *Contes du Chat noir*
7002. Edmond et Jules de Goncourt — *Journal*
7003. Collectif — *À nous la Terre !*
7004. Dave Eggers — *Le moine de Moka*
7005. Alain Finkielkraut — *À la première personne*
7007. C. E. Morgan — *Tous les vivants*
7008. Jean d'Ormesson — *Un hosanna sans fin*
7009. Amos Oz — *Connaître une femme*
7010. Olivia Rosenthal — *Éloge des bâtards*
7011. Collectif — *Écrire Marseille.* 15 grands auteurs célèbrent la cité phocéenne
7012. Fédor Dostoïevski — *Les Nuits blanches*
7013. Marguerite Abouet et Clément Oubrerie — *Aya de Yopougon 5*
7014. Marguerite Abouet et Clément Oubrerie — *Aya de Yopougon 6*
7015. Élisa Shua Dusapin — *Vladivostok Circus*
7016. David Foenkinos — *La famille Martin*
7017. Pierre Jourde — *Pays perdu*
7018. Patrick Lapeyre — *Paula ou personne*

| | | |
|---|---|---|
| 7019. | Albane Linÿer | *J'ai des idées pour détruire ton ego* |
| 7020. | Marie Nimier | *Le Palais des Orties* |
| 7021. | Daniel Pennac | *La loi du rêveur* |
| 7022. | Philip Pullman | *La Communauté des esprits. La trilogie de la Poussière II* |
| 7023. | Robert Seethaler | *Le Champ* |
| 7024. | Jón Kalman Stefánsson | *Lumière d'été, puis vient la nuit* |
| 7025. | Gabrielle Filteau-Chiba | *Encabanée* |
| 7026. | George Orwell | *Pourquoi j'écris* et autres textes politiques |
| 7027. | Ivan Tourguéniev | *Le Journal d'un homme de trop* |
| 7028. | Henry Céard | *Une belle journée* |
| 7029. | Mohammed Aïssaoui | *Les funambules* |
| 7030. | Julian Barnes | *L'homme en rouge* |
| 7031. | Gaëlle Bélem | *Un monstre est là, derrière la porte* |
| 7032. | Olivier Chantraine | *De beaux restes* |
| 7033. | Elena Ferrante | *La vie mensongère des adultes* |
| 7034. | Marie-Hélène Lafon | *Histoire du fils* |
| 7035. | Marie-Hélène Lafon | *Mo* |
| 7036. | Carole Martinez | *Les roses fauves* |
| 7037. | Laurine Roux | *Le Sanctuaire* |
| 7038. | Dai Sijie | *Les caves du Potala* |
| 7039. | Adèle Van Reeth | *La vie ordinaire* |
| 7040. | Antoine Wauters | *Nos mères* |
| 7041. | Alain | *Connais-toi* et autres fragments |
| 7042. | Françoise de Graffigny | *Lettres d'une Péruvienne* |
| 7043. | Antoine de Saint-Exupéry | *Lettres à l'inconnue* suivi de *Choix de lettres dessinées* |
| 7044. | Pauline Baer de Perignon | *La collection disparue* |
| 7045. | Collectif | *Le Cantique des cantiques. L'Ecclésiaste* |
| 7046. | Jessie Burton | *Les secrets de ma mère* |

| | | |
|---|---|---|
| 7047. | Stéphanie Coste | *Le passeur* |
| 7048. | Carole Fives | *Térébenthine* |
| 7049. | Luc-Michel Fouassier | *Les pantoufles* |
| 7050. | Franz-Olivier Giesbert | *Dernier été* |
| 7051. | Julia Kerninon | *Liv Maria* |
| 7052. | Bruno Le Maire | *L'ange et la bête. Mémoires provisoires* |
| 7053. | Philippe Sollers | *Légende* |
| 7054. | Mamen Sánchez | *La gitane aux yeux bleus* |
| 7055. | Jean-Marie Rouart | *La construction d'un coupable.* À paraître |
| 7056. | Laurence Sterne | *Voyage sentimental en France et en Italie* |
| 7057. | Nicolas de Condorcet | *Conseils à sa fille* et autres textes |
| 7058. | Jack Kerouac | *La grande traversée de l'Ouest en bus* et autres textes beat |
| 7059. | Albert Camus | *« Cher Monsieur Germain,... »* Lettres et extraits |
| 7060. | Philippe Sollers | *Agent secret* |
| 7061. | Jacky Durand | *Marguerite* |
| 7062. | Gianfranco Calligarich | *Le dernier été en ville* |
| 7063. | Iliana Holguín Teodorescu | *Aller avec la chance* |
| 7064. | Tommaso Melilli | *L'écume des pâtes* |
| 7065. | John Muir | *Un été dans la Sierra* |
| 7066. | Patrice Jean | *La poursuite de l'idéal* |
| 7067. | Laura Kasischke | *Un oiseau blanc dans le blizzard* |
| 7068. | Scholastique Mukasonga | *Kibogo est monté au ciel* |
| 7069. | Éric Reinhardt | *Comédies françaises* |
| 7070. | Jean Rolin | *Le pont de Bezons* |
| 7071. | Jean-Christophe Rufin | *Le flambeur de la Caspienne. Les énigmes d'Aurel le Consul* |
| 7072. | Agathe Saint-Maur | *De sel et de fumée* |
| 7073. | Leïla Slimani | *Le parfum des fleurs la nuit* |

7074. Bénédicte Belpois — *Saint Jacques*
7075. Jean-Philippe Blondel — *Un si petit monde*
7076. Caterina Bonvicini — *Les femmes de*
7077. Olivier Bourdeaut — *Florida*
7078. Anna Burns — *Milkman*
7079. Fabrice Caro — *Broadway*
7080. Cecil Scott Forester — *Le seigneur de la mer. Capitaine Hornblower*
7081. Cecil Scott Forester — *Lord Hornblower. Capitaine Hornblower*
7082. Camille Laurens — *Fille*
7083. Étienne de Montety — *La grande épreuve*
7084. Thomas Snégaroff — *Putzi. Le pianiste d'Hitler*
7085. Gilbert Sinoué — *L'île du Couchant*
7086. Federico García Lorca — *Aube d'été* et autres impressions et paysages
7087. Franz Kafka — *Blumfeld, un célibataire plus très jeune* et autres textes
7088. Georges Navel — *En faisant les foins* et autres travaux
7089. Robert Louis Stevenson — *Voyage avec un âne dans les Cévennes*
7090. H. G. Wells — *L'Homme invisible*
7091. Simone de Beauvoir — *La longue marche*
7092. Tahar Ben Jelloun — *Le miel et l'amertume*
7093. Shane Haddad — *Toni tout court*
7094. Jean Hatzfeld — *Là où tout se tait*
7095. Nathalie Kuperman — *On était des poissons*
7096. Hervé Le Tellier — *L'anomalie*
7097. Pascal Quignard — *L'homme aux trois lettres*
7098. Marie Sizun — *La maison de Bretagne*
7099. Bruno de Stabenrath — *L'ami impossible. Une jeunesse avec Xavier Dupont de Ligonnès*
7100. Pajtim Statovci — *La traversée*
7101. Graham Swift — *Le grand jeu*
7102. Charles Dickens — *L'Ami commun*
7103. Pierric Bailly — *Le roman de Jim*

| | | |
|---|---|---|
| 7104. | François Bégaudeau | *Un enlèvement* |
| 7105. | Rachel Cusk | *Contour. Contour – Transit – Kudos* |
| 7106. | Éric Fottorino | *Marina A* |
| 7107. | Roy Jacobsen | *Les yeux du Rigel* |
| 7108. | Maria Pourchet | *Avancer* |
| 7109. | Sylvain Prudhomme | *Les orages* |
| 7110. | Ruta Sepetys | *Hôtel Castellana* |
| 7111. | Delphine de Vigan | *Les enfants sont rois* |
| 7112. | Ocean Vuong | *Un bref instant de splendeur* |
| 7113. | Huysmans | *À Rebours* |
| 7114. | Abigail Assor | *Aussi riche que le roi* |
| 7115. | Aurélien Bellanger | *Téléréalité* |
| 7116. | Emmanuel Carrère | *Yoga* |
| 7117. | Thierry Laget | *Proust, prix Goncourt. Une émeute littéraire* |
| 7118. | Marie NDiaye | *La vengeance m'appartient* |
| 7119. | Pierre Nora | *Jeunesse* |
| 7120. | Julie Otsuka | *Certaines n'avaient jamais vu la mer* |
| 7121. | Yasmina Reza | *Serge* |
| 7122. | Zadie Smith | *Grand Union* |
| 7123. | Chantal Thomas | *De sable et de neige* |
| 7124. | Pef | *Petit éloge de l'aéroplane* |
| 7125. | Grégoire Polet | *Petit éloge de la Belgique* |
| 7126. | Collectif | *Proust-Monde. Quand les écrivains étrangers lisent Proust* |
| 7127. | Victor Hugo | *Carnets d'amour à Juliette Drouet* |
| 7128. | Blaise Cendrars | *Trop c'est trop* |
| 7129. | Jonathan Coe | *Mr Wilder et moi* |
| 7130. | Jean-Paul Didierlaurent | *Malamute* |
| 7131. | Shilpi Somaya Gowda | *« La famille »* |
| 7132. | Elizabeth Jane Howard | *À rude épreuve. La saga des Cazalet II* |
| 7133. | Hédi Kaddour | *La nuit des orateurs* |
| 7134. | Jean-Marie Laclavetine | *La vie des morts* |

| | | |
|---|---|---|
| 7135. | Camille Laurens | *La trilogie des mots* |
| 7136. | J.M.G. Le Clézio | *Le flot de la poésie continuera de couler* |
| 7137. | Ryoko Sekiguchi | *961 heures à Beyrouth (et 321 plats qui les accompagnent)* |
| 7138. | Patti Smith | *L'année du singe* |
| 7139. | George R. Stewart | *La Terre demeure* |
| 7140. | Mario Vargas Llosa | *L'appel de la tribu* |
| 7141. | Louis Guilloux | *O.K., Joe !* |
| 7142. | Virginia Woolf | *Flush* |
| 7143. | Sénèque | *Tragédies complètes* |
| 7144. | François Garde | *Roi par effraction* |
| 7145. | Dominique Bona | *Divine Jacqueline* |
| 7146. | Collectif | *SOS Méditerranée* |
| 7147. | Régis Debray | *D'un siècle l'autre* |
| 7148. | Erri De Luca | *Impossible* |
| 7149. | Philippe Labro | *J'irais nager dans plus de rivières* |
| 7150. | Mathieu Lindon | *Hervelino* |
| 7151. | Amos Oz | *Les terres du chacal* |
| 7152. | Philip Roth | *Les faits. Autobiographie d'un romancier* |
| 7153. | Roberto Saviano | *Le contraire de la mort* |
| 7154. | Kerwin Spire | *Monsieur Romain Gary. Consul général de France* |
| 7155. | Graham Swift | *La dernière tournée* |
| 7156. | Ferdinand von Schirach | *Sanction* |
| 7157. | Sempé | *Garder le cap* |
| 7158. | Rabindranath Tagore | *Par les nuées de Shrâvana* et autres poèmes |
| 7159. | Urabe Kenkô et Kamo no Chômei | *Cahiers de l'ermitage* |
| 7160. | David Foenkinos | *Numéro deux* |
| 7161. | Geneviève Damas | *Bluebird* |
| 7162. | Josephine Hart | *Dangereuse* |
| 7163. | Lilia Hassaine | *Soleil amer* |
| 7164. | Hervé Le Tellier | *Moi et François Mitterrand* |
| 7165. | Ludmila Oulitskaïa | *Ce n'était que la peste* |
| 7166. | Daniel Pennac | *Le cas Malaussène I Ils m'ont menti* |

| | | |
|---|---|---|
| 7167. | Giuseppe Santoliquido | *L'été sans retour* |
| 7168. | Isabelle Sorente | *La femme et l'oiseau* |
| 7169. | Jón Kalman Stefánsson | *Ton absence n'est que ténèbres* |
| 7170. | Delphine de Vigan | *Jours sans faim* |
| 7171. | Ralph Waldo Emerson | *La Nature* |
| 7172. | Henry David Thoreau | *Sept jours sur le fleuve* |
| 7173. | Honoré de Balzac | *Pierrette* |
| 7174. | Karen Blixen | *Ehrengarde* |
| 7175. | Paul Éluard | *L'amour la poésie* |
| 7176. | Franz Kafka | *Lettre au père* |
| 7177. | Jules Verne | *Le Rayon vert* |
| 7178. | George Eliot | *Silas Marner. Le tisserand de Raveloe* |
| 7179. | Gerbrand Bakker | *Parce que les fleurs sont blanches* |
| 7180. | Christophe Boltanski | *Les vies de Jacob* |
| 7181. | Benoît Duteurtre | *Ma vie extraordinaire* |
| 7182. | Akwaeke Emezi | *Eau douce* |
| 7183. | Kazuo Ishiguro | *Klara et le Soleil* |
| 7184. | Nadeije Laneyrie-Dagen | *L'étoile brisée* |
| 7185. | Karine Tuil | *La décision* |
| 7186. | Bernhard Schlink | *Couleurs de l'adieu* |
| 7187. | Gabrielle Filteau-Chiba | *Sauvagines* |
| 7188. | Antoine Wauters | *Mahmoud ou la montée des eaux* |
| 7189. | Guillaume Aubin | *L'arbre de colère* |
| 7190. | Isabelle Aupy | *L'homme qui n'aimait plus les chats* |
| 7191. | Jean-Baptiste Del Amo | *Le fils de l'homme* |
| 7192. | Astrid Eliard | *Les bourgeoises* |
| 7193. | Camille Goudeau | *Les chats éraflés* |
| 7194. | Alexis Jenni | *La beauté dure toujours* |
| 7195. | Edgar Morin | *Réveillons-nous !* |
| 7196. | Marie Richeux | *Sages femmes* |
| 7197. | Kawai Strong Washburn | *Au temps des requins et des sauveurs* |
| 7198. | Christèle Wurmser | *Même les anges* |
| 7199. | Alix de Saint-André | *57 rue de Babylone, Paris 7$^{e}$* |
| 7200. | Nathacha Appanah | *Rien ne t'appartient* |

*Tous les papiers utilisés pour les ouvrages*
*des collections Folio sont certifiés*
*et proviennent de forêts gérées durablement.*

*Composition Nord Compo*
*Impression Maury Imprimeur*
*45330 Malesherbes*
*le 18 août 2023*
*Dépôt légal : août 2023*
*N° d'impression : 272274*

ISBN 978-2-07-301709-3 / Imprimé en France

**559721**